文
景
————
Horizon

社科新知　文艺新潮

THE
SILENT TRAVELLER
IN BOSTON

By Chiang Yee

[美] 蒋 彝 著
胡凌云 译

波士顿画记

上海人民出版社

帕克大街教堂前的鸽子

灯塔山的晨雾

路易斯堡广场

雪中的基督教科学派第一教堂

波士顿公共花园中的天鹅船

"印度之夏"时节的康科德桥

芬微玫瑰园

圣公会降临教堂和查尔斯大街普救派教徒聚会大楼

夜晚的露天音乐会

暴风雨中的科普利广场

塞勒姆海关大楼

法尼尔大厅

牙买加池塘里的鸭子

哈佛园的松树

感恩节时一个常见的景象

福克纳农场（美国艺术与科学学院的房子）

献给　沃尔特和简·白山

导言：波士顿对话

地点：波士顿公园

时间：午饭刚过

人物：一个爱尔兰人，一个意大利人和一个中国人

爱尔兰人：所以您是从中国来访问波士顿的！为什么呢？您想来看什么？您知道爱尔兰吗？

中国人：我在那儿有朋友，去看过他们几次。我自1933年以来都住在英国。我去过都柏林两次。

爱尔兰人：所以您了解都柏林。您可能知道圣斯蒂芬绿地（St. Stephen's Green）、梅瑞恩广场（Merrion Square）、欧康纳桥（O'Connell Bridge）、吉尼斯酒厂（Guinness's），您可能也知道科克（Cork）、戈尔韦（Galway）和基拉尼（Killarney）。科克是我出生的地方。科克是我的出生地。

意大利人：好啦，行了，科克科克真是够了，科克这个科克那个[1]。就你知道科克。真有人想知道科克吗？

爱尔兰人：波士顿的一半人来自爱尔兰，他们都知道科克。波士顿市长来自爱尔兰。他比我们任何人都更能谈论科克。你能看

---

[1] Cork，字面直译为"用瓶塞塞住"，此处为双关。（如无特别注明，本书注释皆为译者注）

到他为波士顿做了多少事。那你来自何方呢？你的出生地是哪儿？我甚至连它的名字都不会念！

意大利人：这很滑稽吗？我的出生地叫皮斯托亚（Pistoja），离大画家列奥纳多·达·芬奇的出生地不远。我七十年前出生，四十多年前来波士顿生活。谁在乎你会不会念出我出生地的名字啊。你像是个瓶塞做的滑稽人儿。

爱尔兰人：你胆子不小，竟敢嘲笑我的出生地。我在波士顿待的时间和你一样长，我了解你们意大利人。

意大利人：你说波士顿居民有一半都是爱尔兰人。你知道另一半都是意大利人吗？

中国人：波士顿不是有个中国城吗？

爱尔兰人：对，有一个，但很小。我不时会在那儿吃顿饭。中餐不错。

意大利人：波士顿有很多不错的意大利餐馆。我喜欢意大利餐。

爱尔兰人：您看他又来了。

意大利人：谁想吃爱尔兰炖菜？除了土豆还是土豆。倒胃口的东西。

爱尔兰人：怎么也比日复一日吃面条和茄汁强。

中国人：我听说波士顿是豆子和鳕鱼之城。波士顿蛤蜊浓汤也很著

鱼盘图

名。是这样吗？为什么？

爱尔兰人：我说不清，但波士顿蛤蜊浓汤不错。

中国人：　您和您的朋友都在波士顿住了四十多年。你们管自己叫作波士顿人吗？

爱尔兰人：哦，不，正好相反，我们不想被叫作波士顿人。我们只是住在波士顿，而且波士顿人也不把我们当波士顿人。

中国人：　那什么人是波士顿人？

爱尔兰人：您在波士顿见不着他们，他们不住波士顿了。

中国人：　那我能在哪儿见着他们？他们都长什么样儿？

爱尔兰人：他们如今住在波士顿城外。他们进城后喜欢藏在屋子内，一群性情古怪的家伙。您为什么想见他们？

中国人：　他们是怎么个怪法？他们和我们长得不一样？

意大利人：他们说话怪。他们走路怪。他们不喜欢笑。即便笑起来也很怪，就像个中国佬。

爱尔兰人：哦，不，我替我朋友向您道歉。

中国人：　何必道歉？我想大家都可以畅所欲言。我很高兴波士顿人像中国佬。我想我应该能看见他们。或者我其实没必要去看他们，看看自己就行。

爱尔兰人：您为什么想见波士顿人？您是外交官吗？

中国人：　不是。

爱尔兰人：您是记者，对政治感兴趣？

中国人：　不，我也不是记者。我想我怎么也没法对政治发生兴趣。

爱尔兰人：为什么不？您的意思是？每个人都对政治感兴趣，而且也应该感兴趣。

中国人：　我不一样，因为我有我的困难。我的意思是，一个人必须在一个地方待久了才能了解到这个地方的政治。比如说，我在都柏林待了一阵。我花了一段时间才了解欧康纳[1]是谁……嗯，我只是个旅行者，每到一处只是为了了解我能看到的一切。

爱尔兰人：哦，好，只是个旅行者。咱们都是旅行者。您来自中国，他来自意大利，我来自爱尔兰。咱们都有好长时间没回家了。咱们都是朋友，远离故土的朋友。这世界属于所有旅行者。波士顿会和我们一样欢迎您的。您打算在波士顿待多久？

中国人：几个月吧，我希望。

刚到波城

鹧鸪曲

咱家原在庐山住，
是个惯行旅哑父。
乘长风、破浪到西方，
看尽人间风雨。

二十年、浪迹英津，
又向花旗飘去。
没来由、暂息波城，
慢慢寻仰基出处。

---

[1] 指19世纪上半叶的爱尔兰政治家丹尼尔·欧康纳。

波士顿鼻子

幼年在家时，父亲曾告诫我，把一个有伟人资质的人培养为伟人很容易，但要把一个人教育成为人群中的普通人就很难。他只希望我成为一个普通人。如今，我的目标依旧是成为人群中的一个普通人。我不是史学家，所以避免去阅读我所到之处的历史，我没学过建筑，所以喜欢用外行眼光去观赏那些有趣的建筑。成为一个人，一个普通人，关键在于不要自命不凡。我怀着这种心态开始书写波士顿的故事。

在旅途中，我更乐意看到人们之间的相似性而不是区别。我极少做计划，随遇而安。但在波士顿，我突然有了想要去了解典型波士顿人的古怪念头。在两次观赏波士顿鼻子的经历中，这种念头都得到了增强。

抵达纽约一周之后，我首次去沃尔特·缪尔·白山博士[1]位于波士顿图书馆（The Athenaeum）四楼的办公室拜访了他。这是我们友谊的开端。他出色的胡须、稳重的脚步和平静的性格都给我留下了印

---

[1] Walter Muir Whitehill，美国作家、史学家，1946—1973 年间任波士顿图书馆馆长。

象。他向我展示了每层楼上保存完美的书籍，其中混合了罕见典藏和最新书目。在二楼，他把我介绍给艺术部的大卫·麦克齐宾（David McKibbin），又带我参观了茶室，读者们每年十月到次年五月可以花三分钱在此处买杯茶。沃尔特说这虽是 1913 年后才有的创意，但人们一般都以为它已经存在了一百多年。"波士顿人喜欢保持老习惯。"

波士顿图书馆后视图

他补充说。我们在茶室外的阳台上伫立片刻，俯瞰后院的谷仓墓地（Granary Burying Ground）和右边帕克大街教堂（Park Street Church）的剪影。

回到四楼后，我被带去参观董事室里的乔治·华盛顿图书馆。馆里有斯图亚特[1]为图书馆创始人绘制的肖像，以及乌敦[2]的华盛顿半身像。展柜中有很多有趣的藏品，其中包括一本劫道者沃尔顿[3]的回忆录，据说封面是用他自己的皮制成的。我面对它时禁不住打了个冷战。沃尔特注意到了，开始对我说起一位访问者曾发表文章说图书馆拥有"乔治·华盛顿的日记，用他自己的皮做封面"，导致他收到一堆令人困扰的信件。

我不记得曾在牛津的博德利图书馆（Bodleian Library）和巴黎的国立图书馆读过或见过任何用人皮做封面的书籍。我看着沃尔特，说中国人感觉会更安全，因为中国的书籍总是用纸或丝绸装订，还未使用更耐久的皮革，虽然中国是最先发明印刷术的国家。

走上五楼，我们来到约翰·亚当斯（John Adams）、约翰·昆西·亚当斯（John Quincy Adams）和查尔斯·弗朗西斯·亚当斯（Charles Francis Adams）半身像的正前方。我立刻注意到了他们相似的鼻子。我凑近细细端详，决定以爱好的态度更仔细地研究他们。

在我们出门到灯塔街（Beacon Street）上的索玛赛特俱乐部（Somerset Club）午餐的路上，我说波士顿图书馆令我想起伦敦图书馆，不过与渗入伦敦图书馆的潮湿雾气相比，波士顿的阳光让排列整齐的书籍和一尘不染的桌椅更加明亮。沃尔特表示赞同，并说波士顿图书馆仍然是一个私营机构，是1807年由一群订阅者建立的。接着，

---

[1] 即美国画家吉尔伯特·斯图亚特。
[2] 即法国雕塑家让-安东尼·乌敦。
[3] Walton the highwayman，本名詹姆斯·艾伦，死于麻省州立监狱。

我被介绍给几位也在那儿午餐的图书馆读者。我发现索玛赛特俱乐部的内部气氛——家具、地毯、墙上的画作，甚至侍者的步伐——都和伦敦的俱乐部很相似。吃饭过程中，我一有机会便左右窥视餐厅里其他人的鼻子。在联邦大道（Commonwealth Avenue）上的阿冈昆俱乐部（Algonquin Club）举行的麻省殖民学会年度晚宴上，我也做过同样的事，但那个场合人更多，太多的鼻子令我迷惑。

新年过后，W. G. 康斯特博（W. G. Constable）教授和夫人在位于剑桥镇克瑞基街（Craigie Street）的家中举办了一次晚宴。我被介绍给他们的一些朋友。康斯特博教授与我早在"二战"前便已相识，那时他在伦敦掌管科陶德艺术学院（Courtauld Institute）。他当波士顿美术馆馆长的时候，曾经安排我观赏过馆中的绘画部分。我们首先看了欧洲部分，如意大利、荷兰、西班牙和法国的作品，从 12 世纪卡塔兰壁画直到 19 世纪印象派，收藏丰富。洛伦泽蒂、提香、鲁本斯、普桑、克劳德、凡·戴克、伦勃朗、艾尔·格里柯、委拉士开兹、科洛特（Corot）、德拉克罗瓦、德加、莫奈、马奈、雷诺阿、凡·高、高更，以及其他著名艺术家的作品，吸引着学生们前来参观。我叹服于整个收藏的全面和优质。"这是我们能领略早年波士顿人高雅趣味的地方，"康斯特博教授说，"他们确实品位不凡。"他说，"在 19 世纪后期，他们就开始收藏不知名的艺术家，比如那些大多数人都在攻击的印象派画家。瞧瞧他们的作品在今天的价值。"接着，我们沿走廊走向建筑的中央拱顶，我被指点观赏了一些相对不知名的欧洲大师们优秀的小尺寸油画作品，它们也体现了早期波士顿收藏家的良好趣味。

对于学习美国艺术的学生来说，可看的作品也很多。我们首先观赏的是殖民地和早期共和时代的肖像作品。我想，吉尔伯特·斯图亚特绘制的五位美国总统肖像，应该是创下了一个纪录。科普利[1]的塞缪尔·亚当斯肖像上，亚当斯的左臂似乎比右臂短得多，这引起了我的注意。康斯特博教授戏称科普利没有受过作为肖像画家的专业训练。科普利为在邦克山[2]阵亡的约瑟夫·瓦伦（Joseph Warren）画像所作的，他的左手似乎也比例失调。

哈德逊河派也有大量良好的典范之作。我曾与范怀克·布鲁克斯[3]和威廉·M.伊文思（William M. Ivins）一同旅行，后者是纽约大都会博物馆退休的版画专家。我们的谈话不知为何就开始围绕哈德逊河派了。当我们驾车从康涅狄格州胡萨托尼克河（Housatonic River）上的一座桥驶过时，伊文思先生指出，哈德逊河派的绝大多数作品其实都是在我们刚刚经过的胡萨托尼克河畔的不同位置创作的。他还举出了一些例子。范怀克看起来很吃惊。我当时无言以对，如今面对这些画作，自然也就更加专注。

接着，我被带到了美国艺术史上被遗忘的时期，1815—1865年。康斯特博教授指出，这个时期的展品都显得老旧而独特，创作者几乎或完全没有经过艺术训练，但作品都展现了他们对于记录所见所感的强烈愿望。这些作品表明，艺术本能和冲动是天赋于人的，可以产生不寻常和令人震惊的结果。也许这个被遗忘的时期导致了摩西奶奶（Grandma Moses）作品的大规模流行。康斯特博教授，作为一个英国人，应该因为他对美国艺术史这一阶段的出色编排和展示而被表彰。

在将我介绍给彼得·威克（Peter Wick）先生，并由他带我参观

---

[1] John Singleton Copley，美国画家，1738年生于波士顿。
[2] Bunker Hill，美国独立战争时的重要战场。
[3] Van Wyck Brooks，美国文学评论家、传记作者和史学家，长期居住在康涅狄格州桥水镇。

我很感兴趣的萨金特[1]和霍默[2]的水彩画之前，康斯特博教授建议我再去看看美国殖民地和早期共和时期的肖像作品。他说："那儿的面孔，除了法国主教舍弗吕斯[3]，差不多都是住在灯塔山上的波士顿人的脸。看看画上的那些鼻子。他们都是波士顿鼻子。"自从我对波士顿鼻子发生浓厚兴趣以来，他这句话的温和尾音一直在我耳中回荡。

在著名的中国面相学书籍《麻衣相法》中，从一个人的脸能看出他的性格和未来。书中列举了二十四种鼻子，每种都有专用名称，比如"龙鼻""虎鼻""狮鼻""鹰鼻""蒜头鼻"，诸如此类。每种鼻子都有几句话来描述性格。我觉得有三种鼻子和我在波士顿美术馆肖像画上看到的鼻子相似，但很快便放弃了这个想法，毕竟它们都是不那么著名的中国鼻子。

有一晚，我参加了由来自华盛顿特区的查尔斯·米尔斯（Charles Mills）夫妇举办的鸡尾酒会。他们当时住在路易斯堡广场（Louisburg Square）。一个客人说："我父亲 1841 年生于此地，1866 年娶亲，我于 1869 年生于此地，所以我肯定是个波士顿人。"另一个声音很快传来："我父亲在波士顿住了七十年，他也没被叫作真的波士顿人。我为能生在波士顿而感到荣耀。我婚后生活在弥尔顿（Milton）。四十年之后人们才开始管我叫弥尔顿人。"每个这样的宣言都迎来一阵愉悦的笑声。我没有询问一个人需要什么条件才能被视为波士顿人。我认为非常重要的一个条件必须是波士顿鼻子。但在我开始研究客人们的鼻子之前，大多数人都渐渐离去了。

自从我在 1952 年 10 月在索玛赛特俱乐部与爱德华·康宁汉姆（Edward Cunningham）夫人首次相遇以来，她对我一直很好。她的祖

---

[1] 即美国画家约翰·辛格·萨金特。
[2] 即美国画家温斯洛·霍默。
[3] Cheverus，为天主教波士顿总教区的第一任司教。

父罗伯特·贝奈特·福布斯（Robert Bennet Forbes）曾是在对华贸易中占领导地位的船主和商人之一，她有很多中国朋友。她说，在我访问美国之前，她曾向加州奥克兰的米尔斯学院（Mills College）图书馆赠送了数册我的著作。她对这些书很感兴趣。过了八十大寿和新年之后，她邀请我在她下榻的旅馆共进午餐。我是唯一的客人。我无意间提起纽约认为波士顿过于保守，女主人反驳了这一点。"比如，"她说，"波士顿的索玛赛特俱乐部有一家妇女餐馆，人们可以带着小孩去午餐或晚餐，而纽约国际俱乐部在任何情况下都不允许十五岁以下的孩子入内。"午餐后，女主人问我接下来要去何方。在听说我要去波士顿美术馆之后，她笑了，告诉我一定要去看看美国厅，因为我能在那儿目睹一些世界上其他任何博物馆都见不到的现象。我会发现一群人聚集在某幅肖像画下面，而他们和画中人有着一样的姓氏。所有波士顿人都那样。他们去博物馆看祖先的肖像，其他什么都不看。我们愉快地握手道别。我很高兴能得到这个有用的提醒。虽然有大量观众分散在很多展厅中，但我直奔那些挂着美国殖民时代和共和时代肖像画的展厅而去。我在路上遇见了一行四人的观众。在詹姆斯·格林黎夫·奥蒂斯（James Greenleaf Otis）船长的肖像下面，一位中年女性正在给站在近旁的三个年轻人解释着什么。另有一行五人走近，他们对女士正在解释的这张肖像根本不看一眼。很快，他们便站在另一张肖像画下。我刻意保持了一点距离，以免让自己显得失礼。让我失望的是，我没法把五个鼻子和肖像上的做一番比较。不过，我终于意识到了波士顿美术馆为游客提供的不寻常服务。

为了能找到关于波士顿鼻子的间接资料，我怀着些微希望拜访了位于阿什伯顿街（Ashburton Place）的新英格兰历史族谱学学会。我的到访似乎把办公室里的人吓着了，原因很可能是我的鼻子。不过，他热情地问我需要什么帮助。我不确定他是否明白我踌躇着说出

寻找"家族肖像"

的到访原因，但他开始讲述学会的重要意义，并让我参观了一排排书架和一堆堆卷宗。此学会被认为是全国同类机构中很重要的一个，随时准备免费接待来自全国任何角落的人，帮他们解答族谱疑惑。每天都有人前来咨询。我开玩笑说他肯定没想到像我这样长着一张扁平脸[1]的人也会来做族谱咨询。当我抵达时，图书馆里已经有了几个人。一位女士正用很高调的声音对全家滔滔不绝。我没有延长自己的叨扰。我感到迷惑。我对自己说，我自忖来自一个以祖先崇拜闻名于世的国度，但在中国任何地方都未曾见过在波士顿遇到的对祖先的如此迷恋。

在参加麻省历史学会举办的亚当斯家族文献展览开幕式之前，

---

[1] flat face，是一种带有种族歧视的、对亚太地区人种的称谓。

12

我曾在纽约与《纽约时报》的弗朗西斯·布朗（Francis Brown）共进晚餐。我们谈起我的波士顿之行。布朗先生说他有一次乘出租车去麻省历史学会，但司机从没听说过这个地方。他还提到时代变迁如此迅速，在未来没有什么东西会占据重要位置。他告诉我，创办于1791年的这家学会是美国最老的历史学会，多年以前，每个人都知道它的楼在哪儿。当我到达时，楼里已经满员。简·白山（Jane Whitehill）和约翰·亚当斯夫人（Mrs. John Adams）轮换着，分别在长桌的两头给客人上茶。我与沃尔特·白山和大卫·麦克柯德（David McCord）简短交谈了一会儿，其他客人正期待着他们。我几乎不认识别人，来往寒暄令我不亦乐乎。我的出席似乎和在族谱学会的情形一样，震惊了很多人。我无法宣称自己对麻省历史略知一二。我对亚当斯家族文献的兴趣与全体客人都有所不同，他们不是已经非常了解这些文献，就是亚当斯家族的亲戚。约翰·亚当斯从杰弗逊第一个草案誊写的第一版《独立宣言》有着令我惊叹的整洁字迹。由亚当斯家族积存九代，跨越将近两百年的家族文献的庞大数量给我留下了深刻印象。最早三位亚当斯的毅力令我敬佩，他们的日记对各类话题都记述得非常详尽，而且一天都不曾停过。我来自一个在孔子的中庸和人生

波士顿著名工匠舍姆·赵恩（Shem Drowne，1683—1774）制作的印度射手风向标。*

---

* 法尼尔大厅顶部的黄金蚂蚱风向标也出自这位工匠之手。——编者注

之道指导下以家庭为一切之中心的国家。但我怀疑中国是否有家庭会保有这样一个规模的文献收藏。看起来，我们中国人在鼓吹自己的家庭体系时应该有所保留，无论它作为原则来说有多么优秀。

　　第一个亚当斯和伟大美国之诞生有很大关系。美国1776年7月4日宣布独立，这让世界上的其他人民将她称为一个年轻的国家。他们至今依然这样称呼，这是相对欧洲和亚洲国家而言。在这种关系中，**年轻**和**年长**这两个词真的缺乏实际意义，但在大众眼中，**年轻的国家**这个词表示着一个还很不稳定、可以被轻慢的国家。我的很多国人都用过这个词，而并没有意识到他们对所提到国家的历史是无知的。另一方面，我遇到的一些很自省的美国人在谈论古代中华文明时也谦逊地使用了这个词。这令我尴尬，我不得不说："美国不是一个年轻的国家，只不过她的政府系统建立了不到两百年而已。"在她宣布独立前还有一百五十年以上的殖民地历史。早期的朝圣者和清教徒[1]不是本地人，但他们的历史背景即便比不上亚洲，也和任何欧洲国家一样长。他们对生活和人类有着确立的信念和强烈的忠诚。他们的心智并不虚弱、幼稚、动摇，或者说原始，和欧亚其他国家那些如今只留下传奇的缔造者一样。早在第一个约翰·亚当斯诞生之前，亚当斯家族就已在此地居住了很久。他的字迹和广博知识并不是来自虚空。这第一位亚当斯和他的同道们是一群卓越的人类，把他们祖先国家的文明移植到了一片新的土地，建起一个适应新的环境、气候和土壤的新系统。美国文明的特征可以上溯很远，就像美国的很多开花植物来自中国一样。它们中的许多都是杂交品种。如果是优良杂交，便会继续优良，继续繁盛。亚当斯家族的所有文献就像一大片精心培育

---

[1] Puritans，此处的朝圣者特指乘"五月花号"于1620年在今日麻省普利茅斯登陆的英国分离派清教徒。清教徒可被分为分离派清教徒和非分离派清教徒，但史学界对分离派教徒是否应属于清教徒还未有定论。

马萨诸塞州历史学会（成立于 1791 年）

的花朵，它们体现了英国的园艺起源，在美国变为杂交品种并获得了不同寻常的成功。我不是学历史的，但喜欢阅读历史。我时常发现历史书一般都倾向于简略，只简述各种事件，而史学家又有各自的偏向。要想在一个地方通过面积有限的展览来描画一个国家的成长，哪怕是一个小国也并不容易，但波士顿的亚当斯家族文献提供了一个特例。在波士顿，我感到真的可以不通过文字而是事实来阅读历史。

当我回到暂居的朋友住所时，他们开玩笑说我如今成了一个波士顿人了。我的回应是，即便我其他一切合格也成不了波士顿人，因为我的鼻子还是扁平的。那天下午我目睹了大量波士顿鼻子。印象最深的是麻省历史学会会长约翰·亚当斯先生的。我觉得他的面容似曾相识，然后立刻意识到他的鼻子和他的曾曾祖父，美国总统约翰·亚当斯有着一样的轮廓。我如今对波士顿鼻子的了解已经心满意足。它是麻省历史学会会长约翰·亚当斯先生长着的那种鼻子。我不想让读者的好奇去烦扰他，但我自己乐于期待看到亚当斯家族最年轻的一代。

波士顿小山

对我来说，波士顿小山是灯塔山。波士顿还有其他小山，比如邦克山（Bunker Hill）和考普山（Copp's Hill）。在灯塔山上小住一段时光之后，我才了解它，而且也许比波士顿其他去处了解得更多。在永恒的时间中，个人生命非常短暂。既然有如此多的大事要去关注，比如会使用原子弹氢弹的下一次世界大战之威胁，或是数千生命被无辜杀戮的报纸和电台报道，我们为何要去关注自己生活的周边细节呢？这个问题鲜有清晰的答案，我当然也不能解答。这便是我们作为凡人的局限。灯塔山在得名之前便已经存在，而即便在一些不可思议的事件中被改变，它依然会继续存在。它是我所有旅行中相遇的最适合生活的地方之一。

建议我在灯塔山上找个地方住的是我的友人格莱蒂丝和范怀克·布鲁克斯[1]。我在剑桥的杨家住了几天之后，联陞[2]带我到了波士顿。平克尼大街（Pinckney Street）六十九号是我们敲门的第三幢住宅，转眼我就在此安顿下来。我不了解这幢住宅的历史，但出奇地喜

---

[1]　格莱蒂丝为布鲁克斯之妻。
[2]　杨联陞，华裔史学家，哈佛大学教授。

欢它宁静的空气和周边。我当了很多年自命的旅行家，从未觉得居住是个问题，只要满足我的意愿就行了。豪华宾馆没法让我放松，因为我没法让侍者们放松。一些高级住宅区从未接待过短住的旅行者，而我也不知如何把自己介绍给它们。我住过的一些地方和城镇中心有一段距离，但是灯塔山有直通波士顿各处的街道。最重要的是，它是一座小山，不太高也不太矮，给我一种缓慢攀爬和下坡的新鲜感觉，而不是乏味的平坦大道，前后没有风景。几天后，我发现灯塔山的每条街都有自己的性格，虽然所有房屋都由红砖砌就。

在哈佛大学威德纳纪念图书馆（Widener Memorial Library）的前厅里，有四幅模型地图，展示了从 1636 年哈佛建校至今的剑桥风貌。第一幅清晰标注了灯塔山曾经是查尔斯河（Charles River）对岸有着三个山头的显眼土堆，这也是最初的定居者在 1630 年做最后一次短距离迁徙之后看见的景象。当时那三个山头被称为三山（Trimountaine），后来垂蒙特大街（Tremont Street）的名字便源于此。为了和华盛顿街上老的州立议会大厦有所区分，拥有镀金圆顶的新州立议会大厦于 1795 年建在了山腰下。19 世纪伊始，在蓬勃发展的制造业推动下，波士顿迅速向外扩张，三山也发生了巨变。在 1799 年，西侧被称为维农山（Mount Vernon）的一大片区域被铲平，土壤被填河，把查尔斯大街（Charles Street）抬到了如今的高度。后来，中央的山头，灯塔山，也被削低，挖下来的土填满了山脚的磨坊池塘[1]。最后，在 1835 年，东侧占显著位置的棉花山（Cotton Hill）被夷为平地，建起了潘姆伯顿广场（Pemberton Square），如今法院的所在地。从此地看，在我的一侧是查尔斯河在平克尼大街的尽头流淌，另一侧是山脚下的华盛顿大街。灯塔山曾是半岛之首，也是整个波士顿

---

[1] Mill Pond，1775 年在北湾（North Cove）筑坝形成，水坝为磨坊提供了动力，但至 19 世纪早期时，该池塘已经发臭。

曾经坐落的位置。美国历史的书写始于波士顿，灯塔山也扮演了它的角色。

带我到威德纳纪念图书馆，并给我机会研究那些地图的，是我的友人大卫·T. W. 麦克柯德博士，哈佛基金议会的执行秘书。我了解到，夷平棉花山需要一百九十名劳力和六十辆牛车干几个月。每人每日可挣一块钱，但有经验的牛车夫挣得更多。那是短短一百多年前的事。在我们当今的机器时代，需要的人力和时间肯定会少得多。但我倾向于相信，早期定居者移山的精神会继续让美国人认为没有什么是他们办不到的。在曼哈顿被铲平的巨大岩基上建造的摩天大楼，它们的根来自灯塔山。

一位曾经被我问过波士顿鳕鱼和豆子问题的友人说，在州立议会大厦里有一条我必须拜访的圣鳕鱼。我到了州立议会大厦，立刻被前厅里密集的战旗所震惊，然后被指引上楼。在楼上，我经过了几个正弯腰观看布拉福德（Bradford）手稿的人——布拉福德州长本人亲自书写的关于普利茅斯朝圣者的故事，被放在玻璃展柜中。我第三次找到一位穿制服的卫兵问路，他说："什么？木鳕鱼？在众议院大厅里。"从他的说话方式判断，我猜想来看鳕鱼的人不是很多。我对进入大厅有点踌躇，因为有几位穿着正式、貌似众议员的男士正在专注讨论。看起来一次会议刚刚结束。他们中的一位善意地招呼我进去，然后边讨论边指给我看鳕鱼。我发现那是一块巨大的木头，雕成了鳕鱼的形状，鱼鳞是红色和黑色的曲线，眼睛是白色圆点。它吊在大厅里抬高的平台上方，四下里没有任何介绍文字。那几位众议员已经离开了大厅，但招呼我的那一位又进来了。他向我解释说，这条木鳕鱼始于1784年的一条法令，"在议会机构所在的室内悬挂鳕鱼，以提醒鳕鱼捕捞业对本联邦社会福利的重要性"。为实施1784年法令，它最初被悬挂在华盛顿大街旧州立议会大厦的屋子里。但一个多世纪后的 1895 年，另一条法令把这个古老的鳕鱼标志从旧大厦运到了新大厦——一个十五人的委员会抵达旧议会大厦，将标志性的木鳕鱼用国旗包裹，由两人肩扛着，充满荣耀地从华盛顿街行进至灯塔山上的新址。应该是一场盛大的游行。我想这应该是这个木头标志被称为圣鳕鱼的原因。既然它是神圣的，我猜想在每次开会前或是特定的日子里会有一些祭祀仪式。答案是"没有"。很显然，当众议员们步入大厅的时候，他们中的大多数人都不会去看它一眼。"我在美国其他任何州的议会都没见过类似这条鳕鱼的物件。"我说。"波士顿是独特的。"这是我得到的回答。我感谢了这位友善的信息提供者，向他询问是否可以登上圆顶观景，因为我以前曾读到过，英国伦敦的英诺奇·万恩斯[1]在从波士顿州立议会大厦圆顶上观景后，留下了如下文字："我曾访问过欧、亚、非、美四大洲的很多制高点；我宣布，和波士顿州立议会大厦上看见的景象相比，它们没有一个能够胜出，连能相提并论的都寥寥无几。"那天上午我没有机会登顶，但被告知也许可以给我安排。我想我最好把英诺奇·万恩斯看到的美景留在想象中。我不知道英诺奇·万恩斯是何时登上的圆顶。他应该是在洛克菲勒中心或是帝国大厦建成前就已经到了美国。我乐意想象他是在棉花山甚至是维农山被摧毁前来观的景。无论如何，他所看到的肯定和我在约翰·汉考克大厦[2]顶上看到的很不相同。波士顿和绝大多数城市一样，都在扩张。

　　我没有爬上查尔斯·布芬奇（Charles Bulfinch）设计的州立议会

---

[1] Enoch Wines，此人实为美国人，正文接下来引用的文字出自其著作 *Trip to Boston, In a Series of Letters to the Editor of the United States Gazette*，Boston, C. C. Little and J. Brown, 1838，第 25 页。

[2] John Hancock Building，波士顿有三幢不同年代修建的以此为名的建筑物，其名来自美国独立战争重要人物兼麻省第一任州长约翰·汉考克。作者所指应该是 1947 年完工的二十六层大楼，在 1947—1964 年间，它是波士顿第二高的建筑，只比最高的海关塔楼低一英尺。

大厦圆顶，因为我已经被带领着去看过布芬奇为波士顿设计的另一幢重要建筑——麻省总医院。不提波士顿州立议会大厦作为政府办公楼的重要性，我也感觉它是一座能够让一位建筑师名垂青史的伟大纪念碑。我不止一次听说过布芬奇立面和布芬奇内部。他不仅设计了一个原创而且成功的模型，被美国几乎每个州立议会大厦效仿，而且据我所知，还被选定来完成如今在华盛顿特区人人景仰的国会大厦的设计施工。提出带我参观医院大楼的是约翰·康斯特博医生，波士顿美术馆馆长 W. G. 康斯特博教授之子。他认为楼顶的风光是波士顿最好的。我在约定时间前早早到达，因为医生们总是很珍惜时间。约翰花了一点时间带我参观了首次使用麻醉的牙科手术发生的手术室。它离楼顶不算远。一分钟后，我们便上了楼顶。我赞同约翰的看法，从麻省总医院的楼顶望去，波士顿州立议会大厦稳如泰山地站在灯塔山的半山腰上，变成了奥利弗·文德尔·霍姆斯[1]所说的"太阳系的中心"，而查尔斯河水则一再伸展，流入无垠的大海。旧与新令人难忘地融合了。这可不是从飞机上拍摄的任何一座大城市的鸟瞰图。我见过很多城市的航拍照片，但它们都毫无特点。波士顿的特点在麻省总医院的楼顶上便可感受。

下楼时，我想读读首次使用麻醉的那间手术室墙上铭刻的文字，而约翰还要照看病人，便把我留下细读。我感谢了他，满怀思绪地回到了平克尼大街。M. A. 德沃尔夫·豪（M. A. DeWolfe Howe）博士的以下文字引起了我的兴趣：

> 波士顿公立花园中的威廉·托马斯·格林·莫顿（William Thomas Green Morton）纪念碑，可以体现两位主要原告所争夺

---

[1] Oliver Wendell Holmes，美国医生、著名作家，被誉为美国 19 世纪最杰出的诗人之一。

的发现之荣誉留给后世的福泽……来波士顿之后，莫顿一生师从杰克逊医生，在认真考虑牙科应用麻醉的可能性之后，他寻求杰克逊的指导，得到了使用转化乙醚的建议。这并不是杰克逊自己的发现。七年前，在汉弗里·戴维（Humphry Davy）爵士的建议下，他吸入了乙醚，结果失去知觉。他做这个尝试并不是为了防止疼痛。莫顿立刻开始了实验，最初是在自己身上，然后，1846年9月30日，为一个自愿在拔牙时放弃知觉的病人施行了麻醉。次日，莫顿把成功的消息告诉了杰克逊。这一次，杰克逊建议牙医把情况向麻省总医院的外科医生们通告。他照办了。1846年10月16日，约翰·C.瓦伦[1]医生实施手术时被许可使用乙醚，成就了一次无痛的肿瘤切除和腿部截肢，这一切都是在瓦伦医生[2]最初尝试的三周之内，他无可置疑地建立了这一新成就不可估量的价值。

我于1938—1940年负责伦敦尤斯顿（Euston）的威尔康姆历史医学博物馆（Wellcome Historical Medical Museum）中国部的时候，经常听说麻醉是最先在波士顿发现的。所以，既不是柏林，也不是伦敦或巴黎，而是波士顿，成为了减轻人类痛苦的先驱。

灯塔山上的灯塔街，其重要性是不容置疑的。它是条美丽的街道，一头通向波士顿公园和公立花园，就像爱丁堡的王子街（Princes Street）对着花园和城堡岩（Castle Rock）一样。与爱丁堡的王子街不同，灯塔街两侧不是商业建筑而是高级住宅。霍姆斯称之为"一条只留住筛选过的极少数的阳光明媚的街道"。"被筛选过的极少

---

[1] John C. Warren，麻省总医院第一位外科医生，哈佛医学院首位院长，《新英格兰医学杂志》创始成员之一。

[2] 此处似为原著谬误，应为莫顿医生。

索玛赛特俱乐部

数"并不都是霍姆斯家族或是卡波特家族[1]。有人为我指点了灯塔街五十五号的威廉·希克林·普莱斯考特[2]的住宅，在那儿，萨克莱[3]享用了他在美国的第一顿晚餐，并且将他的《艾斯蒙德》[4]交给了那位著名的历史学家。

　　让我发生最大兴趣的，是索玛赛特俱乐部外墙上带有黄铜狮子头门环的英式大门。我本以为这就是正门，但因为来俱乐部参加午餐或晚餐聚会时从未走过，我很快便发现它在早年间是通向厨房的，而如今哪儿都不通。沃尔特·白山告诉我，在一些年前，索玛赛特俱乐部厨房里有一个装满油脂的平底锅突然起火，门房指点消防队员从这

---

[1]　皆为波士顿上层名门，后者被称为波士顿第一家族。
[2]　William Hickling Prescott，被称为美国第一位科学历史学家。
[3]　Thackeray，英国著名小说家。
[4]　该书全名为 *The History of Henry Esmond*。

个服务用门进去救火。这件事激怒了一些记者，他们谴责俱乐部的排他性。其实，如果让消防员从会员入口进去，反而不够快。当我发现这扇服务用门是最英国风格的门时，不禁笑了。我没有感受到灯塔山人们的"排他性"。事实上，我发现他们经常说些自损的段子和传说，虽然我不认为他们已经出格到建立一个玩笑工厂，就像传说中阿伯丁人所做的那样，编造关于自己的笑话，以吸引人们去访问洁净的阿伯丁城。

灯塔街是一条充满阳光的街道。面向波士顿公园和公立花园的住宅收获了最多的阳光。我见过它们的窗户在阳光下闪着神秘魅人的光芒，主要是紫色光。我最初以为那是日落或是红砖墙反射的温润色泽，但如今我发现窗玻璃本身就是紫色的。有人曾告诉我一个讹传，说"五月花"的后代拥有在自家住宅使用紫色窗户的特权。另有人说那些有紫色窗户的房主并不都是"五月花"的后代，有一处住宅的紫色玻璃是没多久前才安装的。最后我确认，1816—1824年间灯塔山上修建的新居使用了一定数量的从英国订购的玻璃。一些年后，玻璃在波士顿的炎日下暴晒已久，因为自然化学反应，从无色变成了紫色。这种始料未及的改变并没有让居民们困扰，他们很高兴看见自家的窗帘、天花板和房间蒙上一层温暖的光和紫色的华贵情调。紫色玻璃成了一种时尚。但我不确定这是否算新时尚，因为一位叫袁枚的18世纪中国诗人就喜欢在他著名的南京随园中使用紫色玻璃。当时中国并不出产玻璃。它们来自国外，很可能是英国。换言之，英国早在1816年前便已开始制造紫色玻璃了。

在栗子街（Chestnut Street）和灯塔山的其他街道两旁有更多的紫色窗户，但它们从外头看并不像灯塔街的那些一样显眼。"栗子""云杉""杨柳""翠柏""核桃"和"橡子"这样的街名吸引了我。是为建房铺街而拓荒的时候确实砍伐过这些树木？山上现在依旧长着很多树木，虽然非常有序，但很可能已不像它们在自由无羁时代的样子。维农山大街（Mount Vernon Street）两侧排列的高大美丽的榆树让它非常独特。街道宽阔，铺上了供游玩行走的路面。因为它直接和州议会后面的大道相通，来往的汽车也比其他街道多。如果说灯塔街与爱丁堡的王子街相似，那么维农山大街就像是爱丁堡的乔治街。乔治街两侧的大部分住宅都是乔治亚式建筑，以灰色大理石筑就，透着爱丁堡寒冷清新的气息。而维农山大街上的红砖房则呼吸着波士顿安详温馨的气息。橡子街（Acorn Street）是最窄的，也是所有街道中最安静的。

维农山大街上的每座房屋似乎都有一个故事要向我诉说。我发现七十八号和一百零八号两幢房子的大门并不像其他门一样正对大街，而是稍微偏向西南。这让我想起故乡的一些宅子也有着方向不寻常的大门。它们的朝向安排遵照中国古代风水——一种看不见也摸不着的理念。根据中国古老的风水系统，通过河流、树木和山川这类自然物体的位置，有可能确定坟墓、住宅或是城市位置的选取。通过选定的地点，则能够预知家庭、社区或是个人的前程。风水先生有可能用吉祥的影响力去对抗凶险的影响力，把笔直的和有害的外形转化为波浪形的有益的曲线，从大方向上校正那些如果置之不顾可能会导致毁坏的自然力量。作为规矩，不管住宅大小，动工前都会请一位有名的风水先生来仔细研究用于建房的土地，决定大门朝向哪个方向。若是没有其他选择，风水先生会将门的朝向稍微偏转以对抗主凶的影响。所有房主都期待好运，所以每个有钱盖房的中国人都会去请风水先生——一种直到三四十年前在中国依然特殊的专业人士。我不认为中国如今还能找到风水先生。当欧洲人和美国人开始在中国建造门可以朝任何方向开启的房屋时，中国的风水先生们声言说，这些房屋无法镇住邪恶，会扰乱中国住宅的经典传统，但已不再有人需要他们的

橡子街

学识。很多老一代中国人根据他们过去五十年的经验，倾向于同意风水先生们的观点。我依然诧异维农山大街七十八号和一百零八号为何会有与众不同的大门朝向。

我有幸被邀请进入过路易斯堡广场上二十二座住宅中的两座。其中之一是十二号，房主查尔斯·米尔斯先生和夫人请我参加他们移居旧金山之前的鸡尾酒会。另一个是十六号，我曾数次在那儿拜谒过马克·A. 德沃尔夫·豪博士。范怀克·布鲁克斯先生曾希望我能尽早见他，因为他撰写过三十多本关于波士顿的著作，应该能告诉我关

西雪松巷

于波士顿的很多事。当我于 1952 年 10 月给豪博士打电话时，他已经过了八十九岁寿诞。他说他的视觉已经坏了，如今只能收听华盛顿最卓越的国会图书馆提供的书籍唱片录音。他接着告诉我，他最近写了一篇文章纪念已故的爱丽丝·巴赫·古尔德小姐（Miss Alice Bache Gould），一位花费数年时间去考证"与哥伦布同船的每位水手之姓名"的卓越女士。我关于广场花园中哥伦布雕像的问题由此引发，而他对此了如指掌。建设路易斯堡广场时，一位希腊富商请人从雅典运来一尊"正义的阿里斯提德"雕像。雕像运到后，他征询邻居们是否同意他将雕像安放在广场中央的树丛中。他们为此召开会议，并指派了一个三人委员会来决定这个问题。最终决定是，阿里斯提德，一个希腊人，应该被放在广场一端，而哥伦布，所有美国人的父亲，放在另一端。商人同意了，于是两座塑像就被安放在它们如今的位置，至今已在那儿立了将近一百年。如今我明白，并非每个路易斯堡广场的居民都是"五月花"的后代。

我不知道我们是如何就谈到了普莱斯考特的盲人写作框。我在麻省历史学会的一个展柜里见过它。豪博士曾在早年间的一本著作中讲过它的故事。在一场学生斗殴中，一个学生投掷的面包击中了普莱斯考特的一只眼睛。他失明之后发明了盲人写作框。我补充说我曾经读到关于牛津的故事，中世纪的时候学生们也曾有打斗。在我鞠躬辞别之前，豪博士善意邀请我到酒馆俱乐部和几位友人见面，共进午餐。他接着告诉我，在"一战"期间，劳伦斯主教在这个俱乐部款待了约克总主教。当时俱乐部前面有个叫"黑猫"的小饭馆，两位主教便坐进了这家小饭馆，而不是俱乐部，过了好一会儿他们才被领走。我记得在伦敦时，曾和已故的约翰·威特利（John Wheatley）教授前往常常坐满主教的雅典娜俱乐部，听说主们很少知晓他们身处何地，总以为自己身处主教宫殿。

路易斯堡广场的一侧是平克尼大街，我无论何时下山走向河畔或是波士顿公园，总会在广场流连片刻。那儿平和的气氛从来不曾催促过我。广场上车不少，我能看见它们停放在花园围栏边，但从未见过一辆行进中的车。住户们似乎都非常满足，以至于不想去别处。这让我在一座现代城市的生活中找到一缕清新的寂静心情。我画了大量以住户门庭和不同角度的广场为主题的作品。我还尝试过在维农山大街上绘制整个广场的全景。从那儿观察，广场似乎是东高西低，所以在冬日早晨，平克尼大街上的住宅都能呈现出全貌。比起伦敦很多难见全貌的广场，这样的地势安排使得整个广场能很容易地收入眼底。这些住宅让我想起南肯辛顿地区靠近阿尔伯特大厅的那些住宅。无论如何，我感觉路易斯堡广场的独特之处是它的全貌、它的乐观的宁静，以及二十二个房主每年开会内部抽税来维护物业的独立体系——这一做法我在伦敦从未听说过。

广场中心的小花园以它自己的独特吸引着我。在一个温热的夜晚，我失眠良久后决定起身出门转转。多年前在家乡时，我在夏夜里也曾这么做。英格兰的八千个夜晚中，我却不曾得到过一个这样的机会。在中国，当夏夜炎热时，我们会到宅子后面的花园里乘凉，到岩石上坐坐，或是在树下躺倒，或是沿着小池塘绕行，直到凌晨的一丝凉意飘来。我在平克尼大街居住的宅子没有花园，所以我溜进了路易斯堡广场。天上的月亮更喜欢把她的目光投向波士顿公园，而不是我站立的地方。她为所有住宅勾出了清晰的屋顶轨迹，她也为树上的每片叶子做了同样的事。所有叶子都纹丝不动。寂静是可以感觉到的。冬夜里的影子大都是找食的饥饿动物，春夜充满了轻快活力，秋夜则闪现着生命的微妙魔力，而这样一个漫长的夏夜，给我带来的却是只在年少时经历过的陶醉。几锋草叶在月光下竖立，但更多的是树干间的大团黑影。我盯着小花园里俯拾皆是的黑影，能侦测到明灭闪亮的微光。它们是萤火虫。同时，我耳中充满了一令人陶醉的柔和音乐，和在遥远的九江听过的旧曲一样。那是蟋蟀的歌唱。萤火虫和蟋蟀的存在让我生出一种无法叙说的强烈情感。这是一种我的英国朋友无法体会的情感，因为他们之中没有几个人知道萤火虫和蟋蟀；一种我的美国朋友可能会轻易忽视的情感，因为他们自小就了解萤火虫和蟋蟀。但于我而言，它们唤起了二十四年前的记忆。这种情感对于很多中国人来说也是陌生的，特别是最近三十年间出生的人，因为自从"一战"以来，中国人的生活已经发生了许多自然的和不自然的改变。我接受生活进程中的改变，很少期待看到改变被推翻，旧事物被重建。但路易斯堡广场的一个夏夜将我带回了童年的旧居花园，表兄弟姐妹们追逐萤火虫和斗蟋蟀时的欢笑、追逐和争吵。一种甜蜜的情感！返回寓所之后，我写下了一首小诗：

路易士堡方场 *

竹枝子

四面红墙高树掩，
暑气渐消减，
飞萤点点争前。
似曾相识忆窈年，
何幸重逢海外天。

万千意、如电闪。
莫记欢和欸，
人事几时全。
夜静风清欲破禅，
信步归兮好自眠。

虽然我未能发现路易斯堡广场和罗素广场（Russell Square）有

---

* 即 Louisburg Square，现译为路易斯堡广场。——编者注

多少外在上的相似，但我感觉住宅内部应该非常相似，因为我被多次告知，路易斯堡广场二十号被选作了萨克莱《名利场》的拍摄外景地。萨克莱首次品尝美国生蚝后的评语和他的波士顿演讲，在今日仍被人提及。狄更斯在查尔斯大街友人宅邸的逗留也是一个话题，虽然他对美国的描述方式被很多美国人憎恶。自狄更斯和萨克莱以降，肯定有很多著名英国作家拜访过波士顿。为何没有关于他们的趣闻轶事？我斗胆揣测，这是因为波士顿在"改变"。这个改变，就像地球

平克尼大街风景

上其他地方发生的改变一样，因为人口不断增长而变得不可避免。在小城市里，人们的言行举止会被注意，但当人口更加密集，一些人名刚被提及就会被遗忘。幸运的是，在波士顿人口还不算多的时候，曾经有过那么多闪耀的名字！

在平克尼大街居留的整段时光中，我享受了住在山上但地势又不算太高的生活。清晨下山时，我会想象那层薄雾将我从地面浮起，当它消散时我便能不费吹灰之力下到山脚。我从平克尼大街下到河堤路（Embankment Road）时，不止一次感到麻省理工学院的巨大建筑群似乎在和我做游戏。它们像是摆放在查尔斯河对岸的、一座希腊神庙的白色塑料小模型，我似乎可以很容易地摆弄它们。在一些夜晚，它们在绝美的日落天空下变成了红色或紫色。它们在头一天清亮可见，第二天就可能杳无踪迹。如果不是赵国均博士带我游览过学院，还有我对它巨大的科研声望的了解，我也许会把它当作海市蜃楼。

在白天，我偶尔能听见汽车声，但一直能听到的是脚步声。它们未曾打扰山上的寂静，反而加强了这种寂静感。我步行时很少能遇见行人，晚归时更是一个人也看不见。上山时我从来都不需要步履急促。在有月光的夜晚，总有人伴随我的归家之路。一个我走她也走的同伴，那便是波士顿的月亮。这便是我住在灯塔山的快乐。

波士顿圣诞

"在所有古老的节日中，圣诞唤醒了最强烈和深切的人际联系。"华盛顿·欧文[1]在《圣诞旅行》(*Travelling at Christmas*)中写道。在严格的儒家家庭中成长的我，直到1933年在英国首次体验圣诞之前，对它完全没有了解。那时我到伦敦只有五个月。一位新结识的友人邀请我到他离伦敦不远的家中，和他全家共度圣诞。出发前，我想做些关于圣诞的阅读。我回忆起在中国还是个学英语的小学童时阅读狄更斯的《圣诞颂歌》的困难。我们的老师不是基督徒，无法给我们太多讲解，而要学的难词又太多。我不想重蹈覆辙。虽然好奇，我并没有找到英国作家关于这一话题的其他文字，却发现了华盛顿·欧文的《圣诞旅行》《古厅圣诞》(*Christmas in an Old Hall*)和《圣诞乐趣》(*Christmas Merriment*)。读完它们之后，我满怀期盼地出发了。如今再回忆，最鲜明的画面是我的女主人，一位体态丰满的六十岁太太，站在餐桌尽头，袖子卷起，手中拿着剔肉刀叉，准备肢解身前摆放的壮硕如山的火鸡和坎伯兰火腿。她切肉时面带欢愉的微笑，我也和其

---

[1] Washington Irving，美国作家、律师、外交官。

他七位客人一同微笑着，思绪却已回到了中国的生地。在我的旧式儒家家庭中，刀是不允许离开厨房的，而根据孔夫子的观点，"君子远庖厨"[1]。我们将餐盘传了两遍之后，火鸡和火腿就所剩不多了。我在"二战"食品定额配给的年代，常常会回忆起那一餐。

晚饭后，我们围坐在中厅里一个巨大的壁炉边，旁边不远是一棵大圣诞树，树上精细地点缀了很多封装得很美丽的包裹。在我们打开圣诞礼物前，家中最小的两个成员必须去睡觉。根据习俗，他们的礼物要等晚上才能从烟囱里送下来。女主人开始向我讲述圣诞故事和习俗，而男主人笑着与其他客人碰杯。每人都要出个娱乐节目。轮到我时，我说了个关于中国春节的故事。突然，女主人起身邀请所有人拉起手来歌唱。我只能保持沉默，但手臂和他们的手臂一起欢快舞动。屋子中央的灯下挂着一大丛槲寄生。我们离它越来越近，随即，在欢笑声中，有人被亲吻，有人忙于躲闪。我了解到，根据习俗，所有站在槲寄生下的女士都必须被亲吻。如今想来，这类常识我了解得太晚了。

关于波士顿圣诞，托马斯·温特沃斯·希金森[2]在1911年写道："在那时（1845年）还没有圣诞礼物的习俗，到新年才会送礼。不过，我以参加看手势猜字谜和跳舞的方式庆祝了那个圣诞夜，最后，和列维·萨克斯特（Levi Thaxter）——后来成为了赛利娅·萨科斯特（Celia Thaxter）的丈夫——一起给某位剑桥名媛唱了一首小夜曲。"这至少证明，在一个世纪前的波士顿，对圣诞的庆祝还不算普遍。

在新英格兰，感恩节是一年中最重要的节日。我有幸被约

---

[1] 此说法实来自《孟子》。
[2] Thomas Wentworth Higginson，美国19世纪牧师、作家、废奴主义者和战士，生于麻省剑桥。

翰·尼古拉斯先生和太太邀请到位于灯塔山杨柳街（Willow Street）的柯布斯太太府上过感恩节。这纯粹是一场家庭聚会，因为尼古拉斯一家和柯布斯一家是亲戚。我感觉有点见外，但也第一次品尝了南瓜派。南瓜派对于很多人来说应该是日常食品，但对我来说它是新鲜事物。我怀疑很多英国人是否知道它。在英国的几年中，我从未见过南瓜派。到西方生活以来，我一直对"派"这个词感兴趣。在中式烹饪中没有派，但在英国有很多种。伦敦考文垂花园著名的布莱斯坦餐馆老板、法式餐饮专家 M. 布莱斯坦（M. Boulestin）有言："一个英国厨师一周丢弃的食物比一个法国厨师一个月丢弃的还多。"我并不赞同他的说法，因为我不认为一个英国厨师会丢弃那么多食物，否则不可能会有如此多种派。我相信南瓜派在美国感恩节晚餐中是必需的食品，因为南瓜是朝圣者们种植和收获的最早几种蔬菜之一。

在波士顿度过的第一个十一月里，我突然间发现，圣诞大潮已经席卷了波士顿公园和华盛顿大街。如今，还没等人们想起圣诞节，它便已经出现在了人们面前。除了百货商店的彩色装饰和抱着一堆盒子穿梭来往的盛装妇女，我还能听到来自华盛顿大街的一种声音。那是大批救世军装扮的圣诞老人们摇响的铃铛。我想这声音是波士顿独有的，因为我从未在大西洋对岸听到过它。如今我知道纽约也有一样的摇铃人，但声音并不如波士顿的清晰。在英国，我总是试图告诫小朋友要有耐性，因为只有一位圣诞老人，而他要爬所有的烟囱。假若我把同样的话说给波士顿的孩子们听，他们想必会认为我是个永远不可理喻的中国人，因为他们会告诉我，他们曾在华盛顿大街的百货商店内外遇见了多少位圣诞老人。

在中国传统道家思想中，白鹿象征着长寿。在我们祖先的信仰中，当它活到一千五百岁时，皮毛会变白。它被视为珍稀动物，只存在于道家的天界中。我虽在一幅绢本中国古画中见过白鹿，在中国国内却从未见过一只活的。不过，在波士顿公园里却有养在铁丝笼中的八只白鹿，成了圣诞季节和圣诞故事的独特装饰。波士顿市长或是他的某位下属一定拥有神力，才能搞到那些白鹿——至少是和中国道家仙人一样的神力。我曾多次去过波士顿公园，就是为了看看它们和给它们画像。但我从未听到有孩童问起，白鹿是否会为圣诞老人拉雪橇。

波士顿公园里有很多刻画耶稣降生的大型塑像和模型。他们周围总围着一些游人，年轻的和年长的都有。有一个下午，我看见两个小孩在喂鸽子：其中一个让所有鸽子都绕着他的头、肩和双脚转圈，而另一个则一次只喂一只，把其他鸽子赶开。观察他们的不同做法是件趣事，所有艺术家都会生出愉悦之情。我很遗憾当时没有带着画纸。突然，一位白发老妇走过来，用坚定的口气告诫我不要鼓励孩子们喂鸽子。我还没来得及对这令人吃惊的谴责做出反应，她就打开

白鹿

了话匣子：波士顿曾经几乎没有鸽子，但如今它们生了又生，已经遍布波士顿；它们扰乱交通，它们损毁公园，它们弄脏长椅和小径；终有一天它们会把所有人从波士顿赶跑。片刻停顿后，她又补充说，她的意思是它们会把所有波士顿人赶跑。我依旧哑口无言。令人意外的是，她问我是否是基督徒，如果是的话，属于哪个教派。我还没来得及回答，她就警告我不要相信那些在波士顿公园搭建耶稣降生场景的人的任何言论。这更让我大吃一惊。她很快就和我道别离开。这是一次令人尴尬的奇遇。

远在圣诞夜到来之前许久，灯塔山上住宅群的几乎每扇窗户里就已经燃上了红烛。我上山的路循着查尔斯大街和维农山大街，穿过路易斯堡广场到平克尼大街，或是通过栗子街走到平克尼大街。虽然街灯非常明亮，但两侧的烛光似乎在用一种仙境般的光晕照亮着街道，令街灯变得无足轻重。因为所有住宅都建在坡道上，窗里的光亮彼此并不会混淆，反而各自显示着独有的重要。我很少会遇见在夜晚上山的人。我在安静温和的气氛中款款而行，感觉自己就像化成了一只飘游着的没有方向的蝴蝶，在落日赠给夜晚的最后一丝余晖中悬浮，寻找着夜晚的栖息之处。住宅的红砖墙强化了这个场景，帮它远离了山下公园那边的喧嚣。在圣诞时节，灯塔山点着蜡烛的所有窗户是独特的一景。

也许我不应该破坏大家的情绪，说那些蜡烛不是真的。但每个美国人都知道，使用电能的自然结果之一便是制造电烛。我立刻就能想象家家户户放置一排排真蜡烛的场景：沿着窗台，沿着窗棂，排成直线、曲线或是三角形。它们不是圣诞树上的小蜡烛，而是教堂祭坛上的大蜡烛。为了这个特殊时节，很多家庭拿出了古老稀有的银烛台。我能想象在早年的圣诞期间，当街灯还只是昏暗的煤油灯时，灯塔山会是如何壮观。它一定像一个释放着暖意的巨型壁炉。真烛光的自然摇曳一定会创造出黄色、红色和橙色的醉人光波，让场景更鲜活，情感更深刻。况且，烛光的自然黯淡会强化时间流逝的感觉，令人平添思绪。毕竟，人类是情感的生灵，而不是在实验室用原件组装的机器。

我寻找关于蜡烛发明的资料已经有一段时间了。既然发现火的用法是人类文明进化的开端，那么制造蜡烛也应该是对人类文明发展的巨大帮助。这样的研究属于我的个人乐趣。哥伦比亚大学教授L.卡林顿·古德里奇（L. Carrington Goodrich），作为卡特（Carter）所著《印刷术在中国的发明及其西传》（*The Invention of Printing in China and Its Spread Westward*）一书的编者，以及若干古代中国科学发展专著及论文的作者，倾向于同意我关于蜡烛可能最早在中国使用的观点，虽然我们还没有为这一理论找到确凿的证据。过去四十年间，中国的考古成果显示，中华文明在公元前17世纪的殷商时期就已经有了高度发展。很多精美的青铜器重见天日，其中一些可能是用失蜡法浇铸的。蜡是制造蜡烛的原料。大量中国古籍都描述了如何从蜂窝中采蜡，而中国早期的蜡烛被称为蜂蜡烛。其中一部书籍提到一种蛾类昆虫，翅上都是蜡质。这种昆虫在四川、贵州[1]和浙江三省已经广为人知，乡人用蜡树的小枝大量喂养它们，然后从翅上收集蜡来制烛。此蜡色白，在汉语中被称为白蜡，而蜂蜡是黄蜡。四川和浙江的蜡烛闻名于中国已有几个世纪。在中国，燃红蜡烛表示幸福，在所有喜庆节日都会看到。灯塔山那些窗台上的烛光自然令我感到愉悦。

活动丰富的圣诞夜最终到来了。我的房东麦克法兰先生告诉我，灯塔山的一个经典习俗是家庭在当夜保持开放，为可能来访的圣诞摇

---

[1] 原文为 kweiyang。

铃者和唱颂歌者准备好三明治和糖果。我说我在剑桥的朋友可能会来访问灯塔山。他友好地把前厅留给了我和我的友人们，还欢迎我们分享三明治和糖果。前厅窗台上欢快燃烧着的真蜡烛似乎是给拜访者们的信号。我等着友人们到来，随即便听到了脚步声，于是我上前开了门。一个欢快的声音喊着"圣诞快乐"，小铃铛的声响灌满了我的耳朵。来访者是一位中年女士，她大声笑着，抓住大衣用力一摇，大衣边缘挂着的一串铃铛便欢快做声。女士的脂粉妆很美丽，帽子流光溢彩，谈吐喜气洋洋。我还没来得及张口，她便径直走进屋里，看起来

铃声响起，颂歌唱起

完全没有被我的呆板表情惊吓到。很快，五个一伙的年轻人也走了进来，他们无铃可摇，但看起来都对三明治食欲良好。我也应该赏脸吃饭，所以就叫上我的友人们，杨教授夫妇携女儿恕立和儿子德正，还有岳祖伟[1]夫妇，一起先去路易斯堡广场好好看看热闹。

当我到达路易斯堡广场时，已经几乎没有可以立足之处了。一群混杂了男女老幼的摇铃者，站在广场中离维农山大街不远的一幢住宅前，每个人都手持铃铛，随着他们的歌声摇晃。很多围观者手中都有一份颂歌单，倾心而崇敬地加入摇铃者的演唱。我听见有人说摇铃者是刚从维农山大街过来的，在山上还有另外几队人。越来越多的人汇入广场，气氛变得愈加温暖和欢快。一个男孩为了能更清楚地看到摇铃者而爬上了路灯杆，但被叫了下来。加入演唱的应该有不少哈佛学生，因为我看见很多年轻而面熟的脸庞。接着，四个打扮各异的年轻男子到来了——两个戴着丝质的高帽子，一个穿着苏格兰格子服，一个是牛仔打扮。他们的到来让所有人眼睛一亮。不过，人们虽然激动，气氛却依然是高度有礼有序的。这触动了我。

我在广场停留了一阵。当人群渐渐散去，我找到了一张颂歌单，读到了下面的诗句：

> 啊小镇伯利恒
> 我们见你坐落得如此宁静
> 在你深沉无梦的睡眠上空
> 走过了沉默的星辰

我发现这是麻省主教菲利普·布鲁克斯（Phillips Brooks）在大

---

[1] Zuwain Yue，此名难以考证，唯有 wain 在粤语中可能作"伟"。

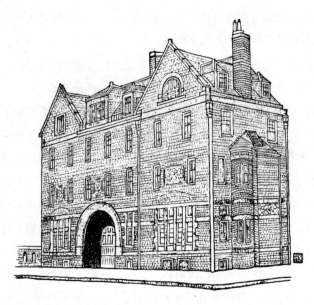

科普利广场三一教堂教区长的居所

约九十年前写的。他也是科普利广场（Copley Square）三一教堂的教区长。每个圣诞夜，在灯塔山上，颂歌者都会以此来纪念他。

　　在返回平克尼大街的路上，我遇见了几支还在沿路歌唱的小队。所有住宅的窗户依然明亮，空气中留驻着欢乐。没有什么能比华兹华斯的这些诗句更贴切了：

　　　　是谁在聆听？
　　　　且先满足每位住户的要求
　　　　道出恭祝奏过乐曲
　　　　再将每个家庭成员之名
　　　　适时朗声念出
　　　　附上给大家的"圣诞快乐"

波士顿大雪

在不同的乡间，我遇见过很多次大雪，但在城里还从未有过。伦敦和巴黎在我逗留期间都不曾下过如此多的雪；他们冬天的雪只是不易察觉的薄薄一层，很快便消失了。古都北京在干冷的冬日阳光下常常被雪覆盖，但因为它是个大城市，有着宽敞的街道和开阔的空地，所以积雪从来也不算很深。居民们对雪习以为常，乐于见到它为中华古都增添一份额外的美感。在我1946年2月第一次访问纽约期间确实遇见了大雪，但次日便被大批工人和很多推土机消灭了。纽约人很少赞美雪，无论它是深是浅。我也怀疑波士顿的大部分居民是否喜欢雪。对于那些必须步行和必须给车上雪链的人来说，它是烦扰。但在波士顿，雪有留驻的机会，我喜欢留驻的波士顿之雪。一天清晨，我5点前便醒来，发现窗外的光亮映白了整间屋子。空气中弥漫着不同寻常的寂静感。我从床上跳起来，直奔窗户向外望去：

> 障目的风暴拥集旋舞
> 造就黑白的夜幕
> 雪片展翅交错而行

飘摇往复

惠蒂尔[1]的诗行似乎是专为那一刻的我而作的。我随意披件衣服，偷偷下楼张望平克尼大街。风积的白色雪堆已经在台阶上堆得高高的，一阵雪片把我向后推。但我并未被吓倒，而将双脚踩进白色的厚毯，一步步前行，直至雪深过膝。有些住宅前面已经堆了几个小雪山，每座山下应该都藏着一辆汽车。我设法走回房间，坐在床头读惠蒂尔的诗。

我手中的这本小集子《雪围》（*Snow-Bound*），由约翰·格林利夫·惠蒂尔故居董事会出版，是沃尔特·白山带我去参观惠蒂尔出生地哈维希尔（Haverhill）时赠我的。那也是这首诗所描述的地方。我们顺路拜访了住在附近的一位董事会成员威拉德·G.考格斯维尔（Willard G. Cogswell），一位著名律师。考格斯维尔除了精通法律，还酷爱园艺。我愉快地发现他使用天然岩石装饰自己的花园，就像我们在中国所做的一样。让心智与自然达成和谐，是防止疯狂的良方。被办公室的四面裸墙所困，或是生活在试管林立的实验室中，都离精神病院不远。一个可爱的家是让人能够保持清醒的地方。惠蒂尔表达了对自己生长和难忘的家园的感情。虽然这个家的外景和他的时代相比已经变了不少，但屋里一切如故。他的诗作在长度和韵律上与中文很不相同，但内在的意味和感情却能够像感动我一样感动任何中国人。

惠蒂尔曾这样谈到大雪："我们的父辈来自气候温和的英国，在适应气候变化方面是传统的英国式慢性子。"我由此生出好奇，灯塔山上的第一批居民是如何面对他们必须经受的大雪的。

---

[1]　John Greenleaf Whittier，美国19世纪诗人、废奴主义者，生于麻省的哈维希尔。

在波士顿这个初雪的早晨，我11点有个约会。为了感受雪，我8点便出了门。平克尼大街已不是前夜的平克尼大街。在我到达路易斯堡广场前，对宽广的街道望了又望："上无云，下无地——一个天空与雪的宇宙！"惠蒂尔如是说。但"下无地"这句应该改为"下无查尔斯河"。我似乎在注视着一条长长的丝绸般雪白的地毯，准备接待帝王级人物的庄严检阅，走向永远。两侧是彻底的寂静，街道看起来不同寻常地宽阔。我知道我不该在这条地毯上踩踏，于是迅速左转进入路易斯堡广场。

广场上的气氛柔软醇和，与我出门前读到的气温大相径庭。红砖泛着光泽，在雪的盛大洁白对比之下越发红了，像是壁炉里那种内置电灯泡的人造火炭。被白丝绒披风包裹的哥伦布石雕像身形被拉长，他的双腿和基座都被雪埋没。广场中央被铁栅栏围起的卵形区域成了盛雪的容器，看不见任何访客——鸟儿，松鼠或是猫。鸟儿应该已经飞走了；猫也许蜷缩在某些住家的温暖中；但是松鼠们会去哪儿？我的视线扫描着树梢。啊，在那个时刻，那几棵高大的、几乎是笔直的榆树前所未有地美丽。恍然中，它们化为一座两百年前在北京临时搭建的中式牌坊，一座向康熙皇帝七十大寿贺喜的拱顶或是大门。但区别还是有的，因为每棵树的每根枝条都裹着一层光洁雅致的雪，冻住了，或是变成了晶体，有如牙雕般精细。我仰起脸，发现在蒙蒙天光中，象牙枝条显出了半透明的质地。面对如此简单的美丽，我心中生出一种威仪。对平克尼大街那条漫长的雪白地毯的检阅，也许就始于此地。一扇门吱呀响起，我走上维农山大街停伫片刻。一切照旧。彻底的寂静又统治了广场。

我走在杨柳街上，注意到住宅墙上还保留了一些铁制扶手。过去，灯塔山的居民们在路滑的天气里可以抓着它们行走。它们的另一个功能是供人们拴马。在那个年代，一场大雪可能会让灯塔山的生活彻底瘫痪。但生活毕竟延续至今，并且还将继续走下去，无论大雪还是其他，都不可能阻止它的脚步。真正重要的，还是大自然赠予人类的礼物——能够思考的大脑和可以运动的肢体。这个关于生活不息的快乐想法刺激了我的头脑，移动着我的肢体向山下走去，直到我在灯塔街停下脚步。

我必须停下脚步，是因为车流正沿着没有积雪的街道中央行进。接着，我过街来到了波士顿公园边上。它比平日显得更大，每棵树孤独挺立，树干则比平日显细。片刻后，我感觉到了公园另一侧垂蒙特大街上的车水马龙。我在园中看见很多足迹，观察它们，能知道雪深大致是十至十二英寸。我孩子气地把脚放进其他人足迹的模子里，它们总是更大些。我常常发现没有模子与自己的脚吻合，于是灵机一动，装作就要跌倒的样子，一脚踩进厚雪之中。雪的轻盈质感和清脆声响令我兴趣盎然，虽然我已不像二十多年前刚开始在西方旅行时那么年轻了。

大部分公共长椅已经堆满了雪，比板条椅面高出了两三倍。长椅后方树上那些强健而舒展的枝条也盖满了雪，偶尔撒下一小部分积蓄，落地时发出柔和的噗哧声。我的头和肩膀被击中了，似乎是高高躲在树上的巫婆或是小妖精想拿我开玩笑。我环顾四周，整个公园里只有我一人。在几乎可以触摸的寂静中，雪块坠地那种低沉单调的声响清晰可闻，但又不扰人。这或许是生活和自然创造完全寂静的最便利的方式。突然，一辆救护车的警报声刺进我的耳朵，让我意识到已经快走到公园边上。

此时我站在矗立着陆海军纪念碑[1]的小丘上。平日里，围着小丘的葱茏树木为纪念碑隔出一方自在的空间，如今它在开阔地中一目了

---

[1] Army and Navy Monument, 此纪念碑现已更名为"士兵与水手纪念碑"。

然。我在旅行中路过太多的纪念碑和塑像，它们从不会让我凝神瞻仰——我并非对被纪念的人物和创造纪念碑的艺术家不敬，而是经常分不清它们。小丘下方那些树木枝冠上的积雪满足了我的视觉。不再是线条流畅的象牙枝，而是排列整齐或是散乱摆放的白面团，做好了进烤箱的准备。我注意到两棵树干间有一个小黑影。原来是一位老人，他已经清除了一张长椅上的积雪，坐在那儿给数不清的鸟儿喂食。有麻雀和椋鸟，但多数还是鸽子和黑鹂。此刻，波士顿公园的所有鸟儿应该都集中于此了。从远处看，老人满足而愉悦；但我靠近后却发觉他身处困境。他不停地晃动双臂，摇摆脑袋，因为它们都是鸟儿落脚的目标。在它们眼中，树上和地上的积雪都太深，在老人身上歇脚更容易。在对位置的争抢中，椋鸟显得比鸽子更强健凶猛。为了能够飞起来争夺鸟食，一些鸟儿丢掉了位置，但很快又找到了。与我刚才体验的彻底寂静全然不同，这儿的空气中有一种不息的骚动。很显然，老人执意要给鸟喂食。他给了我一个寻求同情的表情，开口笑道，他只有足够喂小鸟的面包，但防不住在四周聚集的大鸟。晃动胳膊想把它们赶跑是无济于事的。不幸的是，椋鸟以胆大知名，黑鹂更是无畏而直率的饕餮之徒，而鸽子在羽毛一族的竞争中是最执着、强硬和无耻的。每只鸟儿都向人类表达腼腆，但一旦饥饿便会忘记。这令人无奈。喂鸟人在行善事，但善事令他深陷其间。这便是生活，生活的一个侧面。

片刻之后，我穿过了查尔斯大街。公共花园的空气中洋溢着欢笑声。事物常常会有好的一面，波士顿大雪给了波士顿居民一个健康活泼老幼皆宜的户外锻炼机会。雪球飞来飞去，在蛙池（frog pond）上滑冰的人也不少。这应该是个不错的冰场，因为桥两侧不大的水面已经凝成一块无法打破的坚冰。[1]滑冰者们转着圈，不时会有人跌倒，伴着叫喊和大笑。令我诧异的是，为何在一个周五的早晨会有这么多人在此。此时离约会时间已经不远，我决定把观看池塘娱乐的兴致留给第二天。

约会是几天前在小酒馆俱乐部与 M. A. 德沃尔夫·豪博士共进午餐时安排的。当时，俱乐部里的气氛立刻将我带回了伦敦圣保罗大教堂附近舰队街上的老柴郡奶酪小酒馆（Ye Olde Cheshire Cheese）。塞缪尔·约翰逊博士 * 曾在那儿和友人相聚，对着店主的鹦鹉说话。老柴郡奶酪小酒馆至今依然是家小酒馆，和约翰逊那个年代一样，餐馆生意只是兼营，但小酒馆俱乐部在波士顿算得上历史久远，内有读写室、吸烟室、台球室，等等。那天我们七个人坐一张圆桌：波士顿著名的肖像画家查尔斯·霍普金森（Charles Hopkinson），著名的新英格兰摄影师和法式意式烹调权威塞缪尔·张伯伦（Samuel Chamberlain），我曾经通过共同的朋友沃尔特·贝克（Walter Beck）交流多次但素未谋面的远东艺术专家兰登·华尔纳（Langdon Warner），以及他的一位我没能记下名字但也是俱乐部成员的朋友。最后一位是欧文·D. 坎汉姆（Erwin D. Canham），一位罗德奖学金获得者兼《基督教科学箴言报》编辑。我提起自己读过几年《基督教科学箴言报》，因为我在加州萨克拉门托的友人罗伯特和塞尔玛·莫里斯夫妇（Robert and Thelma Morris）曾把它寄给在牛津的我。兰登·华尔纳严肃地说："我强烈推荐您在这儿也阅读《基督教科学箴

---

[1] 此处作者或有记忆错误。蛙池位于波士顿公园内的陆海军纪念碑旁，无需穿过查尔斯大街，而且池塘上并无桥梁。而位于查尔斯大街另一侧公共花园中的唯一一水面是天暖时可行驶天鹅船的池塘，中部有桥拦腰穿过，冬季结冰后向滑冰者免费开放。按作者所述的杨柳街—灯塔街—陆海军纪念碑—查尔斯大街—公共花园的路线，此处描述的疑应为后者。

* Dr. Samuel Johnson, 1709—1784, 英国作家、文学评论家和诗人。因编纂《英语大辞典》而被牛津大学授予了荣誉博士学位。——编者注

46

蛙池滑冰场

言报》。它是我阅读的唯一有分寸的报纸。它是真正的新闻报纸，不像其他报纸，充斥着广告，记录着那些无足轻重、令人不悦的社会琐事。"大家都点头赞同。我必须在此做个记录：第一次午餐后，我又来过这个俱乐部两次。有一天早晨，我站在街对面，试图把俱乐部大门入口画下来。突然，我的左臂被一个高个白发的男人抓住，他停下脚步问我："告诉我，那幢小房子是干什么的？过去三十六年里，我上班时都会从它前面经过。我见过很多白胡子驼背老头来来往往，可能是波士顿全城的学问家。这是我的猜想。很多欧洲的大块头也来过。英国大人物温斯顿·丘吉尔来的时候，这条街上便塞满了人，我都挤不过去。告诉我，那幢小房子是干什么的？"我告诉他那是小酒馆俱乐部，我去过，里面并没有什么不同寻常。他笑道："你一定是去过那里的唯一黑头发的人。你喜欢待在里面吗？""当然"[1]一下子就从我嘴里漏出来。询问者可能被这个伦敦佬的表达迷惑了。"当然"，但他高兴地对我摆摆手，继续赶路。

我曾在牛津住过的经历似乎让坎汉姆先生发生了兴趣。他安排我参观他位于挪威街的出版大楼。我俩都没能预见到再会前会有这么一场大雪。中国人在西方有约会不守时的名声。我总是希望能去除那种名声。我按时到了目的地，但不幸在巨大的基督教箴言出版大楼内部迷了路。在我迷路两次之后，一位年轻的女职员友善地领我走过一道长长的走廊，最后到达了《基督教科学箴言报》的区域，晚了一刻钟。

坎汉姆先生带我参观了他的编辑部和排版部，两者都很大，有大批职员在办公。"您走之前，"他说，"我必须带您看看我们的'全球室'。"我们随即进入了一个有着不同寻常尺寸和结构的房间，天

在"全球室"里

---

[1] Not'arf，为伦敦用法。

花板和墙组合起来形成了一个球形。当我们走上一个玻璃平台，我看见四周是一幅绘制在玻璃上的巨大的世界地图，用背光照明。我说自己习惯从外侧阅读巨幅世界地图，但还未从内侧读过。主人微笑着解释说，建造这个被称为"地图馆"的房间的建筑师认为《基督教科学箴言报》是国际报纸，所以顺手安装了这样一个地球。我还被告知，这位建筑师常常对世界活动有所预知，并能提前实现一些可能的变化。坎汉姆先生接着又指出，地图上有大量地点需要更新，但还找不到时间来做。后来，我们提起了土地的稀缺和世界人口的持续增长。我从未意识到地球上有这么多水。

离开之前，我才意识到来时走错了入口。这也算是塞翁失马，否则我不会看到出版艾迪夫人*作品的部门，进而感受整幢大楼的规模。从外观看，这幢建筑是雄伟的，虽然积雪让我无法从各个角度去观赏它。按坎汉姆先生指点的方向，我走过雪地，来到了基督教科学派第一教堂，或称"母亲教堂"。这儿没有在其他教堂常见的那种拥有雕塑、鲜花和十字架的祭坛。所有座椅都用涂了清漆的棕黄色梨木制成。窗户的色彩只使用了淡蓝、绿色、黄色和很少的红色，而不是传统窄窗彩色玻璃常用的深红、紫色和皇室蓝的主色调，倒也和座椅很相配。传统色调是为了增强朝拜者的敬畏，但母亲教堂弃用深红和紫色，使用清淡色调，以一种温和的暖意创造了令人惬意的宁静。有人向我展示了最初的老教堂[1]。它还保持着艾迪夫人时代的原样。

离开母亲教堂后，我为了能够看到它的全貌，在法茅斯街（Falmouth Street）上步行了一小段路。老教堂和方塔融合得很完美。我听说教堂的大圆顶比灯塔山上的州立议会大厦圆顶还要大两倍，比邦克山纪念碑还高。建筑大部分都披了一层厚雪，而周围的大片雪白

---

* 　Mary Baker Eddy，1821—1910，美国女宗教领袖，基督教科学派创始人。——编者注
[1] 　此教堂是在1894年老教堂基础上扩建的。

更加烘托了它的坚固体格。在我眼中，它在往昔经历的一次次暴风雪都令它变得更加坚固。我迅速为它画了一幅画，然后步入花园，从另一个角度观瞧。

在回程中，我并没有搭乘亨廷顿大街的街车按原路折返，因为我知道此地离后湾沼泽（the Fens）不远。当我沿芬微路（the Fenway）行走时，雪又大了起来。我找到了一条此前走过的行人留下的路。比起在室内或是车中，巨大而纯净的白色雪毯更能助我凝神思考。尽管飞舞的雪花打在脸上，但我依然继续前进。基督教科学派是基督教生出的一个分支。它开端艰难，遭遇过风雨，但在区区几年中便生根开花。艾迪夫人在四分之三个世纪前开创了基督教科学派，一个古老宗教的全新分支，或者说一个自成一体的新宗教，就在鲜活的记忆中生长出来。这是难以令人置信的，毕竟，我们所知的世上所有宗教，都满载着历史和我们不能了解的内容。比如说，我个人就对中国禅宗佛教（日语中的禅字如今更多地被用来命名这一分支）一直感兴趣，它是印度佛教的一个分支，公元 6 世纪在中国创立。但我对于它的早期历史和创立者并没有清晰了解。我怀疑是否还有其他任何宗教能和基督教科学派一样，拥有清晰的、没有远去的历史。

我去过伦敦《泰晤士报》的出版总部，也曾在时报广场[1]见过纽约时报大楼[2]。虽然这两家报纸都能在其他国家买到，但它们主要还是在本国销售。只有《基督教科学箴言报》把销售目标定为全球——至少，它的一些文章会以包括俄语在内的欧洲主要语言付印。波士顿给我的学识补充了一个国家最初的历史，一种新宗教的诞生，以及一家世界级日报的创刊。

此刻我抬起头，发现雪片更密集了，在视野中遮蔽着远近万物。

---

[1] Times Square，常误译作 "时代" 广场。
[2] 纽约时报大楼的新楼现已不在时报广场。

我快乐地行走于过去的世界中，但依然身处现在，而前路通往未来。

波城公园大雪
马志远小令

雪纷纷、少人行，
眼前一片白得难分认。
远树丛中若有生，
数群飞鸟抢食鸣。
大和小饥甚。

波士顿宫殿

波士顿有宫殿吗？这座城市虽然历史悠久，但从未成为美国首都，而美国也从未被住在古代东方或欧式风格宫殿中的国王或皇帝统治过。不过，波士顿确有一座宫殿，那便是芬微馆。

通过纽约的弗兰西丝和诺微拉·布朗两位小姐的盛情介绍，我获得了来自芬微馆馆长的参观邀请。我依然改不了旧习，早早便来到芬微的开阔地上独自漫步。波士顿美术馆在芬微这一侧有一个立面，我细细看了它在池塘中清晰的倒影；然后来到玫瑰园，越冬的植物早已被遮盖妥当。即便是在寒冷的一月，木桥下依然有鸭群嬉戏。我想起两位中国诗人的一场争吵，不禁暗笑。18世纪的毛大可[1]一直对11世纪苏东坡家喻户晓的诗词有所贬低。一日友人来访，他们就此展开激烈争论。"至少，"那位朋友说，"您对苏东坡的《春江晚景》应该无可挑剔吧。"

竹外桃花三两枝

---

[1] 毛奇龄，1623—1716，清代经学家、文学家。

观音在波士顿博物馆外冥想

春江水暖鸭先知

还能写得更迷人些吗？

"呸！"毛严斥道，"这诗连正确都算不上。鹅也应该知道得和鸭一样快吧——起码不比那个人和他永恒的鸭子慢……"

从对话判断，假如毛大可来美国的话，应该能在我们这个时代过上成功的生活。我想，在宣扬万物和人一样有灵的中国道家思想中，鸭子确实拥有知识。我不觉开始想象，这芬微水流中的鸭子们是否了解自己的祖先，它们应该见识了半个世纪前出入芬微馆的许多名人的有趣游历。波士顿是否有鸭子家族史学会，小鸭子长大之后可以去那儿查到祖先的名字？突然，一阵大雨点搅乱了水面，一只鸭子叫嚷起来，另外两只随即附和。它们无疑在用它们的语言回答我的问题，只是我无法听懂而已。于是我穿过了马路。

芬微馆馆长莫里斯·卡特（Morris Carter）先生面带宽厚的微笑

芬徹湖里的鸭子

迎接了我，嘴里说着"你就是我等候的人"。我还没来得及对让他等候表示歉意，便被领着穿过走廊，被示意在面向中央庭园的石凳上就坐。这个庭园应该被称为中国天井，因为它四面高墙环绕，顶部敞开，允许光线从窗外照亮室内。在中国九江我的旧居中，有三个这样的天井，虽然没有回廊，窗户式样也不相同。从所坐之处，我观察到了四壁古老的模样和紫色色调，我猜想这座建筑在波士顿乃至整个美国都是不同寻常的。每扇窗户都有意大利文艺复兴风格的装饰。从庭园通向回廊的石阶体现出欧洲情趣。

"当嘉德纳夫人（Mrs. Gardner）于 1899 年 12 月从欧洲返回波士顿时，"主人微笑着告诉我，"一家报纸宣布她带来了一座意大利宫殿，会把它运到波士顿并且建起来，当作给她丈夫的艺术纪念碑；那是座佛罗伦萨风格的宫殿，建于佛罗伦萨建筑风格达到顶峰的文艺复兴时期。文章还说，了解彼提宫（the Pitti Palace）的人们应该能想象嘉德纳夫人带来的是什么。"接着，他向我叙述了嘉德纳夫人在波士顿重建宫殿前遭遇的种种困难，以及她亲自监工需要克服的无数麻烦。她甚至亲手帮工人们调配颜料，以保证墙壁有正确的温和色调，还与他们一起进餐，俨然是他们中的一员。宫殿完工开放时引发了巨大的轰动。它被屡次用来举办激动人心的聚会。当代作家、音乐家、诗人和画家都围绕着嘉德纳夫人，仿佛她是一位皇后。我曾经无数次读过和听过欧亚国君设计建造宫殿的事迹，但惊艳程度都比不过建于19世纪初的这一座。不过，它是纯粹的移植。芬微馆在意大利原初的位置从未被提及。[1] 把一片大陆上的宫殿移到另一片大陆上，这对我来说是个匪夷所思的想法。几年前，我在上海看了一部名为《鬼魂西行》（*The Ghost Goes West*）的电影，片中有个美国人购买了一座苏格兰城堡，并将它拆成一块块砖运回美国重建，苏格兰祖先的鬼魂也跟着到了美国，并且统治了整个家庭。我在想，芬微馆的古代主人是否也跟过来了？

芬微馆在新址上创新了一个特色。这便是庭园中心和四周美丽的鲜花摆设。我并不是说意大利宫殿里没有鲜花摆设，但在我的记忆中确实没有印象。在这儿，种类繁多的鲜花都在向嘉德纳夫人的雅趣致敬，因为这些摆设遵照了她创立的传统，而所有鲜花都是馆内栽培的。

不知不觉，我们的话题转到了嘉德纳夫人的家庭。卡特先生带着愉快的微笑说，对家族荣誉感的重视在波士顿是很普遍的，根据嘉

---

[1] 其实芬微馆并不是一座重建的意大利宫殿，这是一个常见的误传。它是全新建筑，只是包含了大量来自欧洲哥特和文艺复兴时期建筑的残片。

德纳夫人的简短宣言，她是苏格兰罗伯特·布鲁斯*的后裔，而祖先之一还包括了玛丽·斯图亚特**。她实际上属于阿平·斯图亚特家族（the Appin Stewarts）的因沃纳海尔（Invernahyle）分支。她不是波士顿人，但她给波士顿留下了一座宫殿。

我们随后慢慢走过小圣堂、荷兰厅、壁毯厅、哥特厅和音乐厅，我一路上聆听了对大量艺术品的介绍。我对一对中国的青铜熊很感兴趣，它们非常罕见。每件展品和每套家具都精准地摆放在嘉德纳夫人时代的老地方，这是她遗愿中的希望。建筑顶楼的生活房间里住着馆长一家人。

过了不久，我可以独自转转了。我找到了萨金特绘制的嘉德纳夫人画像和《骚动》[1]，然后又与卡特先生在音乐厅会合，聆听了正好安排在当天下午的一场音乐会。一位叫作珍妮·施莱彻（Jane Schleicher）的年轻女高音连唱两场，博得满堂喝彩。

几周后，卡特一家在芬微馆顶楼举办晚宴，我很荣幸能够参加。我在女主人右侧就座，而我们共同的朋友乔治·贝米斯太太在男主人右侧就座。一簇巨大而美丽的墨西哥兰花生长在色调相配的紫色玻璃碗里，影子倒映在长餐桌无瑕的清漆表面上。有人赞叹雅致精美的餐具。卡特夫人说这套餐具是嘉德纳夫人当年从意大利带回来的，经常用于特殊的聚会。上一次用它们，是在1952年款待英国坎特伯雷大主教费舍尔博士（Dr. Fisher）的晚宴上。当我们享受着可口的食物，和愉快的同伴轻松聊天时，大厅外忽然奏起了一段轻柔的旋律，渐渐变得响亮，通过窗缝钻进来。我们安静下来，起身走向卡特先生刚推

---

* 　Roibert a Briuis，1274—1329，苏格兰历史上的重要国王，曾领导苏格兰人打败英格兰人，在职期间政体开明。——编者注

** 　Mary Stuart，1542—1587，苏格兰女王，后因密谋夺取英格兰王位而被伊丽莎白一世处死。——编者注

[1] *El Jaleo*，为萨金特早期代表作。

开的窗户。

　　庭园里的光线因为紫色四壁泛着的蓝色光晕而显得暗淡，但依然如月光般清澈。威尼斯式窗户的后面有一位歌手的模糊剪影，他飘逸的歌声营造出一种异国情调，把我们带进一片虚幻但又在平和中显得生动的景色。歌声似乎是一位类似贡多拉船工的人物在威尼斯水道边的住宅顶楼唱出的，而我们的船在缓缓漂游。我们慢慢从一个房间移到另一个房间，偶有轻柔的低语，像是被一只高飞的云雀迷住的

波士顿宫殿

一群麻雀在树丛中交头接耳。我们都身着晚礼服。女士们的长裙——一种优雅而出色的发明——压住了男士们的步履。我们一寸寸向前徐徐推进，似乎是在列队游行，而歌声的回响渐渐暗淡下去。

我们到了电梯间。电梯已经满载一群女士下楼了，而男士们选择了螺旋阶梯。我们回到地面，回到了波士顿。大家像是刚放学的一群孩子。人们交流着赞赏之词，女主人面带微笑点头致意。我了解到，这位歌手名叫韦斯利·考普斯通（Wesley Copperstone），是本城一位著名的男高音。

卡特先生带领队伍走过回廊。月光效应越发显得苍白，庭园里的植物似乎都罩上了一层霜。空气中渗着寒意。我们没有在楼上那样轻松随意，因为寒冷让女士们停止了交头接耳，而云雀也早已隐匿。从回廊走向家庭小圣堂的路上，脚步声不时会很清晰。主人为我们开启了萨金特巨幅油画《骚动》的照明。但没有其他灯光。我们继续在通道中缓步行走，甚至无法走向来分辨墙壁。有那么一刻，我闭上了双眼。耳边传来裙缎的一声轻响，我想一定是有人打了个冷战。突然间，两扇巨门豁然洞开，就在我们前方，一座巨大的壁炉中是噼啪作响的熊熊火焰。我睁大双眼，但经历黑暗之后突见这片炫目的光亮，自然眼花缭乱，不得不合眼定神。很快，我们都就座了，在惊讶中张嘴望着火焰。在经历夜晚的冷冽空气之后，它的暖意给我们带来了无与伦比的恩惠和戏剧感。我们的主人显然早有预谋，或许是遵循了嘉德纳夫人的传统。直到我们向卡特夫妇道晚安时，还在谈论着火光惊现的景象。

艾莉诺·厄黎（Eleanor Early）有言，杰克·嘉德纳夫人年复一年地震惊着社会。她大胆、机智、活泼。不算是个漂亮女人，但令人迷醉，有着艺术家喜欢描画的身段、红发和手臂。波士顿在19世纪80年代早期还只是个省城，生活简单。当嘉德纳夫人在三个制服男仆陪同下乘私人马车出现的一刻，波士顿的下巴都惊掉了，眼珠子也快要迸出来了。她的裙子比任何人的都可爱。她的首饰更闪亮。她的故事更风趣。她有两颗巨大的钻石，分别名叫"国王"（The Rajah）和"印度之光"（The Light of India），用弹簧做基座，在她的前额之上像天线般晃动。她把珍珠项链围在腰上，而不是戴在脖子上……

"在社会上没有其他妇女会像杰克·嘉德纳夫人如此广受非议了。她偏爱有天资的青年们。在她的照看下，他们成长为艺术家、小说家、诗人和各种天才。很自然，他们对她言听计从，日夜为她唱颂歌。这足够让广大女性心生嫉妒。"

我在萨金特为她画的肖像中仔细观看了她的身段、红发和手臂。我的朋友大卫·麦克齐宾在《萨金特的波士顿》（Sargent's Boston）一书中写道："在萨金特访问波士顿的 1887—1888 年期间，嘉德纳夫人住在灯塔街一百五十二号……1886 年 10 月，亨利·詹姆斯（Henry James）和拉尔夫·科蒂斯（Ralph Curtis）带她到萨金特在伦敦的画室去观赏已享有盛名的戈特罗夫人（Madame Gautreau）肖像。因为记得这件事，嘉德纳夫人请萨金特在波士顿逗留期间也给她画肖像。这是一项艰巨的任务，因为前八幅都作废了。当第九幅终于完满时，嘉德纳夫人称它是萨金特最好的画作。"不幸的是，画家本人的评价并没有任何记录可考。当时萨金特已经是一位名满英美的肖像画家，而嘉德纳夫人一定对自己的身段、红发和手臂应该如何画有着独特的想法。可以想象，嘉德纳夫人确实是位令人迷醉的女士。

我了解到她是一位对保留本地习俗、本地装束、本地礼仪和本地宗教给予坚定支持的人。她认为东方宗教习俗富于画意而且有趣。在她年事已高的岁月里，对亚洲的缓慢欧洲化、多样化的消失和生活方式的日渐单一深感遗憾。曾有一位日本名人访问波士顿，她婉拒了在芬微馆接待他的荣誉，仅仅是因为他身穿欧洲服装；她喜欢在歌剧院和日本朋友们坐同一个包厢，但他们很清楚，只有穿上日本装束才会得到她的欢迎。未能在她的时代访问波士顿，对我来说是一种幸运，因为我二十多年前赴英时携带的中式服装如今已经很旧了，但又难以更换。她想必知道，美国洗衣店不愿意接受式样不寻常的服装。

即便没有那些精美的艺术珍宝，芬微馆建成以来一直让人们激动，而且会一直如此，因为它是波士顿的一座威尼斯式宫殿，这一点就已足够。

在伦敦的时候，我曾在考文垂花园剧院观赏威尔第的歌剧《假面舞会》，然后读到一篇塞西尔·史密斯（Cecil Smith）的评论，其中写道，"在一个新英格兰人眼中，这个剧情是彻底错乱的"，然后提起威尔第为了规避罗马 1859 年的检查禁令，把自己的故事从罗马搬到了虚构的波士顿。

波士顿的宫殿，这听起来像是虚构。但芬微馆是座真宫殿！

芬微玫瑰园

春闺怨

猗妮春深、蔷薇斗艳，
看来欲醉好晴天。
双双燕子飞如箭。
忙里闲，
漫步开颜，
生生意万千。

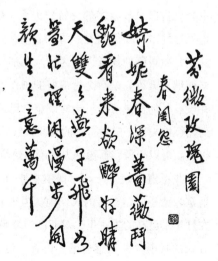

波士顿的河

　　查尔斯河是我在波士顿见到的第一片水面。在波士顿，它和灯塔山一样引人注目。在得名"查尔斯"之前，查尔斯河便是一条河，而在波士顿建城三百多年后，它依旧是一条河。波士顿的友人们执意要告诉我，查尔斯河畔曾居住过美国的缔造者，而这座完工于1662年、横跨查尔斯河并通向剑桥镇、被称为"大桥"的桥，则是美国第一座具有重要意义的桥。他们还告诉我，在波士顿人之前便生活在此地的阿尔冈昆印第安人，管这条河叫作"昆波昆"（Qunieboquin），意为扭绞的或是环形的，因为这条河从霍普金顿镇旁的回声湖至此的六十英里河段有很多曲线和转折。名字越多，困惑越多。我曾经随口询问它是何时以及为何被取名为"查尔斯"的，唯一的回应是一个微笑。

　　迁入平克尼大街没多久，我便起了个早，希望能体验在一座大城市中信步下山的新鲜情趣。走下灯塔山与走下一座树木覆盖的山的感觉是不同的，因为平克尼大街上没有树木。不过，我能感到空气要比平地上更清新，前方视野比一条漫长明亮的滑雪道更诱人，因为两侧不是树木而是住宅。渐渐地，麻省理工学院的希腊神庙式建筑映入眼帘，随即便在朝阳下熠熠生辉。在泰晤士河畔居住了几年之后，一天中早早便能望见如此碧蓝的天空，这真是一个奇迹。我不久便在河畔的一条长凳上坐下。从此处观瞧，水面不如刚才在山上所见的那般平静。风在我身后的树叶间细语着。水波彼此推挤，像是生怕错过了什么。查尔斯河是一条生动的河。

细语的风带来了一群嘎嘎叫喊的野鸭，逆着水波从小岛向我所坐的岸边游来。它们是从岛上的窝里望见了我？或是在如此距离之外就感知了我的存在？大自然中有许多不解之谜，我们只能猜测。鸭群是为了食物而来，它们还不知道我什么也没给它们带。当它们发现猜测失误之后，便继续前游了。我沿着河岸跟随它们，来到一排木架子前，上面有两个男孩在忙碌着。一个正用自制的短竿钓鱼，更小的一个则坐在木板上指手画脚，"那儿，在那儿。"得到的回应则是，"哪儿？在哪儿？"随即，我发现他们试图抓住一只小乌龟——它顽强地抓住水波拍击的石堤，没有被冲走。这么早的时辰有两个孩子出现在此地，这令我困惑了一阵。他们完全没有理会鸭群，而鸭群也就忽略

查尔斯河的清晨生机勃勃

了他们，游走了。

这便是我沿着查尔斯河的第一次散步。此后，我会在不同的时段、场景和天气里在此散步，斯托罗纪念大堤（Storrow Memorial Embankment）都目睹了。大堤在建之时，我便去过部分堤段，踏过一块块石头，为的是走近观察小鸭子如何接受鸭妈妈的训练。我从新建的小桥上眺望过灯塔山和查尔斯河令人迷醉的美景，几丝弱柳在晨雾中给整片风景抹上了细腻的色调。我曾坐在一棵幼柳边，目送一群野鸭向朗费罗桥（Longfellow Bridge）飞去，细长的柳枝在微风中轻拂过我的脸。在查尔斯河畔观赏波士顿上空光彩夺目的日落是最好的，因为有红砖楼的温润与它相媲美。

总有人在堤岸上漫步，不过，他们更偏好在北侧的音乐会场（Concert Shell）附近，而不是堤岸西段。我惊喜地发现，在那儿比在别处能听到更多不同语言，虽然当我细听时才意识到，人们只是在用不同口音或方言说着英语。

幸运的是，或者说不幸的是，自从希金森、惠蒂尔和洛威尔[1]时

---

[1] 詹姆斯·罗素·洛威尔，美国 19 世纪浪漫派诗人，生于麻省剑桥。

代以来，广播这一现代发明和报纸的流通，消灭了多种新英格兰乡下方言的差异。大理石头[1]镇上渔夫的妻子们是否还在用惠蒂尔所记录的方式说话？我表示怀疑。中国已经和各种汉语方言的差别问题斗争了多年，不少人试图通过引入罗马音节和拼写的方式来革新这种语言。但是没有哪种革新能发挥持久效果，除非汉语手写语言作为形意文字的本来面目被彻底抹去。能够消灭汉语方言的唯一途径就是在教学中更多使用广播，以及增加报纸的流通。

托马斯·温特沃斯·希金森曾经提到，他和洛威尔走过的桥下有海豹出没，这在19世纪40年代并不罕见。很显然，波士顿在那时还是一片形如小半岛的地域，而查尔斯河的入海口也比现在宽得多。这也许解释了为什么在波士顿的查尔斯河沿岸几乎没有渔民，就像巴黎塞纳河畔的渔夫，他们一天中没有什么时候能抓住一条小鱼。

从哈佛广场步行到波士顿去讲课，这听起来不可思议，或者说如今已无人会试图这样做。但希金森和洛威尔却时常如此。即便在三四十年前，人们还认为步行是理所当然的事。波士顿大学的毕业生朱利安·克拉夫（Julian Claff）先生曾告诉我，以前他每天早晨总是从家步行几英里到学校，有一次甚至和友人从波士顿步行五十英里去到沃赛斯特（Worcester），直到晚上才抵达，几乎连续行走了十二个小时。他年轻时和同学们都真心热爱步行，在路上总能撞见一些有趣的事情。"很遗憾，"克拉夫说，"今天的年轻人都学会了驾驶，但失去了步行的艺术。"他还说起在《纽约时报》巴黎办事处工作时在巴黎不同街区步行的欢愉。如今他也不再有时间步行了，因为售书生意过于繁忙。"以前时间很充裕，"克拉夫唇角上拧着一丝幽默，"如今却一点时间都没有。时间都去哪儿了？我们把它怎么了？"我们一致

---

[1]　Marblehead，今译马布尔黑德镇，建于波士顿东北滨海岩石地带上的小镇。

同意不再谈论时间。

那座希金森和洛威尔走过的桥一定也是朗费罗作诗的桥。那座桥是朗费罗桥的前身，桥名据我所知也是来自那首名诗[1]。如今已很难想象希金森、洛威尔和朗费罗所看见的风光。不过，当年被称为"后湾"（Back Bay）的那一大片水域，如今虽已成为覆盖在填水陆地上一片雅致的居民区，但依旧被称为"后湾"。从那以后，查尔斯河水坝筑起，此处再无缘看到海潮。

曾经有一次，我参加沿缅因州海岸航行的"阳光号"旅行归来不久，便在哈佛桥（Harvard Bridge）遭遇了一场严重的暴雨，似乎是将船上的经历重演了一遍。阳光号是属于缅因海岸传教团的一艘小船，生于中国的尼尔·D. 鲍斯费尔德（Neal D. Bousfield）牧师和哈特福德神学院（Hartford Seminary）的特铁乌斯·凡·戴克（Tertius Van Dyke）博士携我加入了他们的旅程。在一个阴云密布视野很差的清早，我们同船六人从海豹港（Seal Harbor）出发。当时雨下得很大。中午时分云层升高，我发现十二月初缅因沿岸的海水原来如此狂暴。我虽乘坐过跨洋客轮，却没有体验过怒海小舟。帕瑞船长友善地邀请我到他的驾驶舱中欣赏海景。我走出客舱，冒着打在后背的沉重雨点，在颠簸中爬上一段系在围栏上的短梯。帕瑞船长吃力地开启舱门时，我径直被一阵劲风推了进去。船长用点头示意和微笑欢迎我，双眼却始终凝神观瞧着前方的大海。他说了一句"我看得出你是个好水手"，我的回答是："这么说吧，过去二十五年里，我不时会在海上旅行。"他指点我观察各种贴近水面飞行的鸟类，但我从远处很难发现它们。当我的视线终于捕捉到它们时，它们便已随着船被浪头推起而在海中消失了，而当船跌入波谷，它们则又消失在浪尖。我在船长

---

[1] 即朗费罗 1845 年的作品《桥》。

暴风雨中的"阳光号"

身边站立片刻之后，便不再有兴致去发现他所指点的景象，因为我开始意识到自己其实不是个好水手。后来，我终于在风暴中勉强爬回客舱，心中混合着解脱的轻松和作为水手的羞耻感，我发誓再也不说大话了。风暴停歇后，余下的航程是令人愉悦的。我们在最荒僻的马汀尼科斯岛（Matinicus）登了陆，它已被白雪覆盖。没想到，没过多久，那一次的体验便被重新唤起。当我在哈佛桥上遥望远景时，暴风雨突然从天而降，两岸的建筑都在大雨粗壮的线条中迅速消失了，我紧握桥栏，仿佛是紧握"阳光号"的船栏。查尔斯河面上的波纹如同缅因沿岸的浪涛一般巨大。我在波士顿查尔斯河上目睹的奇景，在伦敦的泰晤士河和巴黎的塞纳河上都不可能发生。

　　不过，查尔斯河上的风暴在我居留期间并未再度上演。六个月中，我在波士顿享受了很多阳光明媚的日子，比我在伦敦和牛津生活一两年所经历的还要多。在朗费罗桥上，我明白了为什么波士顿的州立议会大厦要鎏金。在晴朗的日子里，从桥上看，灯塔山的远景总是罩着一层霞光，没有清晰的线条能够区分建筑。但州立议会大厦的圆顶清晰可辨，因为它鎏金表面的反光虽然难以名状，但很容易便穿透霞光。圆顶的反光与查尔斯河中的金色水光相辉映，看起来似乎也在运动。日落时，景致变得更可爱了。天空中金色镶边的云朵像是在与圆顶的金辉相较量，它们在查尔斯河中的倒影展开了一场友谊赛。波士顿楼群的红砖墙吸纳着它们从水中散出的、温润的紫色光晕，以及日落时向下照射的光线。我从未见过各种颜色在同一时刻能够如此和谐地融汇。在1953年9月第三周的一个初秋下午，当我从埃克塞特剧场[1]出来径直走上哈佛桥时，观赏到了更妙的景致。我看见阵雨般的金色落叶在金色天空和查尔斯河的金色波纹之间飘飞，而灯塔山在红砖墙的红色蒸汽中闪亮。那是波士顿的最美瞬间，迄今为止，我还不曾看到其他任何城市展现过如此迷人的金色华贵。

我和杨家乘坐一条叫"剑与红宝石"的蒸汽小艇去水镇[2]。我的两位小朋友，恕立和德正，看起来并不享受吹到他们脸上的风雨，而

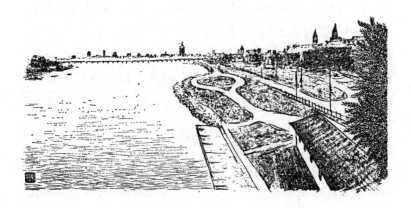

波士顿大学桥上看到的风景

---

[1] Exeter Theater，全名为埃克塞特街剧场，位于后湾。
[2] Watertown，波士顿以西的一个小镇，位于查尔斯河北岸。

天气也确实很冷。但我很高兴能从河中望见洛威尔楼（Lowell House，哈佛学生宿舍楼之一）、艾略特楼（Eliot House，同前）和其他建筑。它们似乎是在展示自己一般依次从我们身边走过。在整个旅程中，我最感兴趣的建筑是珀金斯学院和麻省盲校（Perkins Institute and Massachusetts School for the Blind）的塔楼，它和纽约曼哈顿河滨教堂（Riverside Church）的塔楼相似，矗立在离查尔斯河有一定距离的地方。吸引我的并不是建筑式样，而是因为它作为一种特殊机构，在波士顿创建得比世界其他地方都早。在 1839 年学院第一年的年度报告中，萨缪尔·格雷德利·豪[1]写道："有一点是肯定的，当英格兰和苏格兰的大众还在为盲童们能够阅读盲文书籍而惊喜欢呼时，它在这个国家已不再是奇迹，它已经普及了。"在豪博士的关心和同情之下，新罕布什尔州的盲聋哑童劳拉·布里奇曼（Laura Bridgman）后来享受到了睿智的女性生活。这项伟大的事业一直在继续，并且因另一个再次发生的奇迹而锦上添花——爱德华·康宁汉姆夫人告诉我，著名的海伦·凯勒就是在以她家族命名的珀金斯学院接受的教育。在我的朋友格莱蒂丝和范怀克·布鲁克斯的引荐下，我曾与海伦·凯勒和她的同伴多罗茜·汤姆森小姐共进茶点。茶点后，凯勒小姐像她惯常所做的一样，用右手抚摸了我的整个脸庞。她对中国的了解非常深刻。她正要应日本政府邀请访日。她说她希望有一天能够访华。

波士顿海滨最热闹的时代是在大西洋大道（Atlantic Avenue）修建之前。但当我从法尼尔大厅（Faneuil Hall）沿集市街（Market Street）走到大西洋大道时，发现它在我眼中依然热闹。我无意比较

---

[1]　Samuel Gridley Howe，美国 19 世纪医生和废奴主义者，珀金斯学院创办者。

波士顿和美国其他大城市的商贸活动，但大西洋大道和纽约的南街（South Street）在外观和气氛上都如出一辙。我想不会有很多游客来这儿。我之所以来，是想看看 T 码头[1] 和 L 街——我听说 T 码头在四五十年前是全球最好的渔业码头。我看见一排拴在一起的渔船，还有三个忙着整理渔网的渔夫，除此之外，它比旧金山日夜喧嚣的渔人码头（Fishermen's Wharf）要宁静得多。我在 T 码头没看见几只海

T 码头

---

[1] T-Wharf，此码头最初名为 Tea Wharf，如今大部分已不存在，残留部分属于长码头（Long Wharf）的一部分。

鸥。这儿没有吸引它们的鱼味。过去四十年间，T码头的标志是那间据说有二十七个面海窗口的蓝船茶室（Blue Ship Tearoom）。连着茶室的长形建筑在最顶两层有许多突出的阳台。我看见那些阳台上有留着胡子和不留胡子的男人们在作画或是凝视大海，而女士们在栏杆上压腿做舞蹈练习。当我沿码头行走时，偶尔会有钢琴声飘入耳中。我记得波士顿曾在两部电影中被作为伦敦取景。毋庸置疑，波士顿在很多方面依然是英国化的。

1953年1月的一个周四下午，我又去了T码头。这次，两卷本《伍德罗·威尔逊》（Woodrow Wilson）的作者阿瑟·瓦尔沃斯（Arthur Walworth）与我同行。天气多雾，而且渐渐阴沉下来。我们凝视着海关大楼在夕阳中的剪影，它似乎是从深紫色纸上剪下来的，并且贴在一张混合了粉、黄、蓝、黑和白色的柔软毛毯上。码头上没有别人。我们是到蓝船茶室饮茶的仅有的两个客人。豪夫人，三十年前第一位老板娘的侄女，为我们服务。当我们等待时，她说她丈夫想给我们演奏音乐。我吃了一惊，随即在印刷的菜单上看见了，"罗素·布莱克·豪（Russell Blake Howe）先生，音乐会钢琴家，教学余暇时为客人演奏最精美的音乐；最爱肖邦和李斯特。"瓦尔沃斯点了"大海"，我们聆听着，心情舒缓。我问茶室为何起名"蓝船"，厨房里有人解释说，蓝色是第一位老板娘最喜欢的颜色，而那时茶室的样子像一艘船。我们隔窗凝视大海。余曦已经消散，一切都是迷茫的。但是空气中有一种魔力潜入了我的想象。日落中巨变的阴影显得隐晦而神秘。白浪彼此推挤着进入朦胧。虽然黑暗和寂静笼罩，但万物依然在运动。我想月亮也许会升起来为我们照亮一切，但有人告诉我们今夜没有月亮。瓦尔沃斯给我指点了海中一片遥远的小丘。那是一个叫作"尼克斯的伙伴"（Nix's Mate）或苹果岛（Apple Island）的小岛，岛上曾经有一副绞刑架。海盗在那儿被绞死，尸体埋进沙中。海盗头子的骨架则被留下示众，以提醒水手警惕。海盗曾经在波士顿湾外潜伏，等待从海外载回香料和黄金的美国船只的白帆。我评论说，海盗这个词如今已经丧失了其特殊意义。它和土匪这个词差不多了。在空中会有与海盗或土匪对应的人物吗？我们应该管他叫什么？我不认为还需要造出一个名词。尽管人类天生的乖戾和吵闹天性会依然延续，但我们的世界已经变得更冷静了。

　　我听说住在 L 街上、被称为"布朗尼人"的本地人，一年四季都下海游泳。[1] 我在一个风大的早晨来到了海滩。风是如此之大，阻止着我走近海面。一个肃穆的影子———一个黑点——站在水中，如同不畏波涛和狂风的柱子。然后他来到岸边站立，一如《海边的沉思》[2]的画面。这位布朗尼人的举止确实不辱其名。我随后到水族馆转了一圈，除了一个小男孩和一个小女孩在为一只爬行动物的身长争吵之外，那儿乏善可陈。我想我也许能在海岸公园（Marine Park）靠海的那一端观看整个波士顿海岸。但这不可能，因为波士顿港（Boston Harbor）远远地藏在被风吹乱的柳树后面。

　　在波士顿北侧也没有任何地点能让我观看波士顿港的全貌。于是我决定乘蒸汽船前往普罗文斯顿（Provincetown），以便在航程开始时从海上回望波士顿。我没料到很多人有同样的想法，但很快就发现，他们上船并不是为了看波士顿港。船上开始售卖饮料和鸡尾酒，音乐灌满了客舱。这不是一个阳光明媚的下午，冷风扑面，这样的天气在波士顿的八月并不罕见。我倚在船栏上，看着船慢慢出航，而波士顿港也随之渐渐呈现全貌。当我第一次看见下曼哈顿周围的港湾和总被迷雾笼罩的格拉斯哥或利物浦港时，都没有如此惊诧的新鲜感。最高的建筑是海关塔楼，它在欧洲一直是海滨城镇的标志，特别

[1]　L 街的布朗尼人每个新年都会在波士顿港湾中冬泳，这是 1904 年以来的著名传统。
[2]　*Meditation by the Sea*，19 世纪美国无名氏所作的油画，藏于波士顿美术馆。

是在不列颠群岛。港湾里的诸多小岛像是在守卫着这座城市。每个小岛都泛着白色泡沫，似乎是在匆忙让路，好让我们的船只通过。即便在波士顿的景象彻底消失之后，我们仍然一直能够看到陆地。鳕鱼角（Cape Cod）像一个鱼钩围绕着波士顿湾。因为彻底陶醉于大海，陆地常常被我忽视，虽然它从未消失。我生活在遥远的中国内陆，在青少年时代对海完全没有概念。如今我正在习惯看海。在灯塔山住了几个月后，这次航海让我内心生出难以表述的愉悦，仅仅是因为我在海上。"大海"这样一个词，像对航海者们一样，对我施加了魔咒。当我们与水的节奏合拍，"天空，海岸，云彩，水域，海洋"[1]都令人欣喜。

我在普罗文斯顿停留两日，聆听了几个有着海船船长相貌的船长讲述他们在海上的冒险，目睹了年迈的政令传告员穿戴着朝圣者服饰进出政府大厅，熟悉了朝圣者纪念碑的意大利式钟楼结构，并且在攀登时阅读了石材上铭刻的各州州名[2]。很快，我便被塔顶的狂风驱赶下来。一位胡须浓密的艺术家想给我们一行人指点尤金·奥尼尔[3]的夏季度假屋，我们便跟他去了。在沙地上走路着实劳累，一路上都有人脱队回返。我们听说，奥尼尔每次到来都要先把自己的房子从沙子里挖出来。"沙子"，是普罗文斯顿一个活泼的元素。

在从普罗文斯顿到法茅斯的公共汽车上，我想寻找梭罗[4]描述的景色："住宅外侧的许多窗户有着各异的尺寸和位置，这在鳕鱼角随处可见，让我们有同样的感受——就好像每个住户在离开摇篮之

---

[1] 诗句，取自英国维多利亚时代末期诗人斯温朋（Algernon Charles Swinburne）的作品《北海边》（*By the North Sea*）。

[2] 1906年，纪念碑管理方通过决议，给予美国各地的"五月花"后代组织和曾经组成普利茅斯殖民地的几个城镇特权，允许它们为纪念碑捐献一块石材。如今纪念碑内壁共有一百七十五块镌刻着字迹的石材，除了上述组织和城镇外，也有个别其他组织和个人。

[3] Eugene O'Neil，美国著名剧作家，诺贝尔文学奖获得者。

[4] Henry David Thoreau，美国著名诗人、作家和哲学家。

后，都根据各自的喜好来决定开凿窗洞的位置，根据自己的身高体形来决定大小，而不考虑外观效果。"但我没找到。当我住在亨利·贝斯顿[1]位于缅因州诺贝伯若（Nobleboro）的烟囱农场（Chimney Farm）时，他赠给我一本他的著作，并向我描述了他的"最靠外的房子"。书只能等到我下次去这所房子时再读。当我抵达伍兹海峡（Woods Hole）时，迎候着我的艾伦·W.克罗维斯[2]开车带我去参观了他工作的海洋生物实验室。中午，我享用了他友善的母亲款待的丰盛午餐，然后被带领游览他们建在海边的可爱庭园。参观诺布斯卡灯塔（Nobska Lighthouse）之后，艾伦把我送上了去玛萨葡萄园岛（Martha's Vineyard）的旅程。

我在橡树崖[3]住了三夜，然后到南塔克特岛（Nantucket）待了四天。

南塔克特岛的好处之一，是根本看不见任何广告招贴或是牌子。这是岛上居民自定的法规。岛上有大量小巧但整洁的灰顶住宅，它们在18世纪由渔人修建，至今依然完好并且被精心保养着。导游认为我可能是游过南塔克特的唯一中国人。我游遍了步行或乘大巴能够到达的所有去处。瞭望塔上的圆顶和波士顿州立议会大厦的圆顶一样镀了金，但没有后者显眼，因为它的尺寸当然小得多，而且从平地观看总是藏在树后，虽然我认为远方的船只应能看到它力透雾气的金光。

镇上有口一百五十多年前在葡萄牙里斯本铸造的钟，每天敲三

---

[1] Henry Beston，美国作家、博物学家，生于波士顿，代表作为《最靠外的房子》（*The Outermost House*），讲述他在鳕鱼角沙滩上生活的故事。故事基于他建在沙丘上的一座拥有十扇窗户的屋子，该屋后来被海吞没。

[2] Allen W. Clowes，美国慈善家，其父为亨利·亚历山大·克罗维斯博士，美国礼来公司研究总监，从1918年开始直至1958年去世为止，每年夏天都在海洋生物实验室（Marine Biology Laboratory）工作，并担任实验室董事。其家族一直担任董事并向实验室捐款。

[3] Oak Bluffs，玛萨葡萄园岛上的一个地名。

盖伊角

次，每次敲五十二下，敲了一百三十五年。当我问为什么要敲五十二下，得到的玩笑般的回答是：一套扑克牌有五十二张。这一点，一个贵格会[1]小镇当然应该知道！有人认为英国航海家巴索罗缪·高斯诺德（Bartholomew Gosnold）在 1602 年首次来到了南塔克特，其他人则认为这个岛理应属于"葡萄牙人"[2]，因为他们的渔民自由来此已经有好几百年了。

　　南塔克特有一处景点，我不得不推到以后再参观。那就是一位纽约友人告诉我的"隐林"（Hidden Forest）。她说这个地点连很多南塔克特当地人都不知道。她有个亲戚住在附近，但从来没去过，直至她提出建议。他们开车前往，但到了一处阶梯前只好弃车步行。他们沿着一条狭窄小径走了许久，但并未看见任何森林。正在失望犹豫

[1] Quaker，基督教新教的一个派别，此教派禁止包括打牌在内的赌博活动。
[2] Portygees，原文使用特殊拼写并加了引号，或许是为了表明葡萄牙在本国殖民地外的白人统治区所遭受的误解和歧视。

74

之时，却突然发现小径通向了一片开阔地，散布着巨大的山毛榉。因为海上吹来的强风，这些树虽然强壮，但只能扭向一侧生长，于是它们结实沉重的树枝便扭曲盘绞起来形成了屋顶，下面的树干成了大柱子，就像亚瑟·拉克姆[1]或是埃德蒙德·杜拉克[2]给童话配的插图。在这片树林中穿行是令人敬畏的，但它看起来无边无际，所以他们半个小时后就返回了。她深信在他们未能去到的隐林深处一定有精灵，并建议我访问南塔克特时应该去看看。我们在珊凯蒂山灯塔（Sankaty Head Light House）附近下车后，我脱了队。当所有人都急急向沙地跑去，惊叹着沙的深度时，我看见沙滩另一侧的大片绿色，便直奔那个方向而去。那其实并不是沙丘上的草地，而是灌木和树林的浓密叶片，而它们的枝干藏在下面。我试图找到一条通路，但发现完全不可能，因为植物是如此密集，小枝条不光互相盘生而且还覆盖着泥沙。最后，我终于找到了一个缺口，慢慢走下去，把头降低到了地面高度。但就在此时，来自大巴那边的呼喊随风吹进了我的耳朵，我别无选择，只好归队回到岛的中心。我从来没这么想拥有一辆自己的车。

在回程中，我的思绪转向了下面这个著名的"桃花源"的故事，作者是陶潜，一位4世纪的中国诗人，在我的出生地九江附近出生。

　　晋太元中，武陵人捕鱼为业。缘溪行，忘路之远近。忽逢桃花林，夹岸数百步，中无杂树，芳草鲜美，落英缤纷。渔人甚异之。复前行，欲穷其林。

　　林尽水源，便得一山，山有小口，仿佛若有光。便舍船，从口入。初极狭，才通人。复行数十步，豁然开朗。土地平旷，

---

[1] Arthur Rackham，英国插画家。
[2] Edmund Dulac，法国出生的英籍插画家、邮票设计师。

屋舍俨然，有良田美池桑竹之属。阡陌交通，鸡犬相闻。其中往来种作，男女衣着，悉如外人。黄发垂髫，并怡然自乐。

见渔人，乃大惊，问所从来，具答之。便要还家，设酒杀鸡作食。村中闻有此人，咸来问讯。自云先世避秦时乱，率妻子邑人来此绝境，不复出焉，遂与外人间隔。问今是何世，乃不知有汉，无论魏晋。此人一一为具言所闻，皆叹惋。余人各复延至其家，皆出酒食。停数日，辞去。此中人语云："不足为外人道也。"

既出，得其船，便扶向路，处处志之。及郡下，诣太守，说如此。太守即遣人随其往，寻向所志，遂迷，不复得路。

南阳刘子骥，高尚士也，闻之，欣然规往。未果，寻病终，后遂无问津者。

渔人不守诺言，虽然他的好奇心可以理解。没有人要求我的纽约友人保守隐林的秘密不告诉我，而我也没有被告诫别去寻找它。不过，我感觉自己确实有些好奇。如果那儿确实住着精灵，他们应该没有兴趣见我。我希望没有人会在我的影响下去到南塔克特寻找隐林。

载我回波士顿的是载我到普罗文斯顿的同一条船。南塔克特的导游说，自从南塔克特的捕鲸船"达特茅斯号""埃莉诺号"和"河狸号"运输茶叶并导致波士顿倾茶事件的那个时代以来，南塔克特在扩展中已经离波士顿越来越近了。很快，灰紫的暮色降落在大海上，我的思绪也开始沉醉，随着波浪对船舷的拍击而泛起波纹。海面上的动感是无限的，但波浪在有节奏的运动中显得无比舒缓。月亮已经升起来了，在海的暗蓝背景上用金银线条精细地编织出一个永远游走着的纹样，绘制着一幅移动的画作。这幅移动的画作虽然历经岁月沧桑，但还从未被艺术领域的超级现代主义者所模仿。虽然移动的雕塑早已存在，但人类依旧无法绘制一幅移动的画作。月亮已经很高了。我伫立着观看，伫立着做梦，随即想起了海上的多次旅程。

月亮以不离不弃的关照护送着我们的航船，直至我看见了波士顿海关塔楼的剪影浮现出来，背景是一片巨大的黑色突起——那是灯塔山。

我不由得喃喃自语："大西洋依旧属于波士顿。"

波城海边
菩萨蛮

海天一色无涯际，
孤鸥向我频频睨。
骤语问谁闲，
唯唯汝我间。

风来难自处，
只好乘风去。
节节上空浮，
何如我自由。

波士顿四季

　　其他城市也有许多像波士顿公园这样的开放空间，但没有一片能够像它这样完美地呈现时间、天气和季节。波士顿公园占据城市显要位置，很难在参观者眼中消失。我住在灯塔山平克尼大街期间，每天不止一次会路过波士顿公园。

　　我得知了许多关于它的故事。在那儿，牛群曾被自由放养。在那儿，约翰·汉考克因为自家的牛产奶不足，便命令仆人们要给园中的每头牛挤奶，无论牛的主人是谁。在那儿，这位汉考克曾被逮捕，因为没有得到治安官许可，便驾马车在周日午夜到日落之间出入波士顿。在那儿，曾有军队操练。在那儿，曾吊死过贵格会信徒和巫婆。在那儿，三百位年轻女士手摇纺车号召美国发展工业。也是在那儿，一个小姑娘，《小妇人》作者的侄女，在她想要尖叫时被告知，想尖叫就到公园中尖叫。但这些都已成往事。我已经听见过很多小姑娘在波士顿公园尖叫，但她们并不都是由一位著名的婶婶送去的。

　　波士顿公园的钟点也许并不准，但它走得很有趣。早晨7点半至9点半间，和下午5点后的一个小时左右，人们都忙着上下班。10点以后，会有人以悠闲的节奏散步，冥思，向鸟群投放面包渣取乐，或在长椅上抽烟，俨然是公园的主人。从 12 点至午后 2 点，自由职业者都消失了，取代他们的是很多男导购和办公室职员，占据着州立议会大厦前面的斜坡，以各种姿势或坐或卧，午餐后打个盹。我从未在他们之中见到一位女性。有人告诉我波士顿其实是女性的城市，但我并不赞同，因为我觉得波士顿公园至少在中午两小时，乃至整个上午，都是属于男性的。2 点以后，波士顿公园易手了。女性接管了它。有的在织毛衣，有的在婴儿车边打盹，有的在向小孩子抛球，有的被已经吃不下面包渣的鸽子的不感恩激怒，倒空了袋子扬长而去。在那时，所有的鸟类都已经吃得太饱了，连鸽子和黑鹂这类饕餮之徒也不

在波士顿公园午睡

例外。在公园里奔跑的狗要比上午多。我在别处从未见过种类如此多的狗。狗的品种轻易便赶超了人的品种。这也说明公园里的波士顿本地人并不多。确实，这儿很少能见到他们。他们要是出现，无需张嘴，遛狗的方式就已经暴露了身份。

5点钟的时候，谨遵清教徒年代习俗的正牌老波士顿人都回家了，并且一去不反。波士顿公园基本上被年轻男女接管。精确地说，是被年轻的水手及其女友们接管，因为公园里靠近垂蒙特大街的地方有一个海军征兵站和一个海军俱乐部。人们很少看见他们静坐或是站着。他们会在海军俱乐部附近逗留至少两个小时，一直到天黑之后。但从晚上7点直至9点，占据垂蒙特大街所有长椅的是和波士顿警署直接或间接相关的人，以及住在藏有保罗·列维尔[1]灯具复制品的老北教堂（Old North Church）附近的居民。他们的语言不是列奥纳多·达·芬奇使用的，便是尤金·奥尼尔之父使用的[2]。我见过他们下棋和打牌，听过他们几近争吵的对话方式。在我记忆中，他们从未打起来过。周六和周日，我有时能见到他们汇聚成群讨论时事，就像另一群相似的人在伦敦海德公园里做的那样。当我在的时候，他们的活动没有放过任何一个周日。

相对春季和秋季而言，应该说波士顿公园更能播报冬季和夏季。当所有的树木都叶落殆尽而显得瘦削的时候，波士顿公园看起来更空旷，更巨大。每座纪念碑和塑像都向游客豁然显身。夏天里树木们挤靠在一起，冬天时则独自站立，在雪地上投下影子。下雪前，市政工人忙着在曾是波士顿公园一部分的波士顿公立花园的小径上铺设木板。雪后，蛙池也冻上了，平日不常听见的欢声笑语此起彼伏，因为

---

[1] Paul Revere，波士顿银器匠，最著名的事迹是在独立战争中的列克星敦和康科德战役之前，对殖民地民兵发出了英军进攻的警报。

[2] 两人分别为意大利人和爱尔兰人，老北教堂所在的北角（North End）有来自两国的大量移民聚居。

年轻人几乎每个下午都会溜冰。我观察过他们几次——有人会摔倒，有人会迅速爬起来，有人甚至在跳方块舞。在泰晤士河畔的牛津，我曾见过在港口草滩[1]水塘中的溜冰者跌进冰中，但蛙池上的冰无疑更厚。在我逗留波士顿的那些日子里，蛙池一直都封冻着。

当夏日来到波士顿，不常听见的欢声笑语挪到了公园的泳池和罗马喷泉。在我看来，泳池浅蓝色的池底似乎是在蓄意扰乱波士顿公园的怡人气氛，但在炎热的夏日中，池中满是粉红和晒黑的肢体及面庞，遮蔽了蓝色，滴着水珠，周边的空气似乎也变得凉爽宜人。喷泉基座上坐着很多小男孩，被水喷溅时发出欢笑声。幸运的是，这是1953年而不是1802年，因为那时法律禁止不守安息日的人在园内沐浴。令人欣慰的是，即便在独裁时代，也能有人嘲笑法律，正如当时的《哨兵》[2]登载的诗歌所言：

> 据说，在迷信的年代，
> 母鸡周一下两个蛋，
> 因为周日下蛋的母鸡
> 要掉脑袋。
>
> 如今我们睿智的统治者定下法规
> 说周日不准洗澡；
> 所以波士顿人只能脏着，
> 熬到周一洗两回。

当泳池和喷泉传来欢声笑语时，蛙池也有类似但更轻柔的响动，

---

[1] Port Meadow，牛津以西和以北泰晤士河畔的一大片公用草地。
[2] Centinel，应指《美国哨兵》，19世纪初波士顿的一份报纸。

特别是当郁金香盛开的时节。这声响来自天鹅船，运送着一船欢乐的面庞，游过倒映在水面中的天空 [1]。更多欢乐的面庞在围观。当我在的时候，天鹅并未访问波士顿公立花园，那么，为什么这些船是天鹅形状的？无人能告诉我。

据我所知，波士顿公立花园的天鹅船在每年五月至九月间运营。在那期间，公立花园有新活动，那就是波士顿艺术节。陈列画展的大量帐篷占据了不小的空间，而雕塑摆放于露天。扬声器大声播放着音乐。我浏览了一圈画展，惊喜地发现了我的朋友曾宪七 [2] 的作品。曾的作品传承了中国古代传统，而整个展览则体现出当代美国书法艺术的发展趋向。中国绘画分支于中国古代书写系统，不写实，而是理想化的、富于想象和提示性的。中国书法和中国绘画是同时发展起来的，目标是使用线条和颜色解放出图形动作的视觉美感。当代西方艺术和中国艺术正在接近同一个目标。

艺术节吸引着很多人来到波士顿公立花园，在明亮的阳光下加强了夏日的气氛。波士顿有春天吗？1953 年我错过了它，因为那年我在旧金山度过了二月、三月和四月。当我五月归来时，才听说波士顿的春天已经过去了。春天对波士顿只作短暂访问。波士顿有一条春街（Spring Street），我想它说的是泉水而不是季节。春天虽然短暂，但却深入波士顿各处。它在波士顿公园的现身只能在公立花园的花圃感受到。但在联邦大街却叩响了无数家门，因为屋外的木兰都带着欢欣的微笑开放了。

我有几次和春天的相遇是发生在阿诺德树园（Arnold Arboretum）。春天里，我每隔两三天便会去一次。剑桥的同胞们不理解我为何去得

---

[1] 天鹅船于 1877 年诞生于波士顿公立花园的池塘，而非蛙池。参见第 46 页注释 [1]。
[2] 旅美画家，师承徐悲鸿、吴作人、傅抱石、张书旂、黄君璧等，曾就读哈佛，后在波士顿美术馆就职。

波士顿城堡

如此频繁，毕竟我不是学植物的。我的想法是，一个人一生中总有几次会对某件事物着迷，这无需解释。我说这些，是因为我不希望被心理分析。我正走在樱桃树干间，头上是花儿盛开的巨伞，此时突然有只雉鸡朝我叫了一声，然后飞走了，显然是对我的出现表示不快。我和一位友人谈论过中国玉兰的高贵品格和淡雅香气。在办公楼一侧，两株这样的玉兰正在盛放。它们附近是几株来自日本的、只拥有装饰价值的白花瓣植物。我还见到了许多高山杜鹃和映山红，它们原产自中国西部，特别是云南。这令我想起阿诺德树园第一任园长查尔斯·斯普拉格·萨金特（Charles Sprague Sargent）教授，他曾经派遣恩斯特·亨利·威尔逊（Ernest Henry Wilson）多次前往中国收集植物。通过威尔逊，美国的公立和私立花园有了许多来自中国的植物。很多中国植物是由威尔逊起的名字。

剑桥沃兹沃思小楼（Wadsworth House）的大卫·麦克柯德能辨

认哈佛园[1]里的所有树木,他带我去布鲁克莱恩[2]观赏了一片小巧却美丽的山毛榉树林[3]和一条两侧长满中国银杏树的新路。当我告诉他我在波士顿公立花园找到一株中国学者树[4]时,他很吃惊,然后我们讨论了"学者"这个词为何会用来给树命名。我说不清,但觉得此树在中国称为"槐",并且一般种在住宅附近,有可能是用来给伏案的学者遮荫的。

除了春街,波士顿还有一条夏街和一条冬街,虽然要到西洛克斯伯里[5]才能找到一条秋街。秋天并不会给波士顿涂上它给新英格兰各州乡间涂上的那种鲜亮的红色与黄色。也许它觉得没有必要,因为秋天来临时,波士顿的每个人不是在谈论过去的印度之夏[6],就是打算去乡下体验今年的印度之夏。对于秋天这个季节来说,"印度之夏"是个多么古怪的名字!波士顿所有报纸上都是关于季节的文章,有的甚至介绍去观赏秋色的道路。沃尔特和简·白山驾车带我去过从新罕布什尔州到佛蒙特州的所有印度之夏观景路线,从本宁顿(Bennington)翻过绿山(Green Mountains),经已故的威拉德·考格斯维尔介绍,在斯托尔(Stowe)给我找了个地方住了十天,观赏了曼斯菲尔德山(Mount Mansfield)的层林渐染。范怀克和格莱蒂丝·布鲁克斯带我去了康涅狄格州胡萨托尼克河堆满金色的河岸。斐丽丝·瑞克斯及其双亲开车带我驶过了罗德岛西普罗维登斯(West Providence)城外红色和紫色铺就的山林。斯托厄·朗特和我待在多赛特(Dorset)的乡村小酒馆里观赏雨中的秋日群山,虽然当时我们

---

[1] Harvard Yard,哈佛校园中最古老的一部分,是一片分布着哈佛经典建筑的草坪。
[2] Brookline,波士顿西部小镇,如今是大波士顿地区的一部分。
[3] 这片树林被萨金特称为大波士顿栽种的最好的珍稀树种,可能是全美最好的欧洲山毛榉树林。
[4] 即槐树,此为西方别名。
[5] West Roxbury,波士顿西部小镇,如今是大波士顿地区的一部分。
[6] Indian Summer,即我国俗称的秋老虎。

几乎被康涅狄格州各条河流的洪水围困。我见识了新英格兰印度之夏所有变幻的辉煌和情绪，它与我以前见过的所有关于色彩的展览都全然不同。我从未想象过橡树能有如此多种，而不同种类的枫叶能够如此明亮地反射新英格兰的丽日。是枫树和橡树为新英格兰设计了印度之夏。我听说，秋天最好的色彩只会持续至多两个礼拜。

一个午后，当时在《基督教科学箴言报》工作的唐纳德·麦森杰（Donald Messenger）提出带我去观赏牙买加池塘[1]的秋景。我看见了大量红枫叶，被榆树金色和半金色的树叶混杂着，解决了色调的单一。空气中飘着温和愉悦的气氛。我们去附近的儿童博物馆转了一圈。那儿有各种动物、鸟类和花儿的填充玩具，由穿着不同装束的洋娃娃陪伴，让孩子们兴趣盎然。

第二天，我带杨恕立到牙买加池塘划船。起初租船室空无一人，等了很久才得到一只船。很显然，来划船的人并不多。岸边有供钓鱼者租用的船。一位老太太对于租船给我们感到踌躇，因为我说我们没有钓鱼执照，虽然她没注意到我们根本没带渔具。不过，在一阵手忙脚乱之后，我终于把船划到了湖心。这种方头方脑的船是用来运输的，和我在英国泰晤士河上划过的船很不相同。目睹我对陌生船只的笨拙操控，恕立把我自称划船老手的自夸拿来打趣。这是个我们不曾预料的玩笑。阳光很明亮，但并不炎热；水面泛着涟漪，清晨的空气也不算寒冷。其实此时晨雾早已散去，秋日碧空前所未有地高深。一年中的这个时节，波士顿的天空竟然可以如此蔚蓝！我过去常常看见树梢的叶子直接贴在了蓝天的脸上，但此时我发现它们相距甚远，即便是岸边最高的榆树也显得出人意料地矮小。我们的船儿离树林还远。当我们靠近时，我看见树叶像是大片喧嚣的人群在阳光中进

---

[1]　Jamaica Pond，位于波士顿西部的一个池塘。

进出出，像小小的金片和铜片一般闪烁。它们在舞蹈，它们繁忙却又悠然自得。温和的空气让一切都欣欣向荣。我们向起点回返时，迎面来了一群数不清的鸭子大军，它们来自鸭岛（Duckland），一座位于池塘中心、装饰着两株柳树的小岛。我俩没有向它们挥手示意，因为我们没有食物可以投放，这令恕立感到非常沮丧。领军的鸭子用它们的圆眼睛瞪了瞪我们，然后转向了两位少年，他们正站在倒伏于水中的一棵大柳树根上。虽然恕立的眼神比我尖，但我们还是没看清他们在那儿做什么。我让小船自由漂浮了一阵，吃惊地看到小岛上仍不断有鸭子下水，以半圆形的阵列加入队伍，似乎是在执行一道严厉的命令。当它们接近柳树根时，便打乱队形，如一团黑脑袋的蝌蚪云一般散开，只不过是头朝上而不是埋入水中。它们行动敏捷，叫声虽然震耳但不算难听。也许它们是在回应柳树根上少年的大笑，或是船上恕立的咯咯声。这个怡然秋日的温润气息让它们觉得很惬意。涟漪被明亮的日光照耀，把秋叶的倒影变成了从一架古老的中国农用脱粒机飞出来的印第安玉米[1]。鸭群在忙着争抢它们。也可以说，是秋叶的倒影把涟漪变成了神秘的珠宝，闪耀着紫水晶和黄玉露珠般的火焰。鸭群则漂浮在薄薄的金色丝绸上。突然，远处陆地上的汽车传来一声爆音。鸭子大军突然振翅腾入空中，一时间黑暗几乎遮蔽了半个天空。它们中有很多从我们头顶高处飞过。我仰身注视飞行的鸭群点缀着蔚蓝的天空。美丽的背景奉献给了美丽的图案，这就是我的体会。冥思之间，我的右手不留神从桨把上滑落。恕立扶住了我，开怀大笑。黄、粉、红的温暖色调在我们上空呼出暖意。在波士顿的所有体验中，秋日荡舟牙买加池塘是最令人难忘的记忆之一。

---

[1] 一种彩色玉米。

结美高塘 *
梧叶儿

结美塘，鸭成行，
伴我戏秋光。
因无食，游别方，
太轻狂，
一叶舟随风荡漾。

结美高塘
梧叶儿

结美塘鸭成行
伴我戏秋光因
无食游别方太
轻狂一叶舟随风
荡漾

波士顿眼睛

　　与波士顿鼻子不同，我不必去认识波士顿眼睛的模样，只需要了解它们在观察什么。我还不太自信能认出波士顿鼻子，但假如我看见一双眼睛总是盯着通往康科德（Concord）的道路，我会确定它们的主人是一个真正的波士顿人，或者如托马斯·巴里·埃尔德里奇[1]的自谓，是一个贴牌的波士顿人。

　　我已在波士顿住了几个月，人们最常建议我去看看的地方是康科德及其周边地区。我在波士顿结识的朋友中，几乎每个人都想带我去康科德。他们说，从波士顿通往康科德的道路是美国最重要的道路，美国历史从此路出发，美国自由从此路开始，美国早期文学从此路诞生。我参观过约翰·汉考克和萨缪尔·亚当斯的那间屋子，他们住在一起，直到被保罗·列维尔唤醒逃命的那一夜。我了解到的一个有趣说法是，"把你的约翰·汉考克放在这儿"相当于"先签上你的名字"。约翰·汉考克是第一个在《独立宣言》上签字的人，他的签名显眼而细致。我在古老的蒙若小酒馆（Munroe Tavern）得

[1]　Thomas Bailey Aldrich，美国诗人、小说家、旅行作家和编辑，曾在波士顿工作居住。

知，第一任美国总统曾在此进餐，但是首任店主的女儿安娜·蒙若（Anna Munroe）的小脚激起了我的更多浮想。镇上一位叫威廉·马兹（William Muzzy）的年轻牧师在追求她，但不确定自己的判断。于是有一天请了他在哈佛的同学来此进餐。然后他询问了同学对店主女儿的印象，回答是："我想，她有着魔鬼的面容，天使的身形和双脚——结果好那就万事好。"[1] 两百年前的哈佛学生有着和两千年前的中国男人一样的、对姑娘小脚的迷恋，这对我来说是个新闻。中国男人迷恋它们的小巧和优美步态，但不幸的是，他们创造了一种小脚时尚，导致数以千计的中国姑娘为使双脚变成畸形的小脚而自幼缠足，因此承受了无法言说的痛苦。在几十年前，这一时尚寿终正寝。哈佛学生的喜好倒没有造成如此险恶的效果。

在康科德，首先要去的景点是康科德桥，民兵纪念碑和古屋（the Old Manse）。在列克星敦也有一座民兵纪念碑。从艺术眼光来看，我认为使用不规则岩石做底座的列克星敦纪念碑要胜出一筹。

起先我曾以为，在美国独立之后不久诞生的爱默生[2]选择定居康科德，是因为看重此地的历史意义。但古屋告诉我，在康科德改变历史之前，爱默生的祖父便已是本地一所教堂的牧师。为何霍桑[3]会选择在此地而不是妻子的故乡塞勒姆[4]安家呢？是他不喜欢塞勒姆，因为他厌倦在当地海关办公室的工作？他租用了古屋度蜜月。也许他想为结婚的头一个月选择一个值得纪念的住处，就像如今很多青年夫妇选择华盛顿特区一样？奥尔科特家族也许只是碰巧住在了康科德。我

---

[1] "结果"也做"末端"讲，意指双脚，此处为双关。
[2] 拉尔夫·沃尔多·爱默生，美国著名文学家和思想家，19世纪超验主义运动领导人物，生于波士顿。
[3] 纳撒尼尔·霍桑，美国著名小说家。
[4] Salem，波士顿东北方的海滨小城。

康科德的古屋

感觉路易莎·奥尔科特[1]《小妇人》中的角色们依然活在西半球的某处，等着另一个路易莎·奥尔科特去描述他们。场景设定想必不同，但精髓应该不会变。设定改变的主要因素是时间。令我感兴趣的是，康科德地界并不大，它的自然面目并不重要，而是约翰·汉考克去那里访问未婚妻，萨缪尔·亚当斯去那里躲避杀身之祸，才让它变得重要起来。历史事件都是偶然的，而我肯定，康科德也未曾打算要在美国历史中占据如此重要的位置。

　　北京虽不是中国历史开始之处，却也目击了很多荣耀与悲伤。明代的辉煌终于 1644 年。这并不是明朝末代皇帝崇祯的过错，他被认为是一个博学的统治者，仁德有为。但在 4 月 9 日，北京落入了清军之手。*

---

[1]　Louisa Alcott，美国小说家，父母均为超验主义者，在爱默生、霍桑和梭罗的影响下长大。

*　此处作者或有记忆错误。公元 1644 年 4 月 24 日，李自成叛军攻入北京，崇祯帝于翌日自尽。——编者注

在入侵者到来的前夜，皇帝拒绝逃亡。他杀死了最年长的公主，命令皇后在落入敌手前自尽，然后把三个儿子藏了起来。第二天晨钟之后无人进宫，于是皇帝走下龙椅，登上了皇城中一座叫万岁山的小山，在龙袍上写了如下遗言："朕凉德藐躬，上干天咎。然皆诸臣误朕，朕死无面目见祖宗；自去冠冕，以发覆面，任贼分裂。无伤百姓一人！"后来人们发现皇上自缢于一棵树下。他的遗言在过去四百多年间令所有中国人的双眼都注视着北京，特别是万岁山。这完全是因为皇帝并没有弃子民而去，却舍命以挽救众生免于被屠。他勇敢而仁德，因此在中国历史中比其他众多伟大的君王更加被人怀念。不过，我认为对他的怀念会在我这一代人之后终结。下一代人对历史的解读方法是不同的。事实上，如今我解读历史的方法已经发生了变化。这不仅仅是因为我正在变老，也因为今日发生的事件无法与往事相比较。

历史在自我重复，这是一般公认的观点，但我斗胆认为自从美国历史开始以来，历史便不再自我重复了。美国历史始于确凿无疑的自由理念，这在以前并不存在。如果这一理念依然有效，那么，未来的一代代人就不会另有一个康科德可供他们参观了，就像波士顿眼睛建议我参观这个康科德一样。

无疑，未来的一代代波士顿眼睛还会继续望着通往康科德的道路。我无法也无须去想象人们在一千年后如何看待康科德。不过，我庆幸的是，康科德没有变成另一个北京，一个包括了波士顿所有地区的美国首都。否则，我将不会听到波士顿友人们说，"康科德还和以前一样愉快而平静。"它的风格确实如此，但肯定也经历了很多变迁。比如说，今天跨越康科德河的木桥已经不是保罗·列维尔时代的那条通衢大道了。也许正因为它不再是一条通衢大道，那儿的河水看起来比其他地段更宁静。藏在树林后面的民兵纪念碑只是依稀可见，和欧洲大陆上纪念战争英雄的纪念碑比起来要低调得多。我从未见过一处历史性地点与它的名字有着完美的和谐[1]。

每当想起路上发生过的三件事，我这双既非杏眼也非斜眼[2]的眼睛，也会像波士顿眼睛一样望向康科德。已故的拉尔夫·莫里斯（Ralph Morris）曾在1953年圣诞节后，携其妹伊丽莎白·莫里斯博士和我一起，沿大雪覆盖的道路去往康科德。拉尔夫想带我去看看不一般的景观。我们参观了当地的两座教堂，它们有着新英格兰典型的白墙、尖顶和塔楼。它们总是独树一帜，和春夏秋的色彩形成优雅对比，但我从没想到它们在冬季的雪光映照之下是如此端庄祥和。冬日暮色的降临和路边雪色的暗淡激发着我的想象力。虽然我们的汽车一直在行驶，白天的消逝和剧变的阴影却一如既往地隐蔽而神秘。在路灯照明的范围之外，道路已经没入昏暗。用灯光为城镇模拟日光的现代手段有它的局限。我正在思考日夜交替为何如此之快时，车停下了。拉尔夫·莫里斯带我们走进一条岔道，迎面是浑身遍布无数蓝色小灯的三棵大榆树。它们看起来不像榆树，更像是**火花树**，枝丫上是几百万只尺寸不同寻常的萤火虫。我的眼睛被晃花了，被迫合上片刻，但依然为这种不寻常的童话之美感到眩晕。这便是莫里斯兄妹想让我看到的景观，赶在它消失之前。这是当地苗圃主人的杰作，他们在圣诞节前花了一个月用三千多个蓝色电灯泡装点了三棵榆树，把它们变成了不同寻常的圣诞树，吸引着远近的人们前来，和我们一样走进苗圃观赏。女主人对我们说，在树上安装灯泡是件吃力的工作，她丈夫不会再做了。我对莫里斯兄妹带我来观赏表示了感谢，这是保罗·列维尔在奔向康科德时从未想象过的景致。

---

[1] 康科德的英文 Concord 有"和睦、和平"之意。
[2] 这是西方人对中国人眼睛的两种俗称描述，后者带有歧视意味。

另一件事，是在刘广京[1]的建议下，我们六人一行，包括杨家四口，前往古老的怀特小酒馆（Wright Tavern）进餐。我们被请进了一个单间。小酒馆内部非常整洁，它清爽的气氛立刻就打动了我。领班和女招待并没有来对我们讲述小酒馆的历史，相比之下，他们的欧洲同行们总是就这类话题对我滔滔不绝。其实，关于那位于1775年4月19日来到此地的皮特凯恩[2]上校，是有很多可谈的。或许怀特小酒馆的人们忙着打理生意，没有时间谈论这些；或许他们认为我们了解康科德历史。我对能专心享用新英格兰美食而感恩。因为饭菜可口，服务周到，我们后来还经常谈起那个令人愉悦的夜晚。即便对于我们一行中最年轻的成员，当时只有五岁的杨德正来说，那也是一个值得记忆的夜晚。那是他第一次在外就餐，第一次和成年人同坐在一张大餐桌前，第一次吃美式三道正餐。我们就坐前有点担忧他在饭桌上的规矩，但他立刻就得到了女招待们的喜欢。她们中的一个悄悄告诉我："他像成年人一样懂礼貌。一位多么优秀的绅士啊！"他的父母联陞和宛君都对此评价感到开心，但我看到的有趣却是另一个角度的。我之前从未听过这样的评价，我想，这也许只能在古英格兰气息没有散尽的新英格兰才能听到了。而且，美国大部分餐馆雇用的都是貌美的年轻姑娘，但她们为客人点菜时的微笑千篇一律，对自己的工作并无真正的兴趣。

　　第三件事发生在康科德河上。波士顿美术馆亚洲部的曾宪七打算驾车带我出行。我开玩笑说我想换换口味坐坐船。客居牛津的多年中，我曾在伊希斯河[3]、查韦尔河[4]和泰晤士河荡桨，虽然还不会撑船。宪七招呼我上车，一言不发地出发了。那时，他是沉默旅行的最

---

[1]　著名史学家。
[2]　约翰·皮特凯恩，列克星敦和康科德战役中的英军指挥官之一。
[3]　the Isis，泰晤士河的一部分。
[4]　the Cherwell，泰晤士河的一条主要支流。

佳伴侣。我觉得有些地标看起来眼熟，所以当宪七说明我们正在去康科德的路上时，我毫不吃惊。一路俱是秋意。商店前和路边有很多木架子，堆满了亮橙色的南瓜、紫色和红色的苹果、带叶的斑点玉米和各种鲜亮的绿色蔬菜。有时，果蔬就随意散放在门前或是小道边。它们营造出了一片片五彩缤纷。在很多地方我都会请宪七停车，并绘制了几幅瓜果主题的作品，他也认为它们颇值得一画。从九月开始，这样的乡下商店在新英格兰如雨后蘑菇般涌现。很多年前，是康科德乡间商店（Concord Country Store）最先经营此道，大获成功，随后便被大批商店效仿。康科德的道路因而变得如此多彩！

宪七停好车后，问别人我们能在何处下河。走过一段林间小路和一座新修的石桥后，我们找到一座栈桥，岸上晾着三艘底朝天的独木舟。眼界所及之处没有划艇，也无人听说过平底船为何物。起初我不愿上独木舟，因为我曾在牛津的伊希斯河中有过乘橡皮独木舟翻船的经历。"英国独木舟是圆底的，美国的是平底的。"宪七以专家的口吻说。一个从玩伴们那儿逃脱、沿着河岸跑过来的小男孩兴奋地看着我们。他对我不愿上独木舟报以畅快的欢笑。我注意到他没有门牙，因此显得更加淘气。我随即想起了公元前2世纪的秦朝智者张玄祖，他在八岁时掉了几颗牙，有人嘲笑他说："君口中何为开狗窦？"年幼的张玄祖应答道："正使君辈从此中出入。"我没吱声，因为美国小男孩没准比张玄祖更尖刻。

船主一推，把我们的独木舟送进了水流中央。我很快发现平底独木舟稳定而舒适。我们交替挥桨前进，仿佛就像乔治·卡勒布·宾汉姆[1]在1845年左右的油画《沿密苏里河顺流而下的毛皮商人》中的人物，或是像温斯洛·霍默某些水彩速写中划独木舟的人。但霍默喜

---

[1]　George Caleb Bingham，19世纪美国画家。

欢的是暴风雨般的浪涛和裹着泡沫的岩石，密苏里河也很宽阔，而我们只是顺康科德河泛舟，一切都愉快祥和。沿岸基本上都长着芦苇和杨柳。我能看见很多水生植物的根系垂悬在我们下方，随水流摇曳，而我们正在经过的表面则水平如镜，除了被桨激起的波澜。河水的颜色是不同寻常的暗绿，因此显得深不可测。我不时能看见大片透明的黄点和红点。它们是河畔树叶的倒影。在倒影后面，偶有一两家住户褪色的黄白色墙壁显现出来。一些穿着亮红色及蓝色厚运动衫及短裤的小小身影进进出出，似乎是在玩捉迷藏。我们的独木舟是唯一能被发现的目标，但并无人来岸边看我们，于是我们继续挥桨前进。

明亮的太阳依然明亮闪耀。静止的空气变得越来越致密，连每次划桨后独木舟轻盈的运动都能被听见。康科德河岸秋日的自然魅力缥缈而又动人，难以言状。不经意间，一阵轻风拂过独木舟近旁的芦苇，引发一阵窸窣。随着声响，几只彩色蜻蜓飞了出来，其中一只是皇室蓝色，在空中甚是醒目。它们一起前冲，然后静止片刻，随即又前冲。在远处，一只大灰鹭振翅飞翔，变得越来越小，直至消失在视野中。此鹭从何处来？它口中衔着鱼吗？它刚才藏身何处？我在前面划桨，所以能毫无阻挡地观景。这是宪七的主意。他是一位善解人意的朋友，而且没有催我快快划桨。事实上，大部分时候我们的独木舟都在漂游，而且是在倒退。我们一点也不着急。

我对观察安详伫立在河湖岸边的鹭鸟有着浓厚兴趣，但鹭鸟是非常害羞的鸟。空气中只要有一丝不安，便能将它惊飞。我从未靠近过它们。另一方面，鹭鸟在长河中点水的场面令我感到乐趣无穷——它是我喜欢描绘的主题。

视野中出现了一座石桥，虽然它距离遥远。渐渐地，我们听见在一片修长芦苇后面的岸边传来水花声，夹杂着话语和欢笑。几个小男孩在那儿游泳。也许是他们惊飞了鹭鸟。他们让我笑了，因为我想

准备起飞的鹭鸟

起了这个中国古代笑话：

> 一医生医坏人，为彼家所缚。夜半逃脱，赴水遁归。见其子方读《脉诀》，遽谓曰："我儿读书尚缓，还是学游水要紧。"[1]

就在此时，一个孩子被推进水中，溅起大片水花。其他孩子笑得更响了。宪七以为我也在和孩子们一起笑，所以他也跟着笑起来。随即，我们驶入了桥拱。接下来的河段保留着比印第安人时代还早的原貌。大片泥泞的沼泽地堆积着死去的枝叶，新倒下的那些则伸到河道中，让我们的独木舟偏航。

太阳已经落下，我们转向西行，像是在试图追赶它。河面变成了一条闪亮的长镜，反射着无云的天空。河底似乎延伸着一条巨大的靛蓝条带，以秋叶、树枝和灌木丛的倒影为镶边。我不忍把桨点进水中，但又不得已。每次一点，都会在镜面上生出一次神奇的震颤。当我们暂停，镜面便复归平，我发现河底不再是纯蓝。我看见大量白条

---

[1] 此笑话来自《笑林广记·术业部》之《游水》。

状的云彩正被强光照亮，边缘镶着金线。当我抬起头，发现我们面对着一座木桥——著名的康科德桥——被大片形状各异的树木护卫着，树叶在明亮的日落中跳跃起舞，仿佛是用亮晶晶的黄金或是红热的黄铜铸就。天空彻底沉醉了，带状的白云变成了半透明的红色和粉色，协助着整个风景与双眼的沟通。幸运的是，木桥的暗灰色调把令人愉悦的景致安定下来，显露出它作为秋季大自然精致魅力的终极秘密。我从未见过如此适合写生的完美风光，便画了一幅。我很高兴美国历史始于康科德桥，这样的话，未来的美国人就不会试图在此架一座铁桥。它将在林间永存，而秋季美景还会年复一年地上演。

我们没有从康科德桥下驶过，而是原路返回，心满意足，悠然自得。我对宪七带我出游表示感谢。虽然所有的波士顿眼睛都因为美国历史而向康科德望去，但我的眼睛所寻找的却总是康科德桥的秋景。

孔柯桥 *

梦江南

秋色满，
入眼似红烧。
闲说越菲飞报夕，
揭竿一战竖今朝，
千古孔柯桥。

97

波士顿耳朵

纽约有很多"最高""最庞大"和"最宏伟",但波士顿有更多"第一"。我找到了第一浸信会教堂、第一国家银行、波士顿第一石砌教堂、第一联合长老宗教堂、第一基督教科学教堂。我听说波士顿1634年开辟波士顿公园,成了第一座拥有城市公园的城市;1635年开办了第一家公立学校,1690年发行了第一份报纸,1770年以流血方式爆发了第一次革命,1825年铺设了第一条铁路,1846年进行了第一次使用乙醚的手术,1876年打通了世界上第一个电话,1895年开通了第一条地铁[1]。在这些"第一"中,我兴趣最大的是波士顿耳朵的第一次使用。

当然,波士顿曾经将她的耳朵贴近很多讲台,贴近殖民地时期和革命时期的致辞和告示,但波士顿耳朵在1750年经历了《禁止舞台剧和其他剧院娱乐的法令》这一史无前例的考验。换句话说,波士顿耳朵此前已在公众娱乐的世界得到了充分使用。这一法令是在清教徒对波士顿的严苛统治时期通过的。周日午夜至日落之间四轮马车禁

---

[1]　此处指美国的第一条地铁。

行，除非得到治安官许可。当教堂举行仪式时，城区车辆行驶速度不得快于行人步行。在我的想象中，波士顿的周日该是何等平静，当时在那儿做一番沉默的旅行会是多么令人愉悦，虽然我在路上必定会遭遇麻烦。

据说当时波士顿一些思想激进之人试图废除《禁止舞台剧和其他剧院娱乐的法令》，但无济于事。于是他们用他们的思想开辟了另一条激进之路。波士顿戏剧爱好者们在宽胡同（Broad Alley），也就是如今的霍利街（Hawley Street）建了一座舞台，将其命名为"新展厅"（New Exhibition Room）。他们将自己的剧作作为展示善恶的"道德讲座"来宣传。奥特威[1]的《威尼斯得救》（*Venice Preserved*）被宣传为一个分五段的讲座，主题是展示玩弄阴谋的险恶后果。莎士比亚的《麦克白》被宣传为"史密斯夫妇关于一件可怕谋杀案的对话"。这样的讲座持续了很久。虽然我的大脑状况被现代医生描述为脑萎缩，但我总是对人类大脑的丰富资源感到崇拜。无论一些大脑创造出来的法律法规是多么细致，总有另一些大脑会找到途径去规避它们。

在主日驾驶四轮马车，是约翰·汉考克被捕的原因，而《造谣学校》（*The School for Scandal*）于1792年12月的某夜在新展厅的上演，是一位演员被捕的原因。表演突然结束之后，观众不让场地关门，一群年轻人扯下了汉考克州长的画像，并将其践踏以示抗议。令人欣慰的是，即便是在清教徒统治波士顿的时代，人们的处境也比今天在集权主义者统治下生活的人们要好很多，因为他们可以把统治者的画像踩在脚下表示反对。最终，在1794年，布芬奇[2]即在联邦街（Federal Street）上按古典式样建起了第一家真正的剧院。我曾经读到过，遵守安息日的规矩一直延续到19世纪初，那时已经建成的

---

[1] 托马斯·奥特威，英国17世纪剧作家。
[2] 即设计了州立议会大厦的布芬奇。

剧院依然不在周六晚上安排演出。即便是最负盛名的波士顿剧院在1852年开张之后，依然每周只演五天。该剧院上演的主要是莎翁作品，在纽约剧院发展起来之前，很多著名的男女演员都在此表演过。波士顿观众的耳朵和眼睛已经建立起一种声望，以至于纽约的剧院经理们总是喜欢让新剧目先在波士顿试演，就像伦敦的剧场经理们总喜欢在牛津试演新剧目一样。

我欣喜地发现，第一部出自美国本地人之手的喜剧《对比》（The Contrast），是由罗约尔·泰勒（Royall Tyler）创作的，他是我的朋友、在美国驻德国波恩大使馆工作的威廉·罗约尔·泰勒的曾祖父。此剧于1796年在波士顿制作并获得了成功。我听说这第一位罗约尔·泰勒还担任过佛蒙特州最高法院大法官的职务。

波士顿耳朵是在波士顿的各大音乐厅中历练出来的，特别是波士顿交响乐大厅。

虽然我住在英国时听过多次音乐会，但我并不是学音乐的。在没有波士顿耳朵的情况下，我本不应该试图描述我听到过的波士顿通俗管弦乐团（Boston Pops）。不过，看他们的演出是我第一次接通波士顿耳朵，也是我在波士顿音乐世界中第一个愉快的夜晚。1946年第一次到纽约时，我曾几次拜访我们最卓越的学者胡适博士，他在卸任驻华盛顿特区的中国大使一职之后住在那儿。返回英国前，我去向他道别，遇见了阿瑟·沃尔沃思（Arthur Walworth），他建议我到波士顿一游。我的回答是：这确实在我的计划中，因为我想去见见波士顿美术馆亚洲部部长富田幸次郎，以及被邀请到剑桥医学院的黄鸣龙博士 [1]，一位受德国教育的中国药学家。次日，一张波士顿通俗管弦乐团第六十一个演出季的曲目单被专递到我住的旅馆，还附带一个邀

---

[1] 著名有机化学家，中科院院士，当时在哈佛担任访问教授。

请："蒋先生，您喜欢去看一场吗？"我感到很荣幸。我只能分配一天给波士顿——1946 年 5 月 2 日，周四。在被富田先生带领参观了亚洲部之后，我在美术馆入口和阿瑟·沃尔沃思先生碰头，被开车带着迅速转了一圈波士顿的重要景点，然后进了交响乐大厅。大厅内部与其他音乐厅不同，椅子不是成行排列，而是围着桌子。听众听音乐时可以围坐着吃喝。我们几乎和所有人同时就座。看起来几乎没有人早来也没有人迟到。也许这是因为波士顿比伦敦、巴黎和纽约都小，而且大部分听众都自驾前来。我总是认为听众按时到场是自尊也是尊重指挥、音乐家和乐手的表示。若是因故迟到，应该以放弃当晚的乐趣来保持自尊。

那是个和暖的五月之夜。气温也许是观众着装随意的原因。虽然不少男士穿了晚礼服，但穿晚装的女士并不多。指挥家阿瑟·费德勒[1]向听众鞠躬，转身便开始了演出。听众的鼓掌很热情，但并不拖沓。我还留着的节目单是这样的：

"客人们进入瓦特堡"，选自《唐豪瑟》

（波士顿通俗管弦乐团唱片）.......................................瓦格纳

加沃特舞曲和终曲，选自《古典》

交响曲 ....普罗科菲耶夫

夜曲 ....芭芭拉·科瑞

G 小调斯拉夫舞曲 ....德沃夏克

《波士顿》套曲 ....凯斯·布朗

华沙协奏曲（波士顿通俗管弦乐团唱片）...............阿丁赛尔

钢琴独奏：列奥·李特温

---

[1] Arthur Fiedler，美国指挥家，生于波士顿，担任波士顿通俗管弦乐团指挥长达半世纪。

　　当晚安排了两个幕间休息。在演出中，音乐似乎借着精妙的音符和振动渗进大厅的每一个角落，任何脑袋的晃动都不会扰乱它的传播。听众们痴迷地端坐，尽情使用他们的波士顿耳朵。假如我记得没错的话，每支曲子之后没有太多的掌声，但每位观众都转向邻座，交换目光和微笑，似乎在共赞刚才听到的音乐。每次休息前都有一次长长的掌声，在演出终了时更长。那一次，波士顿耳朵们的良好运转第一次给我留下了深刻印象。值得一提的是，在整个晚上，没有任何咳嗽或喷嚏来打扰我还不够波士顿的耳朵。这也许要归功于五月的温暖，因为如今我知道波士顿人对咳嗽和喷嚏并不免疫。

　　带我去过交响乐大厅之后，阿瑟想让我见识一下当时流行的民间舞。夜已深了，当我们远离街灯时，周围一片黑暗。我们穿过一扇门，然后似乎是进了地下室，我随即发现自己站在一个宽敞的大厅里，房顶看起来像是谷仓。现场已经有了很多人。一些人身穿蓝牛仔裤和格子衬衫。我俩都没有参加舞蹈。那是一种所谓的方块舞，据说是从美国印第安人的舞蹈演化而来。两位女性舞者穿着亮红色的裙子，动作矫健，迷人的裙子令人惊讶地闪动着，几乎令我忘了舞者的存在。红裙子让我想起了爱尔兰，是那儿的一种传统服饰。据说，如今原汁原味的方块舞已经被发展为了一种西班牙吉卜赛舞蹈。我对舞蹈一无所知，当我问起波士顿是否有真正的民间舞蹈时，才意识到这是个傻问题。不过，这是个充满乐趣的夜晚，给我的波士顿耳朵留下

了难以忘怀的印象。我衷心
感谢阿瑟·沃尔沃思。

　　我一些在波士顿工作生
活的同胞已经练就了波士顿
耳朵。赵国均夫妇便是其中
两位。太太是生化博士，在
哈佛农业系工作，先生是社
会学博士，在哈佛担任中国
经济政治方面的研究员。二
人都不时能抽空去听音乐会
和"轻音乐"，虽然国均曾
经写信给我说："美学感觉被
所谓的社科研究搞得日益迟
钝了，近来真的少有闲暇，

方块舞

能够放下任何功利心，为了纯粹的快乐而去享受'美好事物'！"他
力促我与他们同去坦格伍德[1]看一场由艾萨克·斯特恩[2]演奏贝多芬
小提琴协奏曲的演出。我从国均那儿对波士顿通俗管弦乐团有了更多
了解。他说，"通俗"这个词的缘起是有争议的。它可能是"流行"
一词的简写，或是演奏某个轻柔片段时，背景中的酒瓶塞爆破声激
发的灵感。它在 W. S. 吉尔伯特[3]的《耐心》(Patience)中已被使
用过：

　　　　来，试着想象我——

[1]　Tanglewood，波士顿以西130多英里外的一处演出场地，由私人捐赠给波士顿交响
　　　乐团。
[2]　Issac Stern，苏联著名小提琴家。
[3]　W. S. Gilbert，英国剧作家、文学家和诗人。

一个平凡的年轻人，

碌碌无为

带着手杖和烟斗

肤色半棕半黑

比起周一通俗乐

更爱郊县民间舞；

喜嗜大餐

瓶装啤酒和肉块

如何瘦得了

波士顿通俗管弦乐团是波士顿交响乐团于 1885 年得到的实验成果，那时他们刚成立四年，在冬季演出季的结尾添加了一个轻松的夏季演出系列。具体做法是，演出进行的同时，乐迷们可在交响乐大厅里饮酒进餐，由系围裙的招待们侍应。这听起来像是京沪两地剧院的习惯做法，但根据我在交响乐大厅里的观察，听众在音乐演奏时几乎忘记了吃喝。他们正确使用了耳朵。国均还向我列举了在阿瑟·费德勒 1930 年接棒之前的大量著名指挥家的名字。

阿瑟·费德勒是第一个接过波士顿通俗管弦乐团指挥棒的波士顿本地人，至今未曾易手 *。波士顿人想必为他感到骄傲。在我眼中，他是一个**不同寻常**的波士顿人，因为他的父母并不是本地出生的，而他在奥本山 [1] 也没有祖先。

1957 年度"古根海姆学者和艺术家纪念奖"的获得者，三十四

---

* 阿瑟·费德勒于 1979 年去世，在此之前他一直担任着波士顿通俗管弦乐团的指挥一职。——编者注

[1] Mount Auburn，著名公墓。

岁的华裔作曲家周文中，是在新英格兰音乐学院接受的教育。和我首次从英国来到纽约一样，他也是在 1946 年首次从中国来到美国。他说，在波士顿的几年里，他从未错过波士顿交响乐团的任何一个冬季演出季，并且总在交响乐大厅里聆听波士顿通俗管弦乐团的演出。在周先生的作品中，《山水》由利奥波德·斯托科夫斯基[1]于 1953 年11 月指挥旧金山交响乐团首演，《花落知多少》由路易斯维尔乐团于 1955 年 2 月首演。他的《唐人小品二首》是应莎拉·劳伦斯学院（Sarah Lawrence College）的邀请而创作的。他的中国耳朵被训练成了波士顿耳朵，如今又变得国际化了。这既有助于他进行中国音乐史的研习，又有助于他融合东西方音乐，或者如他所言，在我们当今的太空时代去除文化壁垒。他发现中国音乐哲学和理论与今日的音乐趋势和实验是非常协调的，甚至发现两位当代著名作曲家安东·韦伯恩（Anton Webern）和埃德加·瓦雷兹（Edgar Varese）的基本音乐理念和中国音乐家更是令人惊讶地接近。在对过去两千五百年来的中国音乐史的研究中，周先生找到了很多相似的音乐革新。比如公元前 7 世纪，由管子发现的五度相生律，比毕达哥拉斯律法要早一个世纪。这些类比是我的兴趣所在，因为我总是喜欢对事物从诞生伊始便进行比较研究，试图理解为何它们在一地会比另一地发展得更好。我上大学时曾试图学习古琴，但有缺陷的左耳是个妨碍。我虽然没有关于中国音乐的第一手知识，但对它的喜爱不减。尽管中国音乐的起源可以追溯至上古，但它并没有与西方音乐形成相似的或者说并行的发展。中国从未有过国教，我想，这是在千百年中阻碍中国音乐发展的一个因素。另一个因素，我想是汉代以来刻板的儒家观念，它限制了人们在公共场合表达情感。这并不是孔夫子的错，因为他本人对早期民歌很

---

[1] Leopold Stokiwski，英国著名指挥家。

感兴趣，并搜集了很多作品，包括最直白的情歌，收入中国家喻户晓的经典之一《诗经》。本世纪伊始，中国人的生活方式发生了切实的变化，在西方文化侵入之后，儒教观念对男女道德关系的严苛制约有所放松。很多受到西方音乐训练的中国年轻人向世人证明，自己是演绎西洋歌曲的优秀歌手，或是成为小提琴手或钢琴家，不时登上西方舞台。如今，我们又有了受西方教育的作曲家，周文中先生便是其中的佼佼者。

居留波士顿期间，只要明月高照，我便经常信步沿平克尼大街走下灯塔山，在查尔斯河畔的斯托若纪念堤岸漫步。我不止一次发现自己坐在长椅或草地上，聆听哈奇纪念音乐会场[1]。最初，我惊异地发现周围有如此之多的人，于是常常加快脚步离开人群。但那儿的人群有着相同的目的，那就是聆听音乐。哈奇会场里有演出时，几乎没有人走动说话。小群的人们之间总有些距离，这是坐草地的规矩。即便他们耳语或是简短讨论，也不会打扰别人。我总是独自一人，不喜欢坐得离音乐厅或他人很近。我想必还保留着童年在故乡九江的中式习惯。每当艺术家父亲请来了艺术家朋友，或是其他熟人拜访，想演奏笛子、箫或古琴时，父亲总会请他们在花园或是离家不远的竹林演奏，而我们都四散开去，坐在小池塘的岸边，或是柳树盘结的根上聆听。在松林或竹林中奏乐，这是中国传统，在宋代大师们的著名画作中都能见到。我们的观点是，穿过松针或竹叶的音符会更纯净，对耳朵和心智有更好的舒缓之功效。于是，我选择了独坐。时不时会飘来吹自查尔斯河的微风，将巴赫、莫扎特和肖邦的清晰旋律带到我不够波士顿的耳朵边，带着月光幻境的如梦感觉。生活虽在现代变得非常复杂，但也能拥有再简单不过的时刻。

---

[1] Hatch Memorial Shell，即前文提及的音乐会场。

是阿瑟·费德勒创造了这些户外音乐会。他于1929年指挥了第一场。哈奇纪念音乐会场随后建成，查尔斯河东岸的一大片开阔地由此被保留，使得音乐会成为波士顿生活一景。公园里的乐队演出则是另一个话题。我曾在旧金山的金门公园和芝加哥听过露天音乐会，但气氛与我在波士顿享受的大不相同。对于古典音乐和流行乐曲两种演出风格，阿瑟·费德勒都拥有同等专业的声誉，既保持正统，又体现美国人的活跃节奏。我的耳朵即便不够波士顿，也从不怀疑这一点。

哈奇音乐会场周围的开阔地满员的情况，我只遇见过一次。那是1953年7月一个非常温暖的夜晚，我去河边乘凉。按照惯例，我来到开阔地，吃惊地发现那儿挤满了或坐或站鼓着掌开着玩笑的人们。扩音器中的演讲一个接着一个。因为不知道这是什么活动，我并未去注意那些演讲，但发现穿越人群是个难题。连鸭子都比平日所见的要多。它们毫无睡意，伴着鼓掌发出呱呱的合唱。如果它们不叫的话，我可能会在黑暗中被它们绊倒。演讲结束后，音乐开始了。我终于穿过人群来到附近路上一座新建的桥头。这座桥装饰着彩灯，挤满了人。我站在两个比我矮得多的少年身后，面对着远处的哈奇音乐会场，感到我们似乎是站在阳台上陪同皇族成员向下面的人海挥手致意。但并没有人挥手。我们都在专注聆听音乐。我试着记住这个场景，以便将来把它画下来。后来，我带着愉悦的凉爽回家睡了，虽然还是不明白那一夜究竟是什么活动。

"我不知道这是什么活动。"

后来，我在报纸上读到：昨晚，三万至三万五千名听众集会，目睹了广受欢迎的室外音乐演出活动诞生第二十五个年度的首演。克里斯蒂安·A.赫特（Christian A. Herter）州长将一座步行桥命名为"阿瑟·费德勒桥"，对创立这一活动并一直执棒的阿瑟·费德勒表示了特别的致敬。费德勒指挥接过 RCA－胜利唱片公司总裁弗兰克·N.弗索姆（Frank N. Folsom）赠予的一支银指挥棒之后，以一曲选自瓦格纳歌剧《唐豪瑟》的"客人们进入瓦特堡"开场，接着演奏了亨德尔的《水上音乐》套曲，斯特劳斯的《蝙蝠》序曲，拉威尔的《波莱罗舞曲》，勒莱·安德森[1]对理查德·罗杰斯[2]圆舞曲作品的改编曲，亨德尔歌剧《薛西斯》的广板（列奥·帕纳谢维奇[3]在其中演奏了一段柔美的小提琴独奏），柴可夫斯基的《花之圆舞曲》，和彼得·波吉（Peter Bodge）的《赫特州长进行曲》（*The Governor Herter March*）。

我苦笑着合上报纸。鸭子们和我都没注意到那个夜晚对波士顿耳朵的重要性。

---

[1] Leroy Anderson，20 世纪美国作曲家，生于麻省剑桥。
[2] Richard Rodgers，20 世纪美国作曲家。
[3] Leo Panasevich，小提琴家，曾任波士顿交响乐团第一小提琴长达四十六年。

波士顿石头

　　白天，大卫·麦克柯德总是忙着他作为哈佛基金委员会秘书的工作。此外，他还在美国各地演讲。所以，他作为作家和诗人的工作只能放在晚上。他名下有二十多本著作。他缺乏睡眠，也没有多少时间去和他的大量朋友聊天，把他所爱的哈佛和波士顿介绍给他们。但他由衷喜欢陪伴，喜欢朋友。我总是想起他点燃烟斗，诵出令人迷醉的词句的样子。除了以上一切，他还是一个艺术家。他创立了一种有趣的个人风格。他的一些小画作展示出心与手的自发交融。我喜欢它们。他赠给诗人罗伯特·弗罗斯特（Robert Frost）的一幅小画，一艘船和背景中的小山，只用了区区几笔线条和手指抹上的淡彩，就创造了深度和距离。

　　一日午后，大卫打来电话，邀请我去看一件和波士顿有特殊关系的东西。我不明白他是如何找到余暇的。我们去威德纳图书馆观看了一些立体透视模型，它们是还有三座小山的早期波士顿和四轮马车时代的哈佛。接着他谈到了波士顿石头。他一直打算带我去看。我刚去看过1620年的普利茅斯岩，但没听说过波士顿石头。听了我的话之后，大卫说，在WBZ电台播出他的系列广播《关于波士顿》之前，

波士顿石头

可能没有几个人见过波士顿石头，或是知道它的存在。他告诉我，石头上标注着 1737 年的字样，名字参考了伦敦石（London Stone）。它1700 年来自英国，最初是被一位在马歇尔街（Marshall Street）经营的颜料商当作颜料磨石[1]，后来被当作测量员的基准点和附近商家的指路标。波士顿石头显然是他的宝贝。他开车带我去马歇尔街区看望它，但马歇尔街没想到他会来访，没给他的大尺寸汽车留车位。我们步行了一段路。黄昏时的街道很宁静。街灯不够明亮，我们没法解读石头上的字迹，于是我决定白天再来。

大卫还想带我看查尔斯顿（Charlestown）不灭的煤气火焰，以及从邦克山的高度望见的波士顿灯火。当我们驶过查尔斯顿大桥时，还能看见一些暮光。大卫减速行驶，好让我观察复杂的钢结构在水中的倒影，还有桥上灯火投射到水面上的闪烁星光。这是一幅有着不寻常的图案、迷人的光照和配色的画面。大卫梦想能够把它画下来。我对

---

[1] 这是美国最早的颜料磨石，由托马斯·柴尔德（Thomas Child）建造。

他的艺术趣味和概念非常赞赏。在我眼中，纪念碑[1]只是一棵巨树把枝叶藏进夜空之后留下的树干暗影。我从没想去凑近看。大卫费力地指认着小山附近大量的18世纪古建筑，但在暗淡的光线下，它们几乎没有给我留下印象。他说了不少关于瓦平街（Wapping Street）的故事。那是条狭窄、古老、不规则又破败的街道，据他说，以有趣的商店招牌而著名，比如"从针到锚应有尽有"或是"杜绝丢钱风险，买条腿带（水手们藏钱的一种穿戴）吧"，或是"雨衣只需一块两毛五，为何要淋雨？"。这些确实妙趣横生，于是我在黑暗中寻找，最后总算是读出了一个招牌，"此处售蛋，新鲜全面"[2]。我想起了哥伦比亚大学的阿瑟·杰弗瑞（Arthur Jeffery）教授乐于讲的故事。当他在苏格兰的爱丁堡大学即将结束学业时，一位著名的管风琴师进行了一次管风琴演奏的讲座。因为著名而且乐于炫耀，他嘲讽了那些不能演奏任何乐器却批评演奏者的人。讲座结束后，这位大学校长温和地表示，他虽然没下过蛋，但觉得自己能分得出好蛋和坏蛋。

　　最后，我们站在了靠近一座医院的高高的开阔地上。此处有足够的天光协助我们眺望。查尔斯顿大桥尽收眼底，而波士顿海关大楼和其他一切都蒙在柔和的夜雾中。不幸的是，我连随便画一笔的工具都没有。在回程中，我们去看了一眼巨大的火炬般的煤气灯，它在暗灰色的天空中照亮了脚下漆黑的煤气厂，就像一幅关于生活哲学的插图。人类生活总像是暗灰色天空下的一团黑色事物，但也会有一些引领的光亮。人类不也是从被某种光亮引领着，从最原始的生活走进了今日的人造地球卫星时代？虽是卫星时代，但生活依旧是一团黑色。不过，还会有光亮引领我们通行。我不认为这种黑色是纯粹的黑。认知的中心便是光亮的中心，而只要光亮的中心继续燃烧，世界就不会

---

[1] 应指邦克山纪念碑。
[2] "全面"一词的英文也可按字面理解为"都是圆的"。

有彻底的黑暗。人造地球卫星自身没有光亮，无法破坏拥有众多光亮中心的世界。在美国，剑桥是重要的一个，波士顿是另一个。

我在白天访问了波士顿石头，但并未发现比大卫告诉我的一切更多的奥秘。它的介绍铭刻于一块条石，镶嵌在一幢失修的老宅墙上。波士顿石头便坐落在介绍的下方，靠近店门走道，很容易就被错过。我不清楚这幢老宅是否还有人居住。在转入狭窄的马歇尔街的转角处，两幢老宅毗邻着站立在波士顿石头附近。其中一幢挂着木制招牌，上书"林家铺子（Learnard's）：波士顿最老的鞋店，始创于1800年"。窗边的架子上摆放着各种各样的鞋，但店内无人，也没有任何制造新鞋的迹象。门是关着的。另一幢住宅也没有开门，但在一块长木板上有金字写就的长长描述：

> 1660 年的原初建筑。
>
> 1660 年由公告员和旅馆店主威廉·柯瑟（William Courser）拥有并居住，他是波士顿第一位公告员。
>
> 1737 年由詹姆斯·达文波特（James Daven-port）拥有并居住，他是本杰明·富兰克林的小舅子。
>
> 从 1764 年开始由约翰·汉考克将军拥有，他是《独立宣言》的第一个签字者。
>
> 1779 年，大陆军在此接受财政部副主计长埃比尼泽·汉考克的关饷。
>
> 1796 年以来，波士顿最老的鞋店一直都在此建筑内。

这两座建筑总有一天会消失。这个信念在我的脑海中闪现。站立在英国或法国大大小小的古建筑前面，我都不曾有过这样的信念。在那些地方，任何历史建筑的周边都可能变化，但不会发生剧变。然

波士顿最老的鞋店

而在美国，变化来得迅速而且彻底。根植于美国历史的波士顿因此可能会不同。另一方面，这三幢建筑也没有什么特别的可记忆之处，也没有查尔斯·狄更斯来让它们出名。中国有句古语：人杰地灵，地灵人杰，或者说，一个杰出的人让一个地方活起来，一个重要的地方让人变得杰出。

我想我到马歇尔街太早，所以没见到几个行人。但附近的人声鼎沸是难以名状的。虽然我总是喜欢沉默地旅行和闲逛，但只要不会被煮熟，我并不介意把自己扔进大熔炉。我在日光下参观了波士顿石头和最老的鞋店之后，来到了北大街（North Street）两侧的手推车和商品架之间，融入缓慢移动的购物者和观光者之中。波士顿周六市集已经全面铺开。日光很明亮，太阳不像六月初惯常的那样热，但是响亮的叫卖声——"嗨，先生们，橙子、香蕉、李子、甜瓜、芹菜、洋葱……"——让我直冒汗。马匹站在马车边，其中一匹不停地抬头和低头，从挂在鼻子前方的饲料袋中吃食，另一匹间断地发出嘶鸣，似乎是想要得到更多饲料，第三匹则不停地跺着它的右前蹄，似乎是要赶我走："走开，你这个爱管闲事的人。"一只天真的小毛驴用它天真的眼睛望着我，嘴里则继续品尝着三个小孩子手里无穷无尽的胡萝卜，而它们的母亲则在和附近的店主轮流叫嚷着。我接受了马的暗示，没耽搁多久便挤出了市场。空旷街道上的空气让我凉快下来，我为没被煮熟而感到高兴。我感觉这个市场和我在纽约、伦敦、巴黎、上海和北京或是其他地方看到的市场没有多大区别。毕竟，人类彼此之间并没有大的不同。

随即，我发现自己又走进了另一个人群——昆西市集（Quincy Market）。这儿有更多活动空间，但是无论我走到何处，都有追赶而来的鱼腥气，衣服则不止一次险些蹭上鲜肉的血迹。于是我快步走向亚当斯广场（Adams Square）。在法尼尔大厅的楼下，我看见了一些肉类批发商的办公室。我没有逗留，而是直接步入了大厅。它是彼得·法尼尔[1]于1742年捐赠修建的一座市场，市场上面是一个供市民使用的大厅，举行过一些对于未来的美国独立至关重要的会议，被称为"自由的摇篮"。二楼宽敞宏伟的大厅诞生于著名建筑师查尔斯·布芬奇于1805年的扩建工程。

从大厅出来后，我站在亚当斯广场上远离亚当斯雕像的地方，仰望大厅塔楼上的风向标。那只据说是彼得·法尼尔从伦敦皇家交易所借来的蚱蜢依然在上面，但因为太高，我看不清。这时我哑然失

---

[1] Peter Faneuil，18世纪的美国殖民地富商。

笑，因为这座大厅突然变成了巴黎中央菜市场里一个卖菜的壮硕女人。圆顶小塔像是脑袋，第三和第四层像是庞大的身体，周围的一圈遮阳棚是虽然浆得很硬但是已经脏了的短小围裙。接下来的一个惊诧，是到德金公园[1]吃午饭时看见的一个巨胸男子。他令我想起从北站出发散步时在洛威尔街（Lowell Street）上一家古董店前遇见的一个人。三个小孩子，两个男孩和一个女孩，都过了十岁，站在他的胸口上，之后似乎还能再站两个。离这群人不远的一位依墙而立的老人看起来则弱小得不可思议。洛威尔街上的商家全是古董店，主营德累斯顿[2]和切尔西[3]式样的玻璃器皿和瓷器，但也有一些青铜器和古旧的灯具。街道中央有一条隆起的建筑物，遮蔽了两侧店家的大部分光线。

午餐后，我去了不远处的波士顿海关大楼。街道狭窄，附近的建筑也不低，所以它并不显眼。我没有想从楼内爬上楼顶的愿望。太阳已经深藏进云中。周围的一切比海关大楼的石墙还要灰暗。于是我离开大楼，走向老州立议会大厦。当我绕着它慢慢行走时，一位站在一旁的中年男人说这座低矮的建筑不该被留着。在周围的高楼环抱之中，它看起来太古怪了。那块地方应该建一座像牛奶街（Milk Street）邮局那样的高建筑。"想想看，它能装下多少办公室，那块地会值多少钱！"我微笑着看看他，他便走开了。他说话有一丝外国口音，看起来像是个入籍美国的银行家。他的父辈可能就已经到波士顿定居了，但祖父不是。他可能既不是波士顿人又不是新英格兰人。在宣誓入籍之前，他可能没好好阅读美国历史。但他可能会说，既然灯塔山上已经有一个布芬奇设计的新州立议会大厦，何必要留着这个老的呢？

---

[1]　Durgin Park，波士顿历史最悠久的餐馆之一。

[2]　Dresden，德国城市德累斯顿附近一家瓷器工厂的名字。

[3]　Chelsea，英国第一家重要的瓷器工坊的名字。

老州立议会大厦确实在邻居中显得与众不同。它屋顶的每一侧都有一排老虎窗，屋顶中央竖着一座方形塔楼，有些荷兰教堂钟楼的遗风。其实，整座建筑都有一种荷兰风韵。周围建筑与它尺寸差距太过悬殊，有将它挤压为乌有之势。它从 1713 年以来便屹立于此，灾难性的大火也不曾将其毁灭。我不知在何处读到过，在新州立议会大厦投入使用之后，有很多比我刚才听见的那一个要响亮得多的声音说过应该把这座老楼拆除，将这片地盘重新开发，必然会有很多资金愿意投入。这些声音一直延续着，但并没有决议。最终，繁荣的芝加哥送来消息，说她愿意购入整座大厦，一块砖一块砖地挪到密歇根湖岸边重建，以示对这座美国伟大纪念碑的敬意。这一许诺立刻激怒了不甘示弱的波士顿人和新英格兰人。于是，老州立议会大厦至今依然立在原处，供我观赏。

无疑，我本来可能会在密歇根湖岸边与它相见。但那样的话，我就无法去想象当年在石砌阳台上演讲和宣告的画面，也无法想象 1776 年 7 月 18 日人们聚在楼前聆听《独立宣言》的场景了。老州立议会大厦应该留在此处。虽然它的邻居们个个高大雄伟，但围绕这座老楼的街道依然狭窄扭曲，和当年没有什么区别，而行人们在长相和体形上也依然相似，虽然服装会不一样。我记得芝加哥曾经想从英国斯特拉特福（Stratford）购买莎士比亚出生的故居，也是打算放在密歇根湖岸边。她或许也曾打算从佛罗伦萨购买但丁故居，从巴黎购买雨果故居，从北京购买孔庙。需要一个多么伟大不凡的建筑师，才能设计出一个使它们都和谐的方案啊——我想，应该不是已故的弗兰克·劳埃德·赖特 [1]。假如古老的历史建筑需要保护的话，城市规划

---

[1] Frank Lloyd Wright，美国著名建筑师，作品包括流水别墅、纽约古根海姆博物馆等世界著名建筑。1887 年至 1909 年间在芝加哥工作。赖特崇尚自然的建筑观，强调建筑与周围环境的协调一致。

116

总会面对很多问题。不过这个问题不是我能关注的，所以我走进了老州立议会大厦。

当我走上台阶时，一个声音豁然响起："就是在这些台阶上，塞缪尔·亚当斯与他的十五人委员会在会议室见面，要求英国总督'将所有军力从城里撤走'。"这些词句来自一个从容坐在桌子后面的人，桌子摆放在一个略高的平台之上。他说话的方式似乎只是把字从嘴里吐出来，而无需抬起头来看我一眼。我起初并未意识到他是在对我说话，直到在看一幅油画时又听见了他的声音："您此刻站在1780年约翰·汉考克就任州长时站立的位置。他身着红色丝绒大衣，里面是镶金边的蓝丝绸马甲，脚穿丝袜和带银扣环的软鞋。他的夫人多萝茜坐在不远处拿着小扇子……"这些词句依然让我感到遥远，但当我停下来观看一个玻璃展柜时，又听见他开口说道："您现在观看的是漂亮的加农炮弹，它们有大有小，都是由保罗·列维尔（Paul Revere）手工制作的。那些大啤酒杯也是。它们都是纯银打造。看看那个美丽的小啤酒杯——列维尔夫人在丈夫的手艺中最喜欢的一件，一直留着。我们觉得它很有价值，所以给它系上了一条暗藏的锁链，以防……"大厅里没有别人。这声音肯定是针对我的，但说话的人依然舒坦地坐在桌子后面纹丝不动。他应该是大厅的管理员。他的职位和博物馆保安或导游应该有所不同，所以能坐着讲解。而且这间屋子，或者说大厅，其实并不大，一个角落发出的声音能传到另一个角落。当我访问巴黎的老房子时，年迈的房屋管理员总是说一些关于蓬皮杜夫人[1]的八卦；在伦敦，拿退休金的老搬运工坚持要说明白他是否参加了布尔战争[2]或是第一次世界大战；在纽约，因为没有老房子可看，年轻的女导游介绍各种新建筑时偶尔会眨眨眼；如今在波士顿，管理员干脆坐着讲解。我总是说，不同地方的人类本质上是一样的。这些人也一样，但可以有表面上的差异。

　　在走出老州立议会大厦的路上，我依然在思考看到的其中一个展览。展品是独角兽的角，是最近清除废弃物时发现的。废弃物为何之前未被清理，我没有问，而且我也没必要知道独角兽的角是怎么到了那儿。我知道独角兽在英国皇家徽志上与狮子结伴，也知道独角兽在西方神话中是一种神兽，就像它在中国神话中所对应的麒麟。西方的独角兽是一只状如白鹿的动物，有一根修长的象牙色角，而中国的麒麟有着马一般的身体，覆盖着鲤鱼状的鳞片，背部中央下陷，尾巴

---

[1] Madame Pompadour，法国国王路易十五的情妇，著名交际花。
[2] Boer War，19 世纪与 20 世纪之交时，英国与南非发生的战争。

毛发浓密，此外还有首蓿形的蹄子和一个类似中国传统中龙的头。与中国龙不同的是，它不常在人间出现，一旦出现，一般都被视为祥瑞。麒麟是中国艺术家最喜欢用来制造瓷器、木雕、牙雕和玉雕的主题。关于这只动物和孔子的关系，有一个著名的故事：当这位年迈的圣人到了七十多岁的时候，他听说一只麒麟被射死，叹说："吾道穷矣！"[1] 麒麟突然在乡间出现，惊吓了老百姓，因为在公元前5世纪生活的他们不知道此为何物，于是便群起杀之。孔子知道麒麟是神兽，它降临的祥瑞被非正常死亡变成了凶兆，预示着为没落混乱的周朝社会恢复秩序的希望破灭了。他不久便去世了。唐代著名的儒家学究韩愈曾经撰文解释麒麟被捕获的经过[2]，直到二十年前依然是所有男女学童必读的作品。自从麒麟在孔子晚年出现之后，中国历史上再也没有它出现的记录。也许在天国中再也没有麒麟了。在汉代和唐代的铜镜背面设计中，麒麟作为四种神兽之一出现。不过，我在中国古书中从未读过关于独角兽角的事，它在西方神学中的存在我也知

麒麟

---

[1] 《春秋公羊传注疏》卷二八"哀公十四年"，惊叹号按英文原文。
[2] 即《获麟解》。

道得极少。但从绘画、徽志和壁毯设计来看，角似乎是它最显眼的一部分，而且一定也非常珍贵。我曾在北安多佛（North Andover）的白山家中见过另一根独角兽角。我还在牛津见过一根，而且还带着一个有趣的故事。1951年5月，格莱迪丝和范怀克·布鲁克斯到访牛津。布拉森诺斯学院（Brasenose College）已故的 H. N. 斯鲍丁带我们去参观新学院，它创始于14世纪，但依然被冠以"新"字。曾任牛津大学副校长的学院院长 A. H. 史密斯（A. H. Smith）博士带我们参观了不对公众开放、只接待特殊活动的宝藏室。屋子一角立着一根没有尖的白色独角兽角。他对我们讲了这么一个故事：

学院有一根获赠于15世纪的独角兽角，直到宗教改革以前，一直用来当作一枚游行用十字架的支柱。16世纪中叶宗教改革时，十字架被摘掉了，但支柱作为一件有趣和有价值的物品被留了下来。

据记载，在16世纪晚期，它被展示给了来访的莱斯特伯爵罗伯特·达德利（Robert Dudley），当时的牛津大学校长。伯爵是新学院院长库尔佩珀（Culpeper）的朋友，他听了关于独角兽角是如何珍稀的介绍。离开时，他表示想带走这根角，作为这次对学院访问的留念。院长解释说，学院遗产如不报知院士们是不能馈赠的。院士们商讨之后达成一个妥协。伯爵可以带走角尖。他没能拿走其他部位，所以，学院的这根珍宝是没有尖的。

当时伯爵是一个有影响力的人物，妥协是必然的。但角尖如今在何处，无人知晓。

我从老州立议会大厦出发，来到了玉米山（Cornhill）。我不知从何处读到过，说这儿曾经有个叫后巷（Back Alley）的地方，因为很窄，连醉鬼都不能向两侧跌倒。玉米山到布拉托街（Brattle Street）的通道两侧是布拉托小酒馆和布拉托书店，非常狭窄。虽然我知道我不可能在布拉托街上向两侧倒下，但也并没有去布拉托小酒馆喝一杯。不过我去过布拉托书店好几次。那是个二手书店，有各种书籍、小册子和杂志可供访客整理。头次去的时候，当我从店后面出来时，俨然成了一个沾满金粉的金矿工人。

　　接着，我找到了波士顿的私人街道。把"私人"这个词放在"街道"前面令我发生了兴趣。它被称为博思沃思街（Bosworth Street），我从普罗文斯街（Province Street）走下很多石头台阶来到了它面前。这条街并不私人。和伦敦一样，波士顿也总有自己的秘密。她不像一个现代超市，而像是地球上任何一片古代土地上的集市。在波士顿，人们会感觉自己从来没有与古人划清界限。在古老的谷仓墓

布拉托小酒馆

121

地，我路过了本杰明·富兰克林父母的名字，还有保罗·列维尔、塞缪尔·亚当斯、西沃[1]、奥梯斯[2]、汉考克和法尼尔。然后，我看见了古斯妈妈[3]。它给我的并不是惊讶，而是深深的震撼，因为意识到自己不该毫无保留地相信我了解到的一切。因为受到孟子关于保留儿童思维的教育，我于1933年抵达英国之后，在小朋友们——也就是我的大朋友们的儿女——入睡前，我会为他们阅读许多英文童书，自己也写了几本给孩子的故事书。我听到的最流行的童谣之一就是《矮胖子》[4]。如今我发现，矮胖子栽个大跟头的故事原来就发生在波士顿布丁巷（Pudding Lane）的一堵墙上。这个地方如今叫作德文希尔街（Devonshire Street）。布丁巷据说是古斯妈妈在其丈夫艾萨克·古斯（Issac Goose）去世后与女儿女婿搬来住的地方。我曾经年复一年在临近圣诞时带英国小朋友们去看古斯妈妈的哑剧。女主人公总是一只巨大的鹅，我从没想象过她曾经是个真人。这证明人类思维可以是多么的高深莫测。我们总被告知，传说就是传说。当我住在英国的时候，古斯妈妈是一个传统的传说，一直如此。但如今我发现古斯妈妈不是传说人物，而是一个真正的波士顿人。当然，"古斯"是个不常见的姓氏，但可能还会有比这更怪的。古斯妈妈正好有很多可以整天唱给孙辈们的歌谣小曲。假如她一时没有，或是不想重复，就新编一首。《矮胖子》便是她的创意。不过，她年复一年从早到晚的歌唱，以及孩子们的追随，都令她的女婿感到烦躁，因为这位女婿，托马斯·弗里特（Thomas Fleet），是一个爱清静的人，他需要安静，才能把注意力集中到自己作为一个印刷匠的兴隆生意中去。但是，早年的波士顿生活和中国一样，女婿不得不服从于丈母娘，而他妻子对母

---

[1] 塞缪尔·西沃，美国殖民地时期法官。
[2] 哈里斯·格雷·奥梯斯，美国商人、律师、政治家、波士顿首富和第三任市长。
[3] Mother Goose，也可意译为"鹅妈妈"。
[4] Humpty Dumpty，《鹅妈妈童谣》中的人物。

亲照看孩子也是感激的。当代的妻子们肯定也会如此，但当代的丈夫们肯定不会像托马斯·弗里特一样忍让。后来，精明的托马斯·弗里特将老古斯妈妈的小曲付印出售，结果获利甚丰，而古斯妈妈也成为了传奇人物。托马斯·弗里特的足智多谋可能影响了后来所有的美国人，因为美国人都很会抓住看似最不可能的机会，去创造一个新玩意儿。奇妙的是，古斯妈妈其实更是一个英国传奇，而不是来自波士顿乃至美国。艾萨克·古斯和他的妻子不是生于英格兰就是英国人的孩子，这一点确凿无疑。但他们来到了波士顿定居。《矮胖子》的创作者原来是波士顿的一位真实存在的古斯妈妈，这一点英国人为何从未想过，或是宣扬过？

我居住波士顿期间了解到，在两个地方能看到今天典型的波士顿男女。在华盛顿街北端，我不止一次见到许多人，大部分是男士，鲜有女士，他们站在两侧的人行道边注视着波士顿各家报社告示栏上粉笔写的内容，低语着。每个工作日 12 点至 2 点之间都是如此。他们的姿态，他们翕动的嘴唇，他们的微笑和弯曲的眉毛看起来都很有趣。在波士顿公立图书馆[1]两侧墙边长凳上的则大多是女士，她们下午坐在此处只是为了看科普利广场（Copley Square）上来往的行人车辆。附近也有年轻人，但他们好动，很少会坐下。我去过此处几次。假如是在四十年前的波士顿，我可以观察女士们的装束，特别是缀花的帽子。我也和大家一样坐在长凳上，凝望古老的三一教堂，并且为它画画，它与作为背景的汉考克大厦完美融合。我只希望广场中央的绿草上没有停放那么多的游客大巴。

当我游览完法尼尔大厅、老州立议会大厦和谷仓墓地之后，又来到此处。到达时，天阴沉下来，大片的云从头顶快速流过。汉考克大厦的顶部照明似乎变暗了。突然一声炸雷，接着一道锐利的闪电[2]，雨点划着直线射向慌忙奔跑的人群。有些人撞在了一处，有些人在自认为安全的角落躲避，大部分人躲进了科普利广场地铁站口。我是慢慢走动的几个人之一。我在这片景致中流连，这份激动在我的波士顿体验中并不罕见。波士顿的雨和伦敦的雨有天壤之别。

---

[1] Boston Public Library，美国第二大公立图书馆，规模仅次于国会图书馆。
[2] 原文顺序如此。

波士顿鬼魂

在中国，普遍的观点是每个人死去之后都会变成鬼，以和今生相似的方式活下去，只不过是在另一个世界里。我们有鬼哭、鬼笑、鬼行、鬼屋，简单地说，各种幽灵般的"鬼花样"，包括了全世界都熟悉的各种迷信。我记得，人们甚至能有办法发现每个鬼害怕的是什么，然后采取防备措施。假如鬼魂确实存在，自然就应该有善鬼和恶鬼。善鬼不害人，有时甚至助人。但恶鬼会暗藏在黑暗的角落里，等待伤害不幸的路人。那些做了坏事的人会特别惧怕冤鬼。我小时就听过和读过很多这类主题的故事，它们告诫我不要去害人。我想，遇见冤鬼不会是件有趣的事情。

不过，我还是决定去看看那三个被吊死在波士顿公园的女人的鬼魂。我听说波士顿公园在古时候吊死过海盗、印第安人、杀人犯、窃贼和拦路强盗。我对他们的鬼魂都不感兴趣，但玛丽·戴尔（Mary Dyer）、瑞切尔·沃尔（Rachel Wall）和玛格丽特·琼斯（Margaret Jones）是例外。

玛丽·戴尔是一名贵格党人，她于1659年9月和威廉·罗宾逊（William Robinson）、马玛杜克·斯蒂文森（Marmaduke Stevenson）一起，前来试探恩蒂柯特总督[1]在波士顿颁布的严酷法律。任何来到波士顿的贵格党人都会被鞭打，然后入狱服苦役，服刑期满之后被驱逐。假如他们再回来，会被割掉耳朵。假如他们被割耳后再回来，舌头会被烧红的烙铁烙上印记。假如他们执意第三次回来，会被吊死。读到这些，我不禁独自感叹，这些法律和中国古代的凌迟处死何其相似，而后者在今天已经不能被称为人类历史上最残酷的刑罚了。1659年12月27日，玛丽·戴尔和另外两人一起被拖到了由一百名士兵守卫的波士顿公园的绞刑架。她的两个同伴先被执行了绞刑。当玛丽·戴尔被套上绞索时，她的儿子前来乞求释放她。她被免于一死，和儿子一起离开了波士顿。但是，她来年开春又回来了，且拒绝离开，并声言"为了尊崇神的旨意，我来了，以他之名，我会虔诚地顺应死亡"。于是，她于1660年6月1日接受了非正常的死亡。虽然我不了解贵格党人和其他基督徒的区别，但我知道清朝的凌迟只被用于十恶不赦的罪犯。我找不出什么能证明玛丽·戴尔是一个十恶不赦的罪犯。

据说瑞切尔·沃尔非常贫困，但她在1812年时主张一种与今日俄国盛行的理念相似的信仰。不过，作为一个女人，她喜欢时髦的头饰，有次在波士顿公园散步时，她从一位女士手中抢走了一顶漂亮的帽子，并且撒腿逃跑。后来，她以拦路强盗的罪名被绞死[2]。那顶帽子价值七十五美分。

玛格丽特·琼斯是我名单上的第三个女人。她作为美国第一位女医生而出名，曾经混合茴芹和烈酒为她的病人们制作了一剂良药。她治愈的病人不计其数。更多人慕名而来，皆被治愈。如此这般，那个年代的人们很快就开始对治疗方式提出了疑问。她被疑为拥有小恶

---

[1] 马萨诸塞海湾殖民地的第一任总督。
[2] 沃尔在审判时主动要求作为海盗受审。

魔（imps），随即便被称作女巫，被审判定罪，吊死在波士顿公园最大一棵榆树的强壮枝丫上。假如她活在今朝，治好了这么多病人，足以使她变成百万富翁！

于我而言，这三个女人在她们的时代是被严重冤屈的。我想她们的鬼魂依然会在入夜后的波士顿公园游荡，因为在中国，过去我们总认为假如鬼魂是冤魂，必然会徘徊在含冤之处。所以我曾经多次在晚上游走于波士顿公园，希望能看见她们的鬼魂。假如我能看见她们，或许能给我更清晰的关于当年波士顿的感觉。不幸的是，她们一个都没有出现。也许鬼魂们发现波士顿公园里外国人太多，早就离开城市去乡下了。

有一次，我听说基德船长[1]的鬼魂还在波士顿。这令我吃了一惊，因为我知道他是在伦敦被审判和处决的。基德船长被新英格兰殖民地总督派遣到波士顿港外的遥远海域抓海盗，此后的传言是他自己却变成了一个臭名昭著的海盗。最终，他回来向总督述职，还带着大量珠宝和金子作为自己与海盗做斗争的证据。但他最终被逮捕，于1700年入狱，然后被押往伦敦处决。他的鬼魂如何跨越大西洋从伦敦来到美国，应该是个有趣的研究课题。

我还曾听说过，珍珠街（Pearl Street）上的波士顿图书馆于1849年迁至灯塔街之前，曾经有一个鬼魂在馆内阅读。那是哈里斯博士[2]的鬼魂。他活着的时候每天都在那儿阅读，死后很久，很多人依然看见他在那儿阅读[3]。波士顿图书馆现任馆长沃尔特·白山建议我去确认这件事，同时抚摸着他出色的胡须，温和地晃着脑袋，给了我一个

---

[1] Captain Kidd，全名为威廉·基德（William Kidd）。

[2] Dr. Harris，指塞蒂尤斯·马森·哈里斯（Thaddeus Mason Harris），曾任哈佛图书馆员和多切斯特（Dorchester）一所教堂的牧师，美国文理科学院院士。

[3] 著名作家霍桑便称曾多次目击这个鬼魂，并写过一个名为《哈里斯博士之鬼魂》的故事。

大大的微笑。

在寻找波士顿鬼魂的过程中，我听说了很多关于波士顿城内外的恶魔、巫婆和鬼屋的故事。柯顿·马瑟[1]把恶魔描述为一个浅棕色的家伙，而波士顿的街道弥漫着硫磺的气息[2]，这些都是有趣的记录。我从未见过恶魔，无法作出描述，但根据中国文献记载，中国的恶魔们肯定是中国人。柯顿的棕色恶魔似乎不像波士顿人。他会是个印第安人吗？也许是，甚至很可能就是，因为在朝圣者时代，波士顿的街道上肯定能见到很多印第安人。他们的存在自然让街道充满了硫磺[3]。但是，柯顿·马瑟残酷而不公地起诉的所有巫婆中并没有一个印第安人。我也未听说有任何波士顿鬼魂是浅棕色的。和我们中国人拥有自己的鬼魂一样，美国印第安人一定也有他们的鬼魂，但他们的鬼魂从未在波士顿出现过，或被注意到。

大约是 1947 或 1948 年，英国牛津大学博德利图书馆（Bodleian Library）当时的管理人斯特里克兰·吉布森（Strickland Gibson）组织了一个以全球各地巫术为主题的图书和图片展览。博德利图书馆藏有大量来自欧洲和埃及的相关古籍和图片，但几乎没有关于中东或中国的内容。吉布森先生问我可否推荐一些书目。我的才疏学浅暴露了出来。我不能自称对中国的一切了如指掌，但对于能和欧洲女巫、巫术传说，特别是女巫迫害这类话题相似的内容，我不记得找到过相关著述。不过，中国肯定是有女巫的，因为"巫"这个字，意为"男巫"或"女巫"，在汉语字典里早已存在。在近年从公元前 16 世纪的古代王陵[4]中出土的甲骨文上，"巫"字在为治病和祈雨占卜的描述中频繁出现。

---

[1] Cotton Mather，波士顿牧师，塞勒姆审巫案的关键人物之一。
[2] 火与硫磺是基督教中地狱、审判和煎熬的标志。
[3] 此处似意指印第安人的肤色。
[4] 应指殷墟。

巫师在上古中国便已存在。当统治者有恙或国事需要时，巫师便派上了用场，并且非常重要。他们的职责是作法祛除那些让统治者担忧的东西。尤其是在大旱的年景，他们会被活活烧死，作为给不悦的上苍的献祭以求降雨。这一活动在大约公元前 10 世纪或更早便停止了。也许是有被烧死的危险，让很多人不愿当巫师。但是烧死巫师祈雨和欧洲的女巫迫害完全不同。在儒家思想占主导地位的中国生活中，男巫或者女巫绝不可能成为对社会体系的威胁。儒家思想以家庭生活为单位，除了个别完全没有家庭生活之人，无人能有机会去当巫师。

当我在 1933 年到英国客居时，西方生活中让我很感兴趣的事物之一，便是女巫传说和她们是如何被迫害的。我自己绝不认同无人性的迫害，就像西方人不会认同中国的凌迟虐死一样，我对自己这么晚才到欧洲，因此错过了迫害而感到庆幸。接着，我来到波士顿，听说并读到波士顿和整个新英格兰也经历过一个类似的迫害女巫时期。这令我发生了新的兴趣。波士顿和新英格兰的女巫和原住民无关，新来的定居者带来了一切，包括对巫术的恐惧———一种包含了灵与肉的英国批发的出口货，或是美国批发的进口货。横渡大洋的不光是基德船长的鬼魂，还有女巫。

在朝圣者时代，波士顿和新英格兰各地似乎都有女巫活动。每个村镇都有一幢鬼宅。如今这一切全都消失了。在波士顿，连女巫嘉丽妈妈（Mother Cary）的一个足迹都找不到了。不过，朋友们建议我去看看塞勒姆依然存在的女巫之家（Witch House）或鬼宅（Ghost House）。于是我便挑了个日子出发了。

女巫之家并不是我拜访塞勒姆的唯一目的。六月的一个早晨，我乘坐火车，大约 10 点半抵达了小镇。站台上有高大暗淡的围墙和一个巨大的拱门，走在下面令我恍然回到了伦敦的圣潘克拉斯火车站

塞勒姆的女巫之家

（Saint Pancras Station）。车站有英式哥特和维多利亚风格，是我在美国旅行中见到的印象最深的建筑。

　　我信步游走，来到一幢建于 1719 年，标明为若普斯故居[1] 的宅子。我想这幢建筑应该曾经属于若普斯姐妹[2]，她们的父亲曾经为了给最小的妹妹买餐具作为结婚礼物，而航海去了中国。故居下午 2 点才开门，所以我继续前行。我来塞勒姆的主要目的是去看看埃塞克斯学院（Essex Institute）和皮博蒂博物馆（Peabody Museum），因为二者都有很多来自中国的收藏，还有我很久以前读到过的七山墙屋（The House of the Seven Gables）。

　　在埃塞克斯学院，我见到了很多关于巫术的塞勒姆原始文件。那儿有一份对玛莎·考瑞（Martha Cory）的原始检查报告，她于 1692 年被当作女巫绞死。和这份文件一起展出的还有一份由萨

---

[1] Ropes Memorial，此宅建于 1727 年，1768 年被塞勒姆富商兼律师纳撒尼尔·若普斯购买。

[2] 伊莉莎·奥恩·若普斯（Eliza Orne Ropes）和玛丽·皮克曼·若普斯（Mary Pickman Ropes），她们将此宅对公众开放。

缪尔·帕瑞斯（Rev. Samuel Parris）手书、由巫术法官约翰·哈桑（John Hathorne）和乔纳森·柯温（Jonathan Corwin）认证的记录。我听说当时的塞勒姆只是一个一千七百位居民的小镇，却有数百人被指控使用巫术，很多人被绞死。小镇以女巫大批出现而著称，但是塞勒姆在巫术审判几十年后却有了一段光彩的历史——大部分美国船长都是从塞勒姆出发的。所有这些船长都给小镇带回了财富。

　　学院画廊里一幅弗雷德里克·汤森德·华尔（Frederick Townsend Ward）将军的画像吸引了我。我读过关于他为中国清政府镇压南方叛乱[1]的事迹。他那时年方二十七岁，便带领上万中国士兵打仗。他们在陆地和海上作战，被称为"常胜军"。在三年中，他和英国人戈登[2]同为中国的外籍将领。不幸的是，他在慈溪之战中弹。在他死后，皇上为他建了两座祠堂以示纪念。据说他的墓不久就变成了圣地，拥有神力，中国人从四方远道而来跪下祈祷。作为塞勒姆之子，华尔将军是否得到了什么古老巫术的遗传，并把它带到了中国，就像巫术从英国被带到新英格兰一样？他的屡战屡胜被当时的中国人认为是某种神力。如此看来，这种力量是此之甘饴，彼之砒霜。有一本关于弗雷德里克·华尔将军的书，名字就叫《来自西方的神》（*A God from the West*）。我知道将巫术与将军相提并论有所不妥，但我希望他的后代，还有埃塞克斯学院的领导们，不要光火，因为我只是在表达自己的想法。古代，不同的人群在远离彼此的地方生活，只能看到自己的边界，他们的观点因此是狭隘有限的。于是才有了对女巫的残酷迫害。假如人们的思想能开阔些，大量惨无人道的行径或许是可以避免的。人类思想一直都在拓展。我庆幸自己活在一个思维开阔的时代。

---

[1]　应指太平天国。
[2]　查理·乔治·戈登，另一位受清政府任用和封赏的雇佣军首领。

我的敬仰也源于弗雷德里克·汤森德·华尔夫人，一位中国女性的英雄事迹。她的本名是张梅花*。梅花是一种在中国最受喜爱的花，而她的姓是张。当华尔还是个年轻士兵的时候，张小姐与他在上海相遇并结连理。在将军死后，还很年轻的她来到栗子街（Chestnut Street）的将军故居度过了余生。我很难想象塞勒姆社会是如何接受她的，因为那时鲜有美国人与中国人成婚。我能理解她是如何抗拒自己对将军的爱，不忍触怒严守儒家道德的父母。她一定在良好的环境中长大，否则不可能克服当时塞勒姆社会的狭隘偏见，在其中站稳脚跟。据说她总在头上和身上佩戴闪亮的珠宝翡翠，穿着绣有蝙蝠和蓝宝石蝴蝶的缎子裙。对于和她友善的人来说，她看起来不错，但对另一些人来说，她可能像个女巫。幸运的是，她的丈夫曾是中华帝国的外籍将军，美国人的骄傲，所以她至少在表面上获得了塞勒姆妇女们的欢迎。但是，假若她没有为人楷模的举止言行，在塞勒姆社会中完全不会找到地位。假如她只是天真地说自己缎子裙上绣着的蝙蝠代表了幸福，而没有解释中国汉字"蝠"和"福"有着同样的发音，塞勒姆的很多妇女可能会认为她在试图把她们变成女巫。她严守对爱的忠诚，在异国保持着中国人的高贵尊严，因此获得了崇敬。所有中国人都应该知道塞勒姆的张梅花。

我要向埃塞克斯学院的领导们脱帽致敬，据说他们拒绝了国会图书馆为了收购亚历山大·汉密尔顿[1]肖像而奉上的空白支票，画像依然挂在他们的肖像画廊。毕竟，不是所有美国人都钻进了钱眼。

当我从学院图书馆下楼，一位女士告诉我跟随导游进入庭院。

---

* 此处疑有误。原文为 Chang Meihua，据查华尔娶的是上海买办杨坊的女儿杨彰美（Yang Changmei）。见熊月之，《近代上海跨种族婚姻与混血儿问题》，载《中国近代史》2010 年第 11 期。——编者注
[1] Alexander Hamilton，美国国父之一。

付费后，我趁导游没注意，独自溜进了约翰·华尔故居[1]。"一分店"（Penny Shop）让我发生了兴趣。桌上放着大量售价一分钱的袖珍书籍，主题涉及自然史、昆虫、鸟类和动物，每本书大概只有一点五英寸宽、二点五英寸长。摆出的还有很多别的小物件，楼上则都是礼服模型、假人、箱子、药瓶子、纺织工具和各种破烂。来自旧日英国的早期定居者有能力自己动手制作任何器具。在据说建于1684年的这所约翰·华尔故居的侧面，有一间很小的"老皮匠铺子"（Old Cobbler's Shop），店内仅能容身一人。

那天午饭后，我第一次去参观了皮博蒂博物馆。我先在前厅转了一圈，那儿完美展示着很多船只的巨大模型和船只上的器物。随后，我来到中国厅，在对华贸易时期由船长们带回来的各种中国小古董琳琅满目，其中包括一对鸭子形状的中国大瓷碗，和两座身着满族服饰的中国商人等身像。接着，我参观了展品更丰富、摆放也更有条理的日本厅，然后是二楼露台分列两侧的中国和包括印度、柬埔寨、缅甸在内的亚洲其他国家的展品。在此期间，我听见两个姑娘在一尊暹罗佛像前的对话。其中一人说："那些人崇拜他。"另一人答道："他们如今不了。这很自然。"这位姑娘脱口而出"自然"一词，说明了她们在学校里受到的就是这样的教育。

然后，我的注意力集中到了自然史诸厅。我的弱点是不能抵抗自然之物的吸引力。我已经参观过几座自然史博物馆，最出色的是纽约和芝加哥的两座，但是大博物馆中展品太多，在叹服和迷惑中经常遗漏了有趣的看点。在皮博蒂博物馆的自然史诸厅中，我对两件事物发生了兴趣。其一是1930年于贝弗利港（Beverly Harbor）发现的杂色美国龙虾，其二是在格洛斯特（Gloucester）捕到的三十磅重的巨

---

[1] John Ward House，此房屋是美国殖民地时期建筑的经典范例，以始建者约翰·华尔之名命名。

型龙虾的巨螯。展品中有许多畸形的龙虾螯。对此的解释，想必是"在龙虾还处于短暂生长期的软壳状态时，所受的外伤常常造成奇怪的畸形"。在三十种不同的畸形中，我看到的一种是两只螯长在了同一只足上，一大一小，都带齿。我记得在普罗文斯顿见过一只形似人头的大螯，看起来像是英国演员杰克·赫伯特（Jack Hulbert）的下巴。我给它画了一幅画。

美洲野牛是亚洲移民，这是我了解到的另一个知识。它是在西伯利亚和阿拉斯加有陆地相连的几个时期中的一个时期来到北美的。但它在亚洲已经无迹可寻。中国人开始驯养水牛耕田的时间依然难以考证。中国水牛是一种非常温驯无害的动物，而它在非洲的同类则是狂野和令人生畏的。美洲野牛似乎处于两者之间。

最近，博物馆收到了一件用巨大的恐鸟骨骼制成的装饰品，它来自博物馆向新西兰和库克群岛派去的民族学考察队的一位队员。他们被派去研究波利尼西亚人。我饶有兴趣地了解到，恐鸟是如此巨大的一种鸟类，其中的一类比人还高，站立着的身高可达十至十二英尺，而最矮的也有大约四点五英尺。新西兰的金字塔山谷（Pyramid Valley）中发现了它们的许多骨架。当一千年前第一批移民从塔希提到达新西兰时，恐鸟据信已经生活在那儿了。据说它们在两百万年前数量相当巨大。这令我想起下面这段选自《庄子》的描述。它是由中国最伟大的哲学家之一庄子在公元前 4 世纪写成的：

南方有鸟，其名为鹓雏，子知之乎？夫鹓雏发于南海，而飞于北海，非梧桐不止，非练实不食，非醴泉不饮。于是鸱得腐鼠，鹓雏过之，仰而视之曰："吓！"

庄子可能听说过恐鸟，因为新西兰位于中国南方。唯一不同之处在于恐鸟是一种不能飞翔只能行走的巨鸟。也许庄子本人并未见过此鸟，只是想象这样一只拥有巨翅的生物应该会飞得快而且远。虽然这也许是我牵强附会，但值得了解的是，在古代，纵使距离遥远，但关于奇特不凡之物的知识依然能从一地传到另一地。我们现代人的知识似乎远远落后于时代——要等两千年，我们才了解到恐鸟的存在。

塞勒姆的皮博蒂博物馆确实是一处波利尼西亚研究中心。它有很多波利尼西亚展览，图书馆里也藏有不少关于波利尼西亚的书籍。

在图书馆逗留很长时间之后，我离开了它到水边散步。在霍桑大道的一端看过霍桑雕像之后，沿着橙街（Orange Street）行走，很快就到了德比码头（Derby Wharf）。一个指示牌是这样写的：

> 德比码头：在1760年至1860年间是塞勒姆的航运中心。在革命[1]和1812年战争时期是私掠[2]的基地。船只由此地出海，完成前所未有的航行，去到遥远的世界各地。

所以，上溯至一百年前，德比码头是美国与东西方进行贸易的一个中心。港湾里和码头上一定泊着不计其数的船只。如今在我眼前只有海水温柔泛波，似乎世界的这个角落中什么事都不曾发生过。往昔已成往昔，虽然

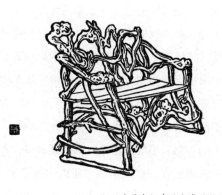

七山墙屋中颇有艺术感的长凳

---

[1] 指独立战争。

[2] 指在国家授权下攻击和掠夺他国船只的行为。

无人知晓水波何时止歇。孔子曾有言：智者乐水。我们从水中能悟到一种连续感，意识到新事物起源于老事物，由此变得更明智。德比码头不再是一个码头，只是一条多沙的高岸，长着绿草。那个下午天气很暖和，丽日照着在草地上或坐或卧的区区几人。无人做声。在码头边观看流水之后，我懒散地回返，偶尔凝望一下古老的塞勒姆海关大楼的肃穆建筑。霍桑曾在那儿郁郁地工作。我走到楼前，但却未能进去参观霍桑工作过的屋子。我并不感到遗憾。霍桑已经不在。但是，在未来的岁月中，霍桑会比德比码头存得更久。文字比实物更持久。

最后，我坐在七山墙屋花园中做工粗糙但却颇有艺术感的长凳上歇息，面对着远处的一湾海水。我想，当霍桑偶尔坐在这张长凳上时，他想必依然思索着方才在屋里忙碌的工作。而此刻我正在回忆着小说里的房子。接着，我起身加入一群由一位穿着不凡的年轻女性带领参观的人们。我偶尔会注意到，这位年轻的向导对小说情节已经有所遗忘。假如要谈及屋子内部的布置陈设的话，我认为自己还是有谈论霍桑的资格的。当年霍桑访问此屋时，它还住着一个大家庭，他不可能像如今我们这些旅游者一样，被带进女人的房间探查每个私密角落，连床罩下面都要看看。但话说回来，没有哪户养了孩子的人家会把家里保持得如此一尘不染，哪怕雇了许多家仆。我敢肯定，这个家庭里有一半霍桑都没能好好看看。一位友人半开玩笑地告诉我，七山墙屋本来只有五堵山墙——另外两堵是一夜之间由一只奇迹般的手加上的。那只手属于霍桑。我的观点是，霍桑也许是因为想要押韵，同时表明他在写虚构小说，所以才选择了"七"而不是"五"。屋内有一座秘密阶梯，位于壁炉边，环绕烟囱而上。就在导游刚说完"秘密阶梯"这个词之后，一位老太太直接插话，浪漫而激动地赞叹说自己总是梦想有一座秘密阶梯，如今她有机会在上面走走了。但陪伴她的已经成年的孩子们则不知该说什么好。导游接着就谈起了这个秘密阶梯。它有三个功能：躲避女巫、藏匿奴隶、隐藏船长们从东方带回的珍宝。就在这时，还是那位老太太，径直动手去探查起带着两套不同合页的门。导游解释说，其中一套合页是为了防止恶魂从门缝中进来而安装的。

既然谈到女巫，我决定回去看看位于埃塞克斯街三百一十号半的女巫之家。我来时略过了它。但它依然对旅游者关闭着，不对公众开放已经有一阵了。

雨夜过神秘桥

折桂令

雨纷纷、风急云深，
神秘新桥，
不现其形。
不少车音，
近者阴暗，
远景萦萦。

喜诗伴、谈古说今，
笑人间、多少浮沉，
联袂入天心，
万棵明灯，
串串黄金。

波士顿嘴巴

"戒耳餐,"18世纪中国诗人和作家,烹调著作与诗作齐名的袁枚曾这样写道,"何谓耳餐?耳餐者,务名之谓也。贪贵物之名,夸敬客之意,是以耳餐,非口餐也。""戒目食,"他还说过,"何谓目食?目食者,贪多之谓也。今人慕'食前方丈'之名,多盘叠碗,是以目食,非口食也。"

居留波士顿期间,我发现波士顿嘴巴自愿工作,运转良好。

来到欧美任何大城市而没听说某某餐馆有美食,如今已经是件困难的事。我已经习惯了耳餐,在我使用嘴巴之前就享用了这些名字。当我到达一座城市后,常常会和友人们相见寒暄,他们随后便会带我到吸引人而且服务好的餐馆目食。那种场合是令人满足的,但对我来说却不易观察此地的嘴巴是如何工作的。虽然我不是食物和葡萄酒专家,无法品评,但我对波士顿嘴巴的运转良好深有感触。波士顿也许是唯一一个名字与很多食物联系在一起的美国城市,借袁枚的说法,那些食物既不是耳餐也不是目餐。它们是波士顿豆子和波士顿鳕鱼,波士顿蛤蜊浓汤和波士顿鲜鱼浓汤。

直到现在,我的波士顿友人们还没有让我品尝过波士顿豆子和鳕鱼。换句话说，波士顿还有快乐的时刻值得期许。不过，我第一次品尝波士顿蛤蜊浓汤却是在旧金山的渔人码头。在波士顿住了一个月也没尝到波士顿蛤蜊浓汤之后，我搬到了西海岸。因为对波士顿依然记忆犹新，我被带到渔人码头吃旧金山螃蟹的时候点了这道菜。当我回到波士顿，提起在旧金山吃到的一碗美味的波士顿蛤蜊浓汤时，我的友人们连眼皮都没抬，对我的话无动于衷。这令我感到困惑。过了些时日，在一次晚餐聚会上，另一位客人问我觉得波士顿中国城的食物是否正宗。我点点头，说只要想起旧金山的波士顿蛤蜊浓汤，就理解了他对是否正宗的疑问。

我的第一碗正宗波士顿蛤蜊浓汤应该是在大理石头镇品尝的。恩斯特·道奇（Ernst Dodge）先生，塞勒姆皮博蒂博物馆馆长，带着我和另外三位客人去东方游艇俱乐部吃午餐。那顿午餐让我领会到波士顿蛤蜊浓汤比纽约蛤蜊浓汤强百倍。乔治·史密斯（George Smith）上校宣称纽约这牌子徒有虚名。我的东主开玩笑说，纽约蛤蜊浓汤里放了太多西红柿和其他蔬菜，贝壳动物的纯正鲜美只能由食客去想象了。

另有一种阔豪浓汤（quahog chowder），只在波士顿能见到，汤里有切得很细的蛤蜊肉。我是从它源于印第安人的名字"阔豪"认识它的，但在《牛津词典》里并没有作为浓汤出现的这个词 [1]。

在 T 码头尽头的蓝船茶室用了晚餐之后，我在北大街（Northern Avenue）的吉米家港畔餐馆（Jimmy's Harbor Side Restaurant）品尝到了波士顿鲜鱼浓汤。我欣然接受了请我尝尝的建议，因为波士顿任何和鱼相关的菜肴应该都不错。这儿的鳕鱼常被提及，而且两三百年来这里一直是美国东海岸的一个渔业中心。波士顿知道如何利用她的鱼，而我喝的这碗鲜鱼浓汤确实不错。在对话间，友人确认浓汤里

---

[1] 《牛津词典》里现在已经可以查到，此词源于 18 世纪的法国，原意与大锅相关。

的鱼是鳕鱼，虽然这道菜也可能会用别的鱼。波士顿消费的鱼主要来自海洋，而不是河湖的淡水中。在中国，我只听说过淡水鱼烹制的菜肴。我不记得中国有和鲜鱼浓汤类似的东西。假如浓汤最初是道印第安菜，那么我得承认早期美国印第安人和中国人的饮食习惯很不相同，虽然我总是认为我们有着共同的起源。当然，即便在中国，各地的烹调也各有不同，而早期美国印第安人是当地能找到什么就做什么。

　　清早行走于波士顿北角，瞻仰各个历史景点，挤过亚当斯广场集市的人群，两三个小时下来，我有些劳累。我需要吃点什么来鼓励自己的腿脚。我很快加入了一家餐馆门外排着的长队。我并不是不愿再找找，只是感觉假如周围还有别的餐馆，此处不会排这么长队。排队时，我回顾了一下方才的路线。接着我想起来，以前听说派也是新英格兰早餐桌上的传统食物。对于一个中国人来说，早餐吃派并没有什么新鲜的，因为我们早晨可以想吃什么吃什么，只要它容易拿，容易做。但当我向一个英国朋友提到这个传统时，他说这只是当地传统，和祖国无关。一位波士顿友人则建议我注意一下旅馆的餐桌，看看都是谁在早餐吃派，他们只可能是波士顿人或是新英格兰人。

　　波士顿的另一个传统是周六晚餐吃烤豆子。听到豆子这个词，我们中国人自然会想到黄豆，它被用来制造如今在美国大量消费的酱油；或是绿豆，它被用来泡豆芽，在中餐馆的很多菜肴里使用。但波士顿烤豆子不一样。我听说，干豆子要先浸泡一夜，次日早晨煮个半熟，然后与咸猪肉、干芥末、食盐、糖蜜、胡椒混合，加适量水，在一个大号陶锅中用低热烤一整天。让豆子煮干几次显然更好，这样它们能现出醇厚的棕色。

　　最后，我发现自己到了队伍前端，进了餐馆。我坐在一位穿着白色工装的大块头售货员对面，他正在把一座小山般的食物不断往嘴里填。他甚至没有抬眼看我。我拿起菜单，上面写着餐馆的名字，德金公园，以及两列菜名，"晚餐菜单"和"正餐菜单"。我很迷惑为何没有标注为"午餐"的食物。一位丰满而活泼的女士让我往"正餐菜单"底下瞧。她很快就给我端来一个大盘子，上面是两大片烤牛肉和很多配菜。我吃完一片，终于止住了饥饿感。这时，我对面的顾客站起身来，依旧没有理我便径自离去了。女招待过来收拾桌子准备迎接下一位顾客，一个非常高的家伙。这时，她注视着我的盘子说："怎么了，年轻人？吃不完了？如果是这样，你就不该来这儿浪费钱。如果你是不喜欢我们这儿的饭菜，我们想知道是为什么。我们不喜欢那些不喜欢我们饭菜的人。你一定看见外面排的大队了吧。"说完她就笑起来，我才意识到她是在说笑，但这个场面还是令我尴尬。我想出的借口是，我的食欲已经被英国战时和战后的食品配给制度降低了。她的眼睛睁得圆亮："所以你刚从英国来，那你肯定能吃完这个。"说着，一碗巨大的草莓蛋糕被搁到了我前面。我喜欢草莓，自认为有义务消灭这一大碗。我做到了。

　　和大卫·麦克柯德一起，我能有幸多次看到波士顿嘴巴的正确运转。有一夜我们在洛克－奥博[1]晚餐，开心地吃了一顿烤牛肉约克夏尔布丁，虽然他们拿手的是美餐和法餐。然后我便开始纵情目餐，希望袁枚能够多多包涵。我发现餐厅非常英式；皮背椅子上闪亮的黄铜钉子和墙上明亮的黄铜装饰让我想起圣詹姆斯街上靠近皮卡迪利圆形广场的古老的伦敦艺术俱乐部（London Art Club）。洛克－奥博最醒目的特征是墙上正中挂着的一幅鲁本斯风格的丰腴裸女画，被白炽灯照得通明。我的东道主也说不出它的来历，以及挂了多久。我记得曾在《波士顿公立图书馆百年史》（*The Centennial History of the*

Boston Public Library）和《波士顿女祭司的兴衰》（*The Vicissitudes of Bacchante in Boston*）中读到对酒神的女祭司的接受问题，这两本书都是沃尔特·缪尔·白山的著作。1896 年 7 月 16 日，一个女祭司的缩比模型被送到波士顿市府艺术委员会接受审批，立刻引起了争议，许多人认为"这座雕像无疑会令很多人震惊……这座雕像……刻画的是一个喝醉的女人"，他们的观点一如麻省理工学院校长佛朗西斯·A. 沃克尔（Francis A. Walker）在表示拒绝时所说的："它需要与周围环境保持和谐。"这让波士顿的记者们和漫画家们忙碌了好几天。在那年 11 月 22 日，一个周日夜，詹姆斯·B. 布拉迪（James B. Brady）牧师向两千五百人发出呼吁，其主题是"波士顿公立图书馆里的叛逆"。"撤掉那个可怕的物件，将它埋葬在 1773 年波士顿人倾茶之

1880 年起在波士顿公共图书 馆展出的女祭司像

1970 年起在波士顿春季艺术展上 的女祭司像

142

处。"公理会俱乐部（the Congregational Club）则宣称："这座雕像不仅仅是裸体，它裸得昭然而冒失，它是对社区禁酒呼声的挑衅。"虽然雕像有很多崇拜者，但它还是被撤掉了，如今存于纽约大都会艺术博物馆。想起这件事，我感到很确定的是，眼前这幅鲁本斯风格的画虽然或许是艺术佳品，但当女祭司被攻击时，它是不可能在洛克－奥博挂着的。波士顿不是发生这类争议的唯一地方。我知道委拉斯开兹的《斜倚的裸体》（*Reclining Nude*）在伦敦国家画廊首展时，两位持维多利亚时代观念的女士偷偷地用小折刀划了它，虽然刀伤被修补得看不出来了。《九月清晨》[1]四十年前在纽约也导致了轰动。这些事件向我昭示的是，全世界，无论东西方，都有着同样的心智。孔子的教育是以人之道为中心的，在国人头脑中高于一切。在中国艺术教育中，写生完全不切实际，而国画史上从未出现过一幅裸体作品。在 1956 年 6 月 11 日对哈佛大学美国优等生联谊会（Phi Beta Kappa）进行的题为"中国画家"的演讲中，我有如下段落：

> 20 世纪伊始，中国学生开始赴海外学习现代知识……他们带回来的是巴黎制造的西方雕塑的廉价石膏像，和大量制作拙劣的画作复制品。将它们和自己用油彩、铅笔及粉笔绘制的作品一起展览——这类展览在中国是全新的事物——导致了骚动，虽然如今听起来很滑稽。他们展示了裸体写生的重要性，而这立刻导致了根深蒂固的孔子思想的强烈反弹。一位从巴黎归来、在上海开办艺校并找到一位模特的游学者甚至被下令逮捕。

陌生感冒犯了人类的本能，但当陌生变为熟悉，冒犯感便没了

---

[1]　*September Morn*，为法国画家查巴斯作品。

143

几何形的麻省理工学院

位置。无人质问过麻省理工学院展示的当代抽象主义艺术家的作品和周边是否和谐。事实上，除了我自己，在洛克－奥博里进餐的人没有一个抬头看那张裸体绘画。波士顿嘴巴确实在那儿正常运转着。

波士顿大学的 T. 斯科特·宫川（T. Scott Miyakawa）曾经带我去靠近北站[1]的联盟生蚝屋[2]。就座后，我们便被递上一件系在脖子上的纸围裙。它正中央印着一只通红的大龙虾，像是中国小孩系的那种麻布或是丝织的围裙，印着狮子或蝴蝶花卉的图案。我小时候肯定也穿过那样的围裙，虽然我已经忘了是什么图案。如今，我在五十岁时系的是龙虾图案，进餐时，我的思绪回到了住在奇卡瓦基湖[3]畔的文德尔·S. 海德洛克（Wendell S. Hadlock）夫妇宅上时享用的新鲜龙虾。文德尔是罗克兰[4]的威廉·A. 法恩斯沃斯博物馆（William A. Farnsworth Museum）馆长，他说缅因州的居民请客从来不操心吃什么——当然是龙虾。

不过，我和生蚝只有点头之交。我无意于把自己和萨克莱相比，所以我对于在波士顿帕克餐馆（Parker House）吃生蚝是否感到"好像是生吞了一个小宝宝"[5]无法评论。我已经去吃过好几次帕克餐

---

[1] North Station，波士顿两大铁路／轨道交通车站之一，另一个为南站。
[2] Union Oyster House，原文为 Oyster Union House，疑有误。
[3] Chickawaukee Lake，缅因州海滨的一个小湖。
[4] Rockland，缅因州小镇。
[5] 这是萨克莱第一次吃生蚝时发表的感想。

我变年轻了

馆的面包卷[1]。有一次我因为注意到了一个不同寻常的菜名而感到兴奋——我的意思是说，我在客居海外二十多年间从未见过这样一道菜。这个名字是"鳕鱼舌腮焗"（codfish tongues and cheeks sautée），我点了它，对东道主笑了笑。中餐里的很多种淡水鱼都是带头的，因为我们中国人认为鱼的鳃、脑和舌是全身最鲜美的部位。它们柔软鲜嫩，各有一种滋味。这类菜肴对火候的要求很高。那天我点的菜美味得难以形容。我不记得鱼舌和鱼鳃肉在中国会被单独端上来。在英国，鱼贩子知道鱼头不好卖。波士顿旅馆和餐馆里烹制的波士顿鳕鱼都不错，但只有在波士顿的帕克餐馆才能吃到"鳕鱼舌腮焗"。

在我看来，美国人比英国人更能习惯异国食物，包括中餐。无论如何，美国人对待中餐和其他国家的食物有所不同。我并非指他们更喜欢中餐，但我想说的是，虽然他们在中国或美国已经熟悉中餐很

---

[1] 亦可译为"帕克餐馆面包卷"，因为此物在 1880 年前后便已作为固定名字出现在饮食类书籍中。

多年，但对自己究竟吃了什么有时并不清楚，尤其是当他们再点那道菜的时候。这其中的困难来自菜品的中文名字，而随着华南人特别是广东人的增多，困难越发加剧了，因为他们坚持基于本地方言的菜名译法，而不是中国官话或者说北京方言。当菜名不加注中文时，不光是那些去过中国或是学过中文的美国人感到迷惑，连那些不是华南出生的中国人也是如此，比如我自己。在友人们希望我翻译菜名时，我总感到困难。作为惯例，我会简短讲解一下中国语言的特殊情况，但这并不能增强他们的兴趣，反倒让他们决意不去学习菜名了。我敢断言，没有任何法国人需要在一家法国餐馆里解释关于法语菜名的问题。一个法国人也不会被问到波士顿哪家法国餐馆最好。而自从我来到波士顿，立刻就被问起城里哪家中餐馆最好。我感觉我必须尽快尝试大批中餐馆。因为无法与店主们用他们的家乡话交谈，我对菜名的了解其实和我的美国友人们一样有限，虽然这不影响我品尝食物。我的个人观点是，中餐馆里的中餐不错，质量都差不多。也许所有中餐馆老板都达成了一致以避免竞争，也免得让潜在的消费者更加迷惑。每隔一段时间体味一下中餐肯定是乐事，就像我尝试波士顿蛤蜊浓汤和波士顿鲜鱼浓汤、德金公园的草莓蛋糕、帕克餐馆面包卷和帕克餐馆鳕鱼舌腮焗一样。

乔治·卡斯帕利（George Caspari）曾经执意带我去波士顿一处不寻常的地点进餐。虽然他的办公室在纽约，但偶尔也会因业务来波士顿。我们总算定好日子，做了特殊安排。我们先是在博格若德小姐的公寓喝了一杯鸡尾酒，然后三人一起下楼。在楼下，迎接我们的是两位穿白围裙的先生。其中一位戴白帽子的有好几个学位。我被引荐给了他。另一位则是曾在波士顿成功执业多年的建筑师。屋子里有五张桌子，若是需要，可以一次容纳三十人进餐。但如果能自由掌握的话，他们并不想让那么多人来。正餐预订必须提前很久，一周只有三天营业。因为博格若德小姐是他们的朋友，我们幸运地独享了整个餐馆。这顿正餐的体验无与伦比，特别是鲜嫩多汁的厚实牛排，是从芝加哥每周空运来的。我的眼睛早就打量过整间屋子。它像是一个古老英国家庭的餐厅，但墙上的图片、地图、铭牌和其他古董却不都是英国的。桌椅和灯是殖民地风格的，有一些来自加勒比群岛。最令我称奇的是一套三十或四十件大小各异的精美锡器，它们看起来是在同一年代制造的。但事实上，它们是在很多年间从不同的地方收集来的。我们在一个小起居室坐进舒适的扶手椅喝了咖啡。着白围裙的两位男士加入了聊天。在为别人工作了很多年后，他们做了个实验，想看看以自己的意愿自力更生能够创造点什么。他们似乎是成功了。每周只工作三四天让他们有足够时间去阅读、听音乐会和收集古董。在夏天，他们会停掉生意，去南美或其他地方度假。秋天回来后继续实验。餐馆没有名字，但位于波士顿的诺克斯街（Knox Street）九号。我喜欢这儿的食物，更喜欢这儿的对话，最喜欢这儿的气氛。

我没注意过波士顿的酿酒坊，但我听说，很久以来波士顿嘴巴的一个常用功能便是豪饮。1763年的波士顿商人们曾经估计，麻省每年要消耗一百万加仑朗姆酒，相当于每人四加仑。但住在波士顿及其

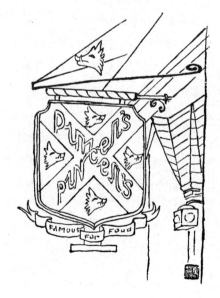

因食成名

城郊的人自然拔了头筹。自 1763 年以来，波士顿人口已经剧增，我肯定每年人均消耗朗姆酒的量不会减少，如今消耗的加仑数肯定是惊人的。

我偶然了解到，美国最好的品酒师中有一位波士顿人，已故的查尔斯·柯德曼（Charles Codman）先生——这个名字真是再合适不过[1]。友人希望带我去见他，但因为我当时要离开波士顿去旧金山，最终未能约成。也许对他来说不受我的叨扰倒是更好，因为我对饮酒缺乏经验，更不可能是葡萄酒行家。对于品酒，柯德曼先生曾有言道："品酒真的没有科学性可言。它纯粹是关于记忆的勾当。所有的秘密就在于记住以前品过的酒。一些酒确实有着固有的味道，若是发生变化，这种变化必须记录在案。"

我认为在食物方面，这种味觉的记忆也起着作用。那些能分辨菜肴好坏的人必定能记住先前尝过的类似菜肴的味道。如果一个人想要建立起对某种菜肴的固定味觉，那就必须经常去波士顿中国城的中餐馆。而我也该抓住每个机会去品尝波士顿蛤蜊浓汤、波士顿鲜鱼浓汤和其他菜肴。如今很难在家中请帮工和厨师，但我敢肯定波士顿嘴巴的多种功能中，没有一种能够与袁枚美食著作中的这段记载相提并论：

> 长安有甚好请客而菜不佳者，一客问曰："我与君算相好乎？"主人曰："相好！"客跽而请曰："果然相好，我有所求，必允许而后起。"主人惊问："何求？"曰："此后君家宴客，求免见招。"

---

[1] 柯德曼的字面直译是"鳕鱼人"。

波士顿中国

波士顿中国与切尔西瓷器或德累斯顿瓷器不是同一种表达[1]。两个词之间应该有一条短线，以示第一个词不是用来形容第二个词，而是表示它们是快乐地连通着的。在过去，波士顿与中国的联系是通过贸易——对华贸易；如今是通过文化交流，特别是通过波士顿美术馆亚洲部、佛格博物馆[2]和哈佛燕京学社。

令人震惊的是，我一开始就在波士顿和中国的联系中犯了个愚蠢的大错，这是因为我缺乏在访问一地之前先阅读介绍的习惯所致。我出生在一个最早使用茶叶制作饮料的国家，然后又多年习惯于英国的下午茶和茶会，当别人向我提起波士顿"茶会"[3]的时候，我的回应就是我想参加。次日早晨，《基督教科学箴言报》出现了一个小头条，说的是"我们的中国来访者来参加波士顿茶会，晚了一百六十八年"。

如果要加以指摘，那么该批评的是把茶当饮料的中国。也许不

---

[1]　在英语中，"中国"与"瓷器"二词同形。

[2]　Fogg Museum，哈佛艺术博物馆的组成部分之一。

[3]　此处指主导了波士顿倾茶事件的波士顿茶党，英语中"聚会"与"党派"二词同形。

是整个中国，而是那个首先发现茶适于饮用的中国人。但此人是谁？有中国人知道吗？我肯定不知道。我只读到过4世纪中国诗人对茶的赞颂。佛朗西斯·S.德拉克（Francis S. Drake）所著《茶之叶》（*Tea Leaves*）一书中的如下片段吸引了我的兴趣：

> 编年史作者霍尔姆斯博士（Dr. Holmes）说，茶于1720年在新英格兰开始流行。但是，在此之前多年间就应该有少量的茶饮制作，因为普利茅斯在1702年便开始使用小号的黄铜茶壶。第一个铸铁茶壶于1760—1765年间在麻省的普利普顿（Plymption，如今的卡佛［Carver］）制造。女士们去参加聚会时，每人都带着自己的茶杯、碟子和勺子。杯子都用最好的瓷制作，非常小巧，容量和一只常见的葡萄酒杯相似。

最后一句话深深触动了我，因为我恰好来自制作这些杯子的那个中国城市。这段文字提到的正是中国一直使用至今的那种茶杯。这些用最好的瓷制作的杯子，一定来自景德镇的瓷窑。那是浮梁县的一个制造业城镇，离我的生地九江不远。在比10世纪久远得多的时代，中国陶瓷匠在景德镇发现优质黏土之后，当地便建起了瓷窑。但是直至景德初年，镇子才有了如今的名字。最好的瓷器大都出产于此地。但景德镇地处内陆，被群山环抱，产品必须先运往长江南岸、位于上海和汉口间的历史商业重镇九江，才能发往四方。中国大部分制造商在九江都有一个门市用来展示商品。康熙和乾隆年间的皇家督陶官虽在景德镇办公，但住所位于九江。我的父亲作为一个专业的中国传统艺人，曾经设计并且亲手绘制过瓷盘和大尺寸的瓷屏。完成一套通常带有人物的山水风光瓷屏，并且看到它们在收藏者家中被珍视，对他来说是一种骄傲。小时候，我从父亲那儿学过在瓷器上绘画的技术，至今还偶尔为朋友绘制，或是自己兴起而为之。当然，我不能说我的家庭与18世纪波士顿女士们使用的那些茶杯有何直接关系。自从1933年开始在英国生活以来，我常被问到为何中国茶杯如此之小，而且没有把手。这其中的原因是，中国最好的茶是用来细品而不是牛饮的，而我们持杯的方式是用一只手握住杯子，有时候甚至用两只手，不仅在冬天有暖手之效，也是为了表现我们如何地爱茶。中国人只饮热茶。冰茶是美国人的创新。很显然，假如我们相信瓦灵顿[1]曾祖母的姐妹苏珊娜·克拉克（Susannah Clarke）于1773年所写的以下诗句[2]，就明白波士顿女士们自带茶杯的时尚没能延续多久。在那时，不喝茶成了美国妇女的宗教责任：

> 我们亮出底牌转身退出，
> 然后手拉着手回旋起舞；
> 我们将茶叶都倾进大海，
> 是为了捍卫我们的自主。
>
> 我们穿上自家织的衣服，
> 用后院收获的草药泡茶；
> 口渴时来一杯低度啤酒，[3]
> 我们的精神要欢庆自由。

我惊讶地发现，从中国小茶杯里喝到的茶，竟与自主和自由有

---

[1] 即威廉·S. 罗宾逊（William S. Robinson），记者，1862—1873年间任麻省众议院书记官。

[2] 此诗句在上文所提《茶之叶》一书中也被引用过。

[3] small beer，在公共卫生缺乏保证时，这种酒精含量极低的啤酒常被用来代替饮用水，因为它在制作过程中经历了煮沸消毒。

如此关系。

西方人从各种渠道听说过东方的茶道，但很少有人意识到茶道如今只是日本的活动。这一点，就连那些看过流行话剧或电影《秋月茶室》（*Teahouse of The August Moon*）的人都未意识到。事实上，茶道最初是由宋代文人创立的，在那时，福建出产一种用来制作茶杯的特制瓷。这种瓷后来以建窑而知名。它上了一种暗棕色的黑釉，内含银丝。日本人是最爱这种瓷器的，他们给它起了个特殊的名字，叫天目茶碗。在宋代，很多日本人来华学习并带回了中国的茶道。渐渐地，日本本土的思想和信仰影响了茶道，不断将其改进，最终变成了他们称之为茶道的一种纯粹的日本节日。宋代之后，中国被蒙古人统治，第一位便是忽必烈。蒙古人饮用山羊奶而不太理会茶，于是茶道渐渐衰败，不久便在中国消失了。

由波士顿茶党建立起来的波士顿与中国的联系是一个巧合。在独立战争之后不久，波士顿通过对华贸易与中国建立了联系。诚然，没有中国人能宣称自己在美国建国中起了作用，但很多波士顿家族通过对华贸易积下了财富的基础，从而能够创立起如今依然遍布美国的产业。在 1773 年前，英国贸易法规定，殖民地人民必须通过英国购买一切东方商品。在国会与英国达成和平协议后一个月，美国商船便出海开始独立寻找贸易机会。世界上再没有另一个地方能像中国那样为美国商人提供最有利的商业价值了。第一艘到达广东的美国船只是"中国皇后号"，她于 1784 年 2 月 22 日从纽约启航，波士顿的塞缪尔·萧[1]少校随船前往。萧少校在广东担任驻华领事，1794 年返美途中病逝，时年三十九岁。或许应该说，中国人欠萧上校的情，因为中美牢固的友谊始于他在广东的工作。假如随后能有更多的美国人像波

---

[1] Samuel Shaw，中文名字为萧三畏。

士顿的萧上校一样去中国，那么两国的关系也许会更好。

在美国建国早期，美国佬几乎没有什么能卖给中国人的商品，除了一种新英格兰树林中野生的药用植物。这种植物的根被中国人称为人参，长期以来被认为具有药用价值，在中国古代医书中早有记载。它的拉丁名字叫 *aralia quinquefolia*，根部常常形似人体，在中国只生长于东北。据信它有滋补功效而且珍稀，因而受到了老人和富人的欢迎，价格不菲。我的祖母曾经将这种根煮汤然后服下汤汁。中国产的人参比主要来自韩国和美国的外国人参更昂贵，所以我祖母是美国人参[1]的消费者之一。

不过，光是销售西洋参并不足以维持长久的对华贸易。很快，敢于冒险的波士顿商人便发现，中国人愿意高价购买来自美洲太平洋西北沿岸的海獭和海豹闪亮的毛皮。他们以毯子、鞋子、钉子、凿子、锥子和珠子作为交换，和当地印第安人达成了大宗代销协议。1788 年，"哥伦比亚号"载着第一船毛皮启航，向西穿过风暴出没的合恩角，北上太平洋到达广东，通过毛皮销售获得了巨额利润[2]。很显然，和印第安人进行的凿子交易，以一根凿子换一张毛皮，是再便宜不过的买卖，而且可以在船上直接交易，而一张毛皮在广东市场上可以换取五十美金。于是对华贸易迅速发展，中国和波士顿的友好联系也不再是奇迹。对于海獭皮在中国为何如此受欢迎，我并不了解，但我想它们大部分应该都被用于制造冬装了。除了气候温和的亚热带如广东，中国的冬天可能会有几个月的严寒。中国人自古以来就在冬装里衬上牦牛皮、绵羊皮、小绵羊皮、狐狸皮、海獭皮和海豹皮。只要她众多人口中的很小一部分使用海獭和海豹皮，就足够广东和波士

---

[1] 即花旗参，花旗是中国人对美国国旗的旧称。

[2] 原文或有误。"哥伦比亚号"于 1787 年 10 月 1 日从波士顿启航，是在次年绕过合恩角，北上到北美西海岸的不列颠—哥伦比亚地区才收购到大量海獭皮，然后再驶往广东的。

顿客商忙碌的了。那时我家庭成员中的很多人肯定也在冬天穿皮毛衬里的大衣和披风。所以，我也许借此和波士顿对华贸易有了间接的联系，就像瓷器一样。

"哥伦比亚号"在中国装载了茶叶，绕好望角返回。1790 年 8 月，她在环游世界后回到了波士顿港。后来的美国商船除了装载茶叶，也总是装载着瓷器。虽然我拜访过很多祖上和中国做过生意的英国家庭，但在波士顿城内外见到的对华贸易带回的瓷器却是最多的。波士顿较大的对华贸易家族，如珀金斯（The Perkinses）、斯特吉斯（The Sturgises）、卡辛（The Cushings）、罗素（The Russells）、福布斯（The Forbeses）、康宁汉姆（The Cunninghams），都将瓷器当作传家宝，这是我听说的。对华贸易的瓷器包括中国艺术家根据订单设计和制作的成套瓷器，图案中包含了美国元素。我不确定所有的波士顿对华贸易瓷器都来自景德镇，但可以肯定的是，它们全部是用最优质的瓷制作的，原料使用了被称为高岭土的高级中国黏土，和被称为白墩子的黏土，它源自一种叫霏细岩或是浅晶霏细岩的花岗岩。它们几百年来都在景德镇附近被开采。我幼年时在故乡九江常能听说某个大瓷器店获得了国外订单，我难道不能肯定波士顿对华贸易的瓷器有一些来自九江吗？

除了塞勒姆的皮博蒂博物馆，不会有什么地方能更好地展示中国艺术家给各色船只绘制的精准画像了。自然，馆内也藏有一些中国商人的肖像和描述粤沪及港澳 19 世纪早期景象的风景画。虽然它们不代表鲜用油彩的中国国画风格，但体现了一个特殊的时期——对华贸易时期。那时，广东艺术家群体在美国商人的惠顾中壮大起来。这些商人对中国传统作品不感兴趣，但是会选购我所说的这类作品。当一位艺术家开始学习油画技术后，其他人也会跟进，他们很快创造了一种特有的风格。当时，爱尔兰画家乔治·钱纳利（George Chinnery）在广东生活并且出了名。《浩官像》和《秦官像》都是在 1852 年左右完成的。我想，那个中国绘画艺术的特定时期或许可以被称为钱纳利时代，因为他引进和开创了一种新的时尚。据说他有个美貌但却令人生畏的妻子，所以逃离家庭到了东方。当妻子威胁说要到澳门去与他会合时，他立刻离开澳门去了广东。"现在我平安了，"他说，"中国政府真是深谋远虑，它禁止更软的性别来此烦扰我们。""更软的"这一用词让我忍俊不禁。根据 1757 年的御诏，中国对外通商只在广东进行，外国人在当地河岸上的商行位置都有限制。外国船只随行人员只能在卸货装货或丢弃货物时才能在当地逗留，然后就必须撤离至当时荷兰政府管理的小岛澳门。广东不允许任何外国妇女出现。1832 年，哈丽雅特·娄（Harriette Low）小姐和她的姑姑伪装潜入，中国人立刻停止了与美国人的贸易，直至二位女士撤离。这在当时一定激怒了娄小姐，她想必会认为中国人缺乏人性，不够友好，难以理喻。我敢肯定，很多波士顿女性会对她表示同情，因为她们肯定也不被允许踏足广东，即便她们的船主丈夫同意带她们前往。但这对那些高大年轻英俊的美国佬船长来说，也是一个把妻子留在身后的好借口。中国政府的思路是，假如外国人不带女人随行，他们一定不会想在广东久留。他们没想到的是，这一政策为钱纳利这样的丈夫提供了一个天堂。

"浩官"像是那种善良诚实的中国人类型。他的名字"浩官"在他那个时代，也许出了有限的广东商圈就不为人所知了。因为中国社会那时还被儒家思想支配，很少会去注意一个忙于生意、对孔子经典缺乏研习的商人。"浩官"的真名是伍秉鉴，他的生活和与波士顿贸易者的交往，在任何中国历史记录中都无迹可寻。但我从零星资料中了解了他，感觉他对于扶持中美友好关系起到的作用是巨大的，不应被忽视。塞勒姆的托马斯·W. 华尔（Thomas W. Ward）于 1809 年写道："浩官是十三行[1]的总商，非常富有，发送的货物品质优良，信守一切承诺，总之是一个讲诚信的人，在行里比其他所有人生意都要多，这一年里就接了十二或十四艘美国船。"另一个塞勒姆人布莱恩特·P. 提尔登（Bryant P. Tilden）于 1815 年乘坐"广东号"前往广东，在浩官著名的花园中受到了款待，他对这位商人的子嗣众多表示了惊叹："起初他们有点怯生，喊叫着'番鬼！番鬼！'，但当父亲告诉他们我不是一个坏番鬼或者恶魔之后，我们很快就混熟了。"番鬼在广东话里的本意是"外国的恶魔"，但有时也只用来称呼"外国人"。浩官没有受过良好的中国传统教育，这也许是个遗憾。假如他能够用他人可读的中文写下短文，也许能留下一些有趣的备忘，记录自己通过广东河岸贸易特区中各家商行和西方世界的接触。这些文字应该会是当代中外历史学家极其感兴趣的内容，因为我觉得对华贸易时期标志着中国经济体系巨变的开始，同时也给很多早期美国家庭——特别是那些波士顿地区的家庭——带来巨大的财富，并且给今日美国巨大经济力量的发展做出了贡献。在这样一个有限空间里讨论对华贸易及其对西方的影响并不容易，但这是一个无法忽略的重要话题。

浩官虽不是传统学者，但他在家中摆设家具的方式还是能够显示他追随中国传统的雅致情趣，而他家的花园也受到了其美国友人的赞赏。他收集艺术品的爱好一定影响了他的很多美国友人，他们把中国艺术品带回了家，我在波士顿的家庭和博物馆中见到了其中一部分。浩官 1843 年去世后，很长一段时间里依然被记得，波士顿对华贸易家族的后代们对我提到他时都带着感情。

要想找出谁是第一个踏上中国土地的波士顿人，那应该不算困

---

[1] 指清朝在广州设立的对外贸易特区内的十三家牙行。

难。但要找出第一个来波士顿的中国人，对我来说却不是件易事。我在波士顿公园位于垂蒙特街和博伊尔斯顿街（Boylston Street）之间一个角落的无名墓地里发现了一块墓碑，上面写着令我惊讶的字句：

> 此处长眠着周先生[1]的遗体，他是一位中国人，享年十九岁；他的意外死亡发生于1798年9月11日，从"波士顿麦克号"（Mac of Boston）的主桅上失足摔下。这座墓碑由他亲爱的主人小约翰·博依特（John Boit, Jr.）为纪念他而立。

他是第一个吗？我真希望能知道。

波士顿主导了对中国艺术、文学和思想的巨大兴趣，这在全球无出其右。伦敦大英博物馆中有许多中国青铜、翡翠和瓷器的精美样品，尤其是在欧默福普洛斯藏品（Eumorfopolous Collection）中。维多利亚和阿尔伯特博物馆（Victoria and Albert Museum）则有丰富的中国家具、织物、漆器等，但是欧洲没有一个城市能够像波士顿美术馆的毕格罗藏品（Bigelow Collection）一样，拥有早期中国绘画的重要典范之作。事实上，费诺罗萨（Fenollosa）和冈仓天心通过写作和讲座，在以波士顿为首的美国，为传播中国艺术做出了很大贡献。但我来波士顿太晚，无缘与他们相见，听他们的讲座。1946年5月，富田幸次郎友好地带我参观过其管理的亚洲部，他在过去五十年间为巩固这一兴趣而做出了更大的贡献。其在博物馆出版物上发表的唐代至元代的早期国画研究中，每每显露出作者的学识和对主题的细致钻研。他没有满足于费诺罗萨和冈仓时期的馆藏，而是为博物馆购入了更多中国各时期国画的优良范本，包括清代大师的作品。幸运的是，

---

[1] Chow Mandarin，墓志铭上只用了"Mandarin"一词作为此人的名字，或许因为其本名不详，生前便以"Mandarin"（中国人）相称。

他的部门似乎有足够资金可以购入新的收藏。不幸的是，今日公开销售的国画精品已很少。富田先生是个温和有礼的学者。他告诉我，在寻找优秀中国绘画作品的工作中，他得到部里一位下属、中国画家曾宪七的很多帮助。我很荣幸能成为第一个观赏一幅新到作品的人，那是 10 世纪一位太子的画作。我对他给作品的评价表示赞同。国画的美在于笔触的功力。真迹与赝品的差异微乎其微。只有那些知道如何运用中国毛笔而且亲手研习过的人，才能区别大师巧手与模仿之手的区别。富田先生知道他的笔触。波士顿美术馆亚洲部人才济济。助理馆长罗伯特·崔特·潘恩（Robert Treat Paine）除以日本艺术见长外，还进行关于瓷制和木制中国枕头的研究，并且写了一本独辟蹊径的著作。这本书刚发行时，我给他打了电话，一本题献给我的书便伴着一个开心的微笑递到了我手中，获得了一个更开心的微笑。1946年以来，我一直享受着来自亚洲部的善意和友谊，还有任何时候想要检索信息都能得到的即刻帮助。

福格艺术博物馆已故的兰登·华尔纳，比任何中国艺术在西方的学生都获得了更多成就。他不仅妥善管理了远东部，出色地编排了中国艺术的完美藏品，还特意前往敦煌，卓有成效地分析了从洞窟中收集的壁画。此外，他还培养了很多中国艺术领域的杰出学者，他们如今在遍布美国的各大博物馆和画廊中担任着领导位置。哈佛大学教授本杰明·罗兰（Benjamin Rowland）教授，兰登·华尔纳的学生之一，曾经告诉我华尔纳在激发别人对中国艺术的兴趣方面有特殊技巧。罗兰教授如今在哈佛教授远东艺术，出版了一本权威著作《印度的艺术和建筑》（*The Art and Architecture of India*），以及很多关于中国艺术的优秀论文。我还见过他拥有个人风格的很多水彩画。芬微馆的伊莎贝拉·斯蒂沃特·嘉德纳博物馆（Isabella Stewart Gardner Museum）也拥有一些别处没有的精美的中国青铜和瓷器艺术品。

哈佛大学以第二所建立中文教职的美国大学而知名。1877年，波士顿的弗朗西斯·P.奈特（Francis P. Knight）提议维持一个中文教职。在以长期任中国海关总税务司专员的E. B.杜[1]先生为首的人们的帮助下，一共筹集了八千七百五十美元基金。一位来自宁波的老学者戈鲲化[2]于1879年被指定为中文教师。1880年8月的《哈佛名册》（*Harvard Register*）月刊刊载了一位作者的如下文字：

> 1880年的开学典礼翻开了大学历史的新篇章。在集合的教师中，有一位货真价实来自古中华帝国的国民。中文教师戈鲲化的来临和使命，是为了创造他的古老祖国与我们的年轻祖国之间的神秘联系，这一点，每位多思的观察者一定都感受到了。

以此为开端的，是1921年创立的哈佛燕京学社，引领了美国所有州的中国研究。他们对中国历史、文学和思想的研究做出了巨大贡献，如今正在进行一个研究中国经济的特别项目。除此之外，裘开明[3]博士告诉我，他于1927年被邀请来参加组建哈佛中日图书馆[4]，从那时到现在一直在进行这项工作。他是在这一领域工作的最初几人之一，而中日图书馆的规模只亚于国会图书馆东方部。在波士顿地区，中国活灵活现。

我曾在其麻省剑桥家中暂居的中文教授杨联陞，曾给我看过一张首位中文教师戈鲲化的照片。他告诉了我关于戈的一件小事。戈来哈佛时带了一位仆人。校方把哈佛园中一幢建筑的二楼拨给戈使用，

---

[1] E. B. Dew，原文疑拼写错误，此人的名字应为 Edward Bangs Drew。
[2] 戈抵达哈佛时的年龄为四十一岁。
[3] 哈佛燕京图书馆首任馆长。
[4] Chinese-Japanese Library，该图书馆1928年在哈佛威德纳图书馆转出的4526册中文图书和1668册日文图书的基础上创建，即现在的哈佛燕京图书馆。

而他的仆人被安置到这幢建筑的阁楼上。当戈了解此事后，执意搬到阁楼居住，让仆人住二楼。他的理由是仆人不该比主人住得更高。我对杨说："我想这算是谨遵儒家之道吧。"我们都笑了。接着，我问杨：来哈佛任教时是否带了仆人？

"我们希望麻省理工学院能做一项研究，统一我们的肤色、尺寸和身高。"

波士顿兄弟

我把波士顿和麻省剑桥视为两兄弟，至少对于文学圈子里的文学和学术双胞胎来说是如此。我曾经读到过，在 1630—1647 年之间，大约一百名大学生从英国来到了麻省海湾殖民地。他们大多在波士顿或剑桥方圆五英里之内定居下来。虽然其中以神职人员居多，但余下的来自各行各业，所以在波士顿和剑桥，社会气氛一开始就是有学识有教养的。所以，波士顿、剑桥和周边如今有这么多高等院校并不奇怪。在它们中间，剑桥的哈佛学院是全美国历史最悠久的。

奇怪的是，我于 1952 年离开英国，计划来看波士顿，却先熟悉了剑桥。这是因为我的朋友中文教授杨联陞住在剑桥。我曾经跟随他走遍哈佛园，认识了一幢又一幢建筑。这些建筑从一开始就令我迷惑，因为我早已习惯了牛津大学黄色的、温暖的石材。渐渐地，每幢建筑都向我展示了它的个性和在群体中的位置。哈佛园的树木让建筑们彼此相处和谐，它们打破了直线，屏蔽了在建筑间进行比较的目光。不同季节的树叶给墙壁染上不同颜色，而枝繁叶茂时又可改变建筑的轮廓。冬天，暗色的树干和树枝在校园中央形成了复杂交织的图案，而建筑的红砖则给地上的白雪映上了一层红色光晕。哈佛园和树木成就了一所哈佛大学。其他美国大学的"大学校园"一词应该都是后来的发明了。哈佛很明智地没有采用牛津大学里那些带着新鲜草坪的方庭设计。哈佛是一所与时俱进的大学，很多建筑都体现了这一点。

虽然不是学建筑的，但我还是能感受到大学小圣堂洁净的白色尖顶，威德纳纪念图书馆的辉煌立面，尤其是它的科林斯式柱子和宽大的花岗石台阶，两者的雅致与庄严构成了一种令人愉悦的平衡。人们可能会料到威德纳图书馆前会有一条长长的开阔地带，以此来增强它的宏大存在感，但校园里的树木却给了它一种深度。假如没有树木的话，大学小圣堂可能会看起来太过暴露，和威德纳图书馆坚实的柱廊和强大的石柱相比过于秀气。如今，两座建筑在树冠上方或是树叶间的孔洞中交换着微笑。

大部分树木都是美国榆树，高大有礼。但小圣堂一侧的一棵松树特别吸引我的注意。在博伊尔斯顿大厦（Boylston Hall）附近有一棵更小的松树。10世纪以来，松树一直是中国艺术家喜爱的主题。它们有一种特殊的气质，能够独立于林。它们在中国乡下和山中广泛生长，尤其是在中国多石的山区，其他树木因为缺土而无法生长，它们却能枝繁叶茂。它们强壮扭绞的树干和树枝是自然和美学形式的呈现。它们适合用中国式的毛笔作画，以令人激赏的形象融入了中国式的艺术构图。带着些微蓝色的绿色松针和多鳞的赭石色树皮，让它们在园林中有很强的装饰功能，一直都是中国园林设计的重要元素。公元前5世纪的孔子曾有言："岁寒然后知松柏之后凋也。"公元前4世纪的庄子盛赞了松柏在霜雪天气中的活力。他说道："岁不寒，无以知松柏；事不难，无以知君子。"[1] 自从有这些说法以来，松树已经在

---

[1] 此句语出《荀子·大略》。

162

中国人的精神世界里变成了一个性格坚毅的君子的象征，一个长寿的象征。于我而言，哈佛园里的三棵松树体现了这所伟大的学校会永远开办下去，而它的学者们也会继续性格坚定。

我了解到，威德纳图书馆藏有五百万册图书。它也许是美国乃至全世界最大的大学图书馆。我不确定。在楼梯间看见萨金特的壁画之前，我便读到过当年它们完工后在哈佛学生中引发的争议。这些壁画展现的是美国青年在第一次世界大战中所扮演的角色。从手法上来说，萨金特用他无法模仿的技艺泼洒颜料，就像他在波士顿公立博物馆、波士顿美术馆和芬微馆的嘉德纳博物馆的作品一样。他被赞誉为当时还活着的最伟大的艺人。当时，他的任何作品都会激起他已经知名的各个圈子的热情。我并不怀疑这种热情的真实，但倾向于认为其中也有时尚的因素。这很自然。今天的知名艺术家也有他们的追随者。艺术家死后，他的作品才会被客观真实地评价。萨金特的名字自然会留存下去，但在我看来，并不是他全部作品都会得到永恒的赞誉。这对于很多伟大艺术家来说都是如此。许多人把对这些壁画的争议归结于艺术趣味的变迁和今日欣赏艺术的新趋势，但我认为欣赏艺术的当代趋势是我们对万物感受变迁的结果。艺术最初为宗教服务，随即被王公贵戚把持，后来的功能又变成为英雄事迹和名利成就歌功颂德，如今它被用来表达人类意识和潜意识的复杂度。赞颂英雄事迹只是一个暂时的阶段。一大批哈佛学生提交请愿要求除去威德纳博物馆壁画，是因为作品主题，并非针对艺术家本人。那些想要用大批现代艺术装饰现代建筑的人应该以此为鉴。为一座巨大建筑完成一项重要的建筑设计确实是艰巨的，而内部装饰也许更为艰巨，假如目标是想要它永远不过时的话。今天，我们的目标依旧是持久的价值吗？

大学大厦（University Hall）是一座比例匀称的建筑，正面覆盖着柔和的常青藤，坐落在几近校园中央的位置，面对着主干道。在我到达剑桥后不久，一位波士顿摄影师被派来给杨教授和我拍照，目的是为了给华盛顿的国务院信息服务局出版的《世界》杂志供稿。我们一共被拍了两张照片，一张是在威德纳图书馆的台阶上，另一张则在大学大厦前方，离约翰·哈佛的铜像很近。摄影师离去后，杨把雕像基座上的铭文指给我看："约翰·哈佛，创始人，1638"。

一位友人曾经告诉我，它以"三个谎言的雕像"而知名。其一是，哈佛创立于1636年而非1638年。其二是，约翰·哈佛与哈佛毫无关系。其三是，雕像的原型是一个虚构人物，而非约翰·哈佛本人，因为无人知道他的相貌。我感到很迷惑。我觉得那段铭文并不寻常。在"创始人"后面并没有写下出生和死亡日期。假如雕塑家丹尼尔·切斯特·法朗士（Daniel Chester French）在1638年前加上一个字母d[1]，便能去掉一个可能的谎言。一个众所周知的事实是，约翰·哈佛确实将他的藏书和财产作为遗赠给了大学。塞缪尔·莫里森（Samuel Morison）教授曾写道："这套

哈佛："他们从不怀疑我。"

（藏书）确实是得益于约翰·哈佛的天主教研修和良好的品位……这样一套书能够被带到一个人们开始定居才七年的国家，是清教徒希望在新世界保持智识标准的有力证据。"所以并不能说约翰·哈佛与哈佛毫无关系。"创始人"一词也许仅仅是用词错误。至于雕像相貌的

---

[1] 意为注明此人的去世年份。

相似度，丹尼尔·法朗士是何时完成这一作品的？关键是大学如何以及为何取名为哈佛的。我饶有兴趣地阅读了伦敦哈佛俱乐部秘书发布的这段文字：

> 约翰·哈佛受洗三百五十周年典礼会，将于 11 月 29 日周五 5 点 15 分，作为特别活动在南华克大教堂（Southwark Cathedral）举行。教务长和领诗者皆会莅临，南华克大主教会讲话。
>
> 诚盼各位哈佛人士携亲友参加。

既然哈佛人自己都已经接受了约翰·哈佛，别人又为何要操心？我对友人说，我们中国人相信西方人总有过去几百年的细致记录，但还是找不到这件事的出处。我们自己又如何去了解千年前汉唐时期的人与事呢？他给了我一个坚定的微笑。

我和大学大厦另有个人联系。大卫·麦克柯德问我是否愿意为哈佛基金记事簿做一个哈佛园的设计。在园中漫步一阵之后，我决定选择大学大厦为主题。当作品完工后，大卫和他的友人们对亮红色的常青藤感觉有点不适应。他们说，常青藤应该总是青色的。我把它画成红色，是因为回忆起九月英格兰牛津很多学院墙上红色的爬藤，觉得温暖的大学大厦应该用一些印度之夏的色彩去增色。奇怪的是，新英格兰人喜欢康涅狄格、佛蒙特和新罕布什尔的印度之夏色彩，但在家时却想不起它。

哈佛园中有一座建筑不是红砖砌就，而是有着浅黄色的大墙。它便是沃兹沃思小楼，建于 1726 年，曾是哈佛各届校长的府邸。哈佛基金委员会秘书大卫·麦克柯德的办公室在楼里。自我们结交以来，只要我在剑桥，便会在下班时间造访他的办公室。听说拉尔夫·沃尔多·爱默生担任"校长信使"时，他也曾经和我从同一扇门出入此楼，脚步遍及哈佛。我并不想和伟人相提并论，但我们生活中确实有这些奇妙而确凿的巧合，让我觉得和他的名字放在一起给自己带来了力量。爱默生生于1803年，我生于1903年。爱默生于1833年首次踏足英国，我于1933年从中国抵达英国。然后我们就分道扬镳了。爱默生没在英国停留很久，他无需学习语言，而且在英国能看见的在美国都能看见。我在英国待了二十多年，偶尔访问美国和其他国家。在哈佛，我像他一样随意进出沃兹沃思小楼，但不能像他一样能幸运地以此为职在哈佛行走。大卫从自己的办公室里能看见鸟儿、花栗鼠、松鼠和哈佛园中五棵巨大的山毛榉。他经常建议我们走到露天去近观他的那些树。他发展了很多关于它们的理论。每棵树，甚至每根枝丫，对他来说都有特殊意义。他对其中两棵山毛榉美丽形态的赞美，我非常欣赏。通过大卫，我能感受到哈佛人是如何喜欢哈佛园和其中的树木。

谈起哈佛园里的树木，我不禁要表达我对阿加西博物馆[1]中不寻常的花草收藏的叹服。我买了本小册子，上面印着一朵正在开花的枝条的彩照，还有很多其他植物的黑白照片。当我了解到它们都是用玻璃制作的，实在难以相信自己的眼睛，因为我一直认定它们是真实植物的照片。令我叹服的是，展柜中的各种花卉植物全都是由玻璃制作的，包括那些细微的毛发状的雄蕊和雌蕊。这虽然看似完全不可能，但却是事实。我对人类手指和大脑的智慧感到惊叹。我用"手指"这个词也许不恰当。我曾经花了五年时间学习化学，学会了如何烧制细长的玻璃管，但我从不敢用手触摸玻璃，因为它实在太烫了。我也许

---

[1] Agassiz Museum，全名为路易斯·阿加西比较动物学博物馆，现在是哈佛自然历史博物馆的一部分。

不该用自己有限的经验去判断这件事。

阿加西博物馆的老馆员照看这些玻璃花想必已经很多年。他慢慢向我走来，轻叹着说，玻璃花实在太纤弱，很多已经不完整，或是遭受了无法修补的损伤。他还补充说，博物馆的地面没有为如此脆弱的展品进行特殊施工。游客沉重的脚步会导致展柜里小花们的雄蕊和雌蕊发生震动，虽然这样的运动人眼是无法察觉的。

接着，我了解到玻璃花藏品是如何诞生和来到哈佛的。它是古戴尔[1]教授的主意。他于1886年去德国德累斯顿拜访列奥波德·布拉施卡（Leopold Blaschka），商讨为他的植物学课程制作玻璃植物标本事宜。以巧手制造各种精美模型而知名的布拉施卡是一位波希米亚式艺术家，对钱财毫无兴趣。他以自己对植物学一无所知为由，断然拒绝了要求。正要离去的古戴尔教授对门边一丛小巧的蝴蝶兰随口发出了赞叹。布拉施卡大笑起来，说这些兰花是玻璃做的。他于是被逮个正着，只好许诺试着做做。他的儿子鲁道夫·布拉施卡来到哈佛学习，带回很多来自美洲沙漠和热带的植物，用于父子二人的研习。通过他们漫长而不懈的努力，几千株花卉模型被运到了哈佛。他们在盒子里包装玻璃模型的方法据说也是极尽智慧。1895年，鲁道夫·布拉施卡再度赴美，在弗吉尼亚制作一套花卉，但被父亲的死讯突然召回。后来，当儿子的便独自继续制作模型。除了儿子外，老布拉施卡不愿意培训任何学徒和助手。鲁道夫也是如此。不幸的是，鲁道夫没有子嗣，于是这艺术便跟着他一起消亡了。这真是一个遗憾。如此的巧匠在中国并不罕见。我们有很多相似的故事，比如能够利用一块玉料中的不同颜色雕出绝妙图案的玉石匠人，以及在象牙尖端雕出互相套叠而无需转轴的十个或十二个球体的象牙雕刻者。这些人都不要学

---

[1] 乔治·林肯·古戴尔，哈佛植物学博物馆创建者。

徒，技艺便随着他们去世而失传了。确实，所有形式的中国艺术，包括青铜、玉器、牙雕、漆器、木器和石器，它们全面体现了中国人的技巧，都享誉世界。但对于中国艺术家来说，玻璃从来就没有成为一种良好的创作媒质，虽然我们也制作过一些精美的玻璃器皿。中国没有过布拉施卡。但我想一些中国工匠的聪慧应该能帮助他们用陶瓷、象牙和木材做出和布拉施卡用玻璃做出的一样好的模型。不幸的是，我们没有像古戴尔这样的植物学家。

最近我才访问了芝加哥自然史博物馆，最令我激赏的是他们的植物展览，和布拉施卡的玻璃花一样令人迷醉。所有展品都是真实尺寸，很多会轻易被误以为是来自南美丛林的真实植物，最小的花朵里也都有最纤细的雄蕊和雌蕊。我立刻意识到，虽然布拉施卡的艺术已经和父子俩一起消亡，但一种类似的艺术已在芝加哥生长。我希望能见到艺术家们，了解他们的方法，但因时间而未能如愿。幸运的是，中国艺术和工艺品部的负责人肯尼斯·斯塔（Kenneth Starr）博士给我简单介绍了这些复制品的制作方法。

复制使用了多种材料。茎和木质部分一般用蜡覆盖在铁丝网骨架上制作。蜡也被用于制作大果子（空心浇铸）和大叶片。各种塑料（纤维素、醋酸丁酯纤维素）被用于叶片、小莓果、开放的花瓣等。石膏只用于空心铸造非常大的果子。玻璃被用于最精巧的部位，比如花朵的雄蕊和雌蕊，以及小莓果等。最后这一点是我感到最有趣的，因为我想布拉施卡的艺术还没有灭绝。一定有人到阿加西博物馆研究了他的作品，然后以他仿制自然的方法仿制了他的方法。看到今天的年轻学生们能有如此精美的植物标本用于学习，我为他们感到幸运。确实，今天的美国青少年比他们在世界上很多地区的兄弟姐妹们都幸运得多。既然有这样的优势，他们难道不应该更有作为吗？而我的另一个感想是，无论人类的大脑多么聪明，布拉施卡父子等人依然只是复制者而不是创造者。大自然依旧是真正的艺术家。我们中国人，也许还有很多东方人，都认为西方文明的目标是克服自然或是征服自然。但假如估量一下产量与资源的多少，人类的努力和大自然相比几乎可以被忽略。比如，自然穷尽各种颜色创造了无数花朵和鸟羽，其中并没有令人类视觉感到过于不适或反感的类型。但我们用同样的那些色彩创造了什么？人类总是对大自然之力的神秘感到困惑。人类最初对大自然感到畏惧，然后开始探察她，然后研究和模仿她至今，但大自然依然拥有无尽的神秘。大自然为何给孔雀制作了如此惊艳的羽毛，却给了它那样一种声音？大自然为何给了猪一张愚蠢的面孔，虽然它根本不是愚蠢的动物？在我的余生里，这些问题是得不到解答的。

我听说，研究人类自己的最好去处是神学大道（Divinity Avenue）边的皮博蒂博物馆[1]。我于是去参观了一次，不是为了了解我最久远的祖先，而是观看那些吸引人的展览——玛雅、阿兹台克、墨西哥，等等。我总有一种信念，那就是我们中国的祖先和美洲印第安人的祖先，在非常久远的古代有过密切的关系。展品中某些头饰的设计与商代和早期周朝的青铜器的设计有惊人的相似之处。目前虽然还没有关于古代中国和古代美国的关系的系统研究，但很多人已经涉足了相关主题。在皮博蒂考古学和民族学博物馆最近出版的《纳瓦霍象征主义研究》（*A Study of Navajo Symbolim*）一书中，收有玛丽·C. 威尔怀特（Mary C. Wheelwright）小姐的论文"世界不同地区相关符号的研究"（"Notes on Corresponding Symbols in Various Parts of the World"），文中讨论了纳瓦霍思想和中国思想的很多相似之处。她说，纳瓦霍沙画中的太阳、月亮、地母、天父和风暴，总是长着代表力量的角。按

---

[1] 此处是指哈佛大学的皮博蒂考古学和民族学博物馆，与前文所提塞勒姆的皮博蒂博物馆不同。

照她的观点，以公牛、大角鹿或是羚羊为实例的长角动物是所有古代人种中最早的力量源泉之一。这令我产生了浓厚兴趣，因为对公元前16世纪商代早期青铜艺术中的动物主题而言，这或许是一种更合理的解释。这个主题是一种中文名叫"饕餮"的设计图案，它是某种长角动物的食人魔般的头部，有硕大的口鼻和圆瞪的巨眼。中国几乎每件早期青铜器和其他古物上都有它的形象。很显然，它在中国古人的神话中占据了重要位置。但是，还没有任何东西方学者找到它所代表的确切含义。很多人只是称其为怪物面具或是食人魔面具，而关于它的古代文献也无从寻觅。"饕餮"一名是由宋代的某位学者兼鉴赏家起的。这两个中国字放在一起的字面意思是"贪食的动物"，听起来非常切意，因为这些青铜容器的主要功能便是用来盛放食物或美酒。每件器物上的饕餮设计虽然各有不同，但都是长角动物的脑袋。使用它，或许只是中国古人表现对力量之敬仰的一种传统风俗。我想，在最久远的年代中，古人还没有找到狩猎和自卫的方法，便想到了公牛、雄鹿或是山羊这类长角动物，它们都拥有能用于防御的良好武器。中国从来也没有狮子，人们也不熟悉老虎，古人在设计饕餮时便发挥了最自由的想象力。这或许也解释了中国"龙"的形象，一种极尽想象虚构出来的强大而慈悲的动物，自从久远的古代便象征着皇家统治者，它也长角。

剑桥令我尴尬过不止一次。最尴尬的时刻是1953年哈佛与耶鲁的橄榄球赛上。阿瑟·沃尔沃思给我搞到了一张票。赛前三天，约翰·尼科尔斯[1]先生写信告诉我一定要到波士顿的哈佛俱乐部里去见见他的儿子，哈佛队队长。我们见了面并热烈握手。小约翰·尼科尔

---

[1] John Nichols，应指约翰·崔德威·尼科尔斯，哈佛毕业的美国鱼类学和鸟类学家。

斯先生与其他美国青年并没有什么不同，作为橄榄球队队长，自然体格强壮。我对他俩承诺说一定会去看比赛。比赛那天是一个灰蒙蒙的英国式天气，寒冷，刚开始还下了点雪。只有几个应该是来自拉德克利夫学院[1]的姑娘穿着鲜艳的红黄色套头衫，在阴沉的天空下添了些或远或近的亮点。去往哈佛体育场的路上，越往前走人群越密。我不久便在阿瑟·沃尔沃思和他的朋友之间坐下了。全场很快满座。号角吹响，鼓乐齐鸣。一两个小丑模样的生物东奔西跑，手舞足蹈，一大群穿了礼服的年轻男士在我们对面最下面一排的长凳上全力歌唱，但因为逆风，歌词我一个字也听不见。随后，一些穿着红白条花纹服装的年轻男士走到场地中央，行走着变出几个图案，其中一个是年份：1953。这些都超出了我对英式足球，特别是牛津剑桥对抗赛的了解，我很好奇有多少人参赛。很快，另一批统一着装的人进场代替了前一拨人。我伸直脖子想看看能否认出魁梧的哈佛队长，但他们在场地里像是一团模糊的暗影。有人给我借了一副望远镜。我没看见小尼科尔斯先生，只看见一个高大的年轻人，挺着非常显眼的方块形肩膀，像极了大理石制的美塞瑞斯巨像。后者来自吉萨的美塞瑞斯金字塔神殿，诞生于公元前2595—公元前2570年左右，属于古埃及第四王朝，我在波士顿美术馆参观过。在我眼中，其他队员也全是埃及人。当我仍在眺望时，阿瑟和他的朋友突然蹦起来疯狂鼓掌。每个人都是如此。片刻之后他们又再度跳跃，口中叫喊着"啊"。这一举动一次次重复。我不知道是为什么，但自己也跟着跳起来。当友人大笑时，我也禁不住大笑，就像下面这个中国笑话中的盲人：

　　一瞽者与众人同坐，众人有所见而笑，瞽者亦笑。众问之

---

[1]　Radcliffe，剑桥的女子文理学院，后与哈佛合并。

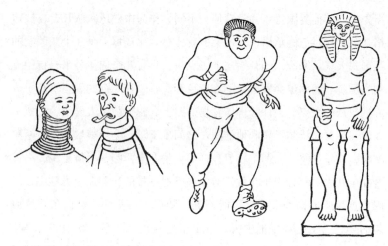

牛津的"长颈鹿人"和哈佛的现代美塞瑞斯

曰:"汝何所见而笑?"瞽者曰:"列位所笑,定然不差,难道是骗我的?"[1]

于是我彻底信任了友人,耐心等待比赛开始。最终我忍不住问:"比赛何时才开始啊?"话音未落,便是又一次跳跃,以及因为场地中央发生的某个状况而发出的雷鸣般的笑声。阿瑟说:"比赛已经进行一半啦,这是美式足球,不是英式橄榄球(Rugby)!"我在沮丧中坐下,自忖道:"我还没看到球被踢过一次。他们比赛用的是手和肩,而不是双脚。他们应该把这种比赛叫手球,而不是足球。好吧,这是美国,不是英国。"我安静下来,意识到方才自己是在犯傻,而现在也不想再问更多问题让情况恶化。事实上,我不是运动健将,也对足球或"手球"知之甚少。我来现场只是为了信守对尼科尔斯和他的队长儿子的诺言。

---

[1] 来自《笑林广记·形体部》之《瞽笑》,此处直接使用了《笑林广记》原文。

足球还是手球？

接下来是更多的喊叫和欢笑。周围的人们继续着跃起和坐下。我感觉自己像是在纽约布鲁克林动物园的猴山，看僧帽猴们不断跃起和坐下，等待饲养员送来瓜果。另一阵巨大的笑声响起。周围的喧闹愈演愈烈。许多人不再坐下，而是渐渐远离了座位。有些人甚至站到座位上把帽子抛向空中，喊叫，歌唱，但都是我不熟的曲子。比赛终于结束了。我悄声问友人：哪边赢了？得到的激动回答是："耶鲁，当然。我是耶鲁的支持者。"这对我来说实在难以承受。我坐错了位置，坐到了耶鲁一边。我一声不吭打算溜走，不幸的是右手被友人抓住了，他拉我去看美式"足球"比赛盛典的最后一幕。球员们奔向球门柱，把门柱放倒并且残酷无情地砸碎。我听说，如果谁能抢到一块碎片，便会把它供奉在家中的显著位置，就像一件最珍贵的纪念品。双方的支持者都想抢到一片木头吗？我问。"当然主要是获胜一方。"这个"当然"让我不由得把手从朋友手中抽了出来，然后借口说我得回灯塔山上平克尼大街的寓所去了。我本来是打算在赛后找到尼科尔斯先生并且再和他的队长儿子握手的。但是如今我不敢了。我感到非

173

常沮丧。虽然美国人和英国人语言相同，但做事方法在各方面都非常不同。足球比赛最初肯定源自英国，但美国人渐渐发展出新的规则，直至它变成一种完全不同的比赛。西方人倾向于想象中国人做事方法与他们不同，而如今我了解到，美国人自己是用手进行足球赛的。所以，这一切真的重要吗？但无论如何，在哈佛耶鲁比赛的那一天，我本应该坐在哈佛那一边。

我在波士顿住下没多久，有人就告诉我哈佛人是能被认出来的，但不会对他有太多了解。在波士顿和剑桥居住几个月后，我明白了后半句的意思。但我还是不太能分辨出一个哈佛人！也许早年要容易得多，因为那时生计不同的人打扮也不同。英国人是如此，中国人是如此，早年的美国人也是如此。我当然不是指美国印第安人的不同部落。我观看过去哈佛人的蚀刻版画和照片时，能发现貌似哈佛园中约翰·哈佛雕像的清教徒哈佛人、乔治王时代英国的哈佛人、维多利亚时代英国的哈佛人，以及四十年前圆顶硬礼帽英国风格的哈佛人。最有趣的是，当我翻阅1900—1914年间橄榄球赛观众的照片时，发现几乎每个戴着黑色圆顶硬礼帽的男人都像英国人。在"二战"前的伦敦，我曾见过城里的银行家和股票交易员头戴圆顶礼帽，但在别处很少见到。战争期间，没有人戴它。战后，圆顶礼帽小小地回归了一次。不过，头戴一顶突出的圆顶礼帽的绝对是英国人，而不是别人。我不知道英国1933年前的情况，但当我那年到达的时候，英国式的西服和帽子正是全世界最时尚的。不奇怪，哈佛和耶鲁球赛的观众曾经都喜欢戴圆顶礼帽。不过我没法确定他们都是哈佛人。他们当然也有可能是耶鲁人。而现在哈佛人和耶鲁人都不怎么戴帽子了。

对我来说，辨认牛津人和辨认哈佛人一样困难。但我在牛津居住时更有技巧。和新结识的人交谈时，我会随便地把"剑桥"这个词带出来，因为对方可能属于两所大学中的一所。这样的话，我总会听到一些回应，帮我作出判断。当我在波士顿和纽约时也如法炮制，使用耶鲁一词，以分辨出哈佛人，但从没有成功过。我听到的有可能是哥伦比亚、普林斯顿、密歇根或是芝加哥。我的另一个诡计是谈论父辈和祖父辈，效果倒更好些。这个诡计在今天的牛津应该是行不通了，因为我的绝大部分英国朋友，如果有两个儿子，都会告诉我他们希望一个儿子去牛津，另一个去剑桥。所以一个剑桥人可能会有一个牛津人当祖父，反之亦然。但一个哈佛祖父会有一个哈佛儿子和哈佛孙子，一直传下去。不仅如此，他还会想有一个拉德克利夫孙女。

当我正热衷于实验自己的诡计时，一位中国朋友轻慢地说我这是在瞎忙。我想，人生其实就是充满了瞎忙。一个人让自己瞎忙的能力可以用来衡量他享受生活的程度。

一个牛津本科生或研究生是可以辨认出来的，通过他的烟斗，通过脖子上围了一圈又一圈让他像个长颈鹿的彩色羊毛围巾，和他的灯芯绒裤子。新学生总是穿件像夹克的短黑袍。一个哈佛本科生可能会抽烟斗或是穿灯芯绒裤子，但很少会在脖子上缠羊毛围巾，更不要说是一条长围巾，而且根本不会穿任何袍子。为了能找到关于哈佛人的特点，我去过拉蒙特图书馆（Lamont Library）数次。图书馆本身是一个艺术家的天堂，因为那里有可以用于写生的所有难以想象和理喻的姿势。我到剑桥还不够久。本科生们在公寓中的活动我并不了解，但我走过哈佛园时，经常会听见窗内传来唱片播放的乐声。哈佛乐队在春天似乎比在冬天更卖力排练。我带着感伤怀念的，是每个学期牛津学生会举行的辩论。

哈佛有一件东西是我在其他地方从未见过的，那便是装书的绿色布袋。虽然哈佛本科生不是人手一个，但很多人都在用。拿它的方法似乎有很多种，我为此画了一幅画。令我困惑的是，哈佛学生为何

要随身带这么些书。我不记得见过牛津学生这样做。是哈佛学生比牛津同龄人花更多时间读书吗？牛津学生的下午都是聚会，主要是茶会，这个活动哈佛学生可能从没听说过，他们只知道波士顿茶党。

洛威尔楼的楼长埃利奥特·珀金斯（Elliott Perkins）博士，和此楼的前任高级教员沃尔特·白山博士，背这个绿色布袋都有各自的方式。白山博士用右手攥住布袋顶端，而左手拿着一支烟斗，随着他的步履慢慢上下摇摆，就像莎士比亚戏剧中的约翰·法斯塔夫爵士（Sir John Falstaff）。珀金斯博士则把包甩到右肩上，右手抓住包绳，坚定地行走，眼光直视前方，嘴唇紧闭。因为两位的好意，我能在洛威尔楼的高桌（high table）品尝到一顿盛宴。这场晚宴是为了对在本学期诺顿讲座（Norton Lectures）演讲的赫伯特·里德爵士[1]致敬而举办的。洛威尔楼是全美唯一拥有高桌传统的学院[2]，这一传统由洛威尔楼首任楼长朱利安·L.柯立芝[3]创立的。他是个牛津人，非

---

[1] Sir Herbert Read，英国诗人、文学评论家、无政府主义者。
[2] 此处所指的学院，是源于牛津和剑桥的、根据学生在校内居住情况划分的管理单元，并非通常意义上以学术领域划分的学院。
[3] Julian L. Coolidge，美国数学家，曾任哈佛数学系主任。

常喜欢高桌这一想法。牛津的习俗是这样的：学院学生坐在低桌，当楼长带着他的客人、教授们和教员们鱼贯而入时全体起立；就座前，楼长用拉丁语祷告。洛威尔楼不是这样。珀金斯教授带领赫伯特·里德爵士和我们走向高桌后，大厅很快便充满了愉快的聊天，每个人都吃得兴高采烈。我被安排到了两位在数月后就会拿到博士学位的年轻哈佛人之间。两位都很开朗，有很多事乐于告诉彼此和我。话题不知如何就转到约会上，这个话题我还有很多需要学习的。我的两位邻座各有一套伟大的理论。其中一位根据年龄细微差异建立了一个约会系统，精确到了日子和星期，连从女方住处到约会地点的距离都考虑在内。另一位说他自从来到哈佛之后没有一天不在约会。很多时候一天有两三个。我评论说那么时间必须非常精确，这应该会让他很操心。我还想到，耳朵后面应该挂个助听器式的小闹钟。幸运的是，大部分哈佛学生都有自己的车，能迅速抵达目的地。我的第二位邻座表达了他对卫斯理女子学院[1]的偏好，因为他觉得拉德克利夫太近，会有太多闲言碎语。在聆听了这一切之后，我意识到哈佛学生和他们的牛津兄弟有着一样多的闲暇。英式教育体系给中学生很大压力。《笨拙》（Punch）杂志曾经刊登过一幅漫画：一个十七岁的年轻人伏案勤奋，而他父亲正在招待一位来拜访的友人。客人注意到了年轻人的用功，对他说："别太卖力了。"但那位父亲反驳道："不用理他。他会在牛津度三年假。"无疑，所有的哈佛本科生也都在哈佛度着假。

在我的经历中，1953 年 6 月 11 日的毕业典礼上见到的哈佛人是最多的，老老少少在剑桥三百年剧院（Tercentenary Theatre）共济一堂。杨教授挑选了座位，拿到了给他全家和我的票。当他参加典礼中的学院游行时，我会负责照顾家人。杨夫人、女儿"丽莉"恕立、儿

---

[1]　Wellesley College，位于波士顿城西卫斯理镇的著名女子文理学院。

子"汤米"德正和我很早就来到座位边。很多座位还是空的。我们坐下观察别人，特别是那些从各处鱼贯而出的身着亮色礼裙的女士们。这对于哈佛人及其家人是愉快的一天。校园的整个空间很快便被挤满了，我们的视线只能触及身边的两三排人。就在方才，我还能环顾四周，但现在我只能看见其他宾客的脑袋。这是个明媚的晴天，温暖但不炎热。一阵轻风悄悄在脑袋们之间飘过。我看见山毛榉树叶时而顺时针转动时而逆时针转动，就像有一只无形之手在让它们为这一盛事起舞，共同欢乐。我找不到一张沉郁的面孔。我经常在牛津大学的谢尔顿剧院（Sheldonian Theatre）观看毕业典礼，但参加哈佛毕业典礼，这是第一次。从我坐的位置看不清究竟。一排移动着的脑袋出现在中央，慢慢地，身着长袍的人影登上舞台就座。大学合唱团高唱的毕业颂歌从大学大厦台阶那边传过来。我能看见指挥的上半个背影，他用力挥舞手臂，袍袖在空中舞动。我迅速画了一幅简单的铅笔速写。突然间，一道愉快的雷电从舞台破空而来——"致意！致意！！致意！！！"纳桑·阿尔弗雷德·哈沃斯托克（Nathan Alfred Haverstock）正在向我们发表他的拉丁语致意文"关于未来"（*De Rebus Futuris*）。除了"致意"外，我一个词都听不清，但演讲者欢乐的声音、开朗的微笑、伸展的双手、身体后仰并且画着半圆摇摆的姿势，让致意极其有效。在罗杰·艾伦·摩尔（Roger Allen Moore）关于国会、苏格拉底和哈佛的英语演讲之后，大学校长詹姆斯·布莱恩特·柯南特（James Bryant Conant）向院长、楼长和校长代表的学生以及荣誉博士获得者颁发了各种学位。最后，大部分观众和典礼参加者在哈佛园的另一区域分享了美味的火腿火鸡三明治。牛津可邀请不起如此多的嘉宾。午饭时，一大群头戴礼帽身穿黑色或灰色燕尾服的人，每人手中拿着一支黑色短棒，在校园里走动，不时分为小群谈话。他们令我想起了我在英国德比见到的团体。他们是督学，大学的重要组成，那支短棒是他们权威的象征。

1955 年 9 月，我在纽约哥伦比亚大学开了一堂关于中国文化概览的课程，在那之后，很多未曾期待的体验从天而降。其一是被邀请在 1956 年 6 月 11 日，也就是毕业典礼前一天，在哈佛大学对美国优等生联谊会发表年度演讲。这是我得到过的最高荣誉，但收到邀请时却有些不知所措。我不知如何应对这样一个场面。有人建议我应该论述中国学者，我觉得那确实是个非常应景的主题，因为在同样的场合中，伟大的爱默生曾经发表过"美国学者"这一演讲。但深思熟虑之后，我意识到自己应该谈论的是中国画家。这一选择有很多原因。主要原因是"中国学者"这一主题涵盖很广，无法用一次简洁的研究去总结，特别是中文里的"士"或者"学者"一词，虽然历史悠久，但词义模糊，甚至双关。另一方面，我发现爱默生的漫长演讲里只提到四次"美国"。假如除去那四个词，他关于像人一样思考的人或称"学者"的演说，是针对全世界的。他的"自立更生"之信条不仅是给美国学者的，也是给全世界学者的；不仅给同时代人，也给所有世代的人。不幸的是，在爱默生的时代，他不得不发表一个更有特指的宣言，于是他的演讲便成了美国的"知识分子独立宣言"。我认为这是无法避免的误导。我们当代人是文化交汇的产品，区分我们对突出我们并没有帮助。在学派和技术之下，埋藏着人类与大自然的诗性真理，那是所有文明的基础。需要获得认可的是人类文明，而不是国家文化。

演讲前夜，埃利奥特·珀金斯博士友好地邀请我在洛威尔楼提供给客人和牧师的房间里住宿。我度过了很舒适的一夜。在穿上中国传统服装之后，我被穿着伦敦大学红袍的沃尔特·白山带走了。他是美国优等生联谊会哈佛分会的主执法官。我们随后在楼门附近和穿着哈佛黑袍的珀金斯博士碰头，走向哈佛园，那儿有很多穿了袍服

洛威尔楼的家庭聚会

的教授和院长在大学大厦附近站立等候。大学校长内森·马什·普西（Nathan March Pusey）来了。在很多寒暄之后，一支鼓笛队带领游行队伍走向大纪念馆（Memorial Hall）的山德斯剧院（Sanders Theatre）。主执法官走在鼓手们后面，然后是校长、优等生联谊会哈佛分会会长、洛威尔楼楼长和研究生院院长。塔夫茨大学[1]的约翰·霍姆斯[2]的教授与我并肩走着，后面跟着大批教授。在开场祈祷和范怀克·布鲁克斯的会长发言之后，霍姆斯教授在我的演讲前朗诵了他的优美长诗。随后，我们参加了哈佛分会在福格博物馆举行的午餐聚会，八位新当选的会员被给予褒奖和颁发证书。波士顿广播公司录制了我的演讲，当晚在电台播出。我被告知自己是有史以来第二个被邀请对优等生联谊会发表年度演讲的东方人，而第一人是泰戈尔。这更令我感到了无上的荣誉。这对我来说是值得记忆的一天。

　　我被邀请参加毕业典礼当天的游行，便在洛威尔楼多住了两夜。

---

[1] Tufts University，位于梅德福德镇，西临剑桥。
[2] John Holmes，美国诗人、评论家，生于毗邻梅德福德和剑桥的索玛维尔镇。

照例，一个穿苏格兰格子服的风笛手在清晨 6 点半唤醒了我们。在餐厅里，珀金斯博士对那些在毕业典礼后就会离开洛威尔楼的学生发表了一篇感人的告别演讲。接着我们一起到了哈佛园。当我们走过马萨诸塞大街时，三位警察特意为我们拦住了车流。我们在哈佛园中的马萨诸塞大厦[1]前等待着麻省州长和米德尔赛克斯县[2]警长的到来。警察要求挤在正门里的人向后退，随即驰来了几位举着小旗和长矛的红装枪骑兵为州长开道。有人告诉我，这些骑马的枪骑兵是 1642 年哈佛第一届毕业典礼上的八位枪兵的后继者。在普西校长等人向赫特州长表示欢迎之后，珀金斯博士站上高台，宣布了那些组队伍的名字——校长、州长、督学、荣誉学位获得者、院长和楼长、各学科教授，等等，各组人员依次到位。我的名字出现在哈佛 1896 届老生的后面。沃尔特·白山在身后护送我。我们走得很慢，穿过了哈佛园中央威德纳图书馆前的通道，这是我在 1953 年未能看清的游行部分。沃尔特和我随着 1896 届老生走上平台，坐在了校长稍右方的位置。身着制服的米德尔赛克斯县警长走上平台，用他式样经典的佩剑敲打了三次平台，让全体肃静。此时，我可以望见平台前方的整片人群，但看不清细节。气温超过了华氏一百度。昨夜有一阵强风把平台的遮阳篷撕破了，因为没有时间更换，校长和平台上的我们都暴露在了我在英国二十多年未曾经历的烈日之下。他们都穿着厚重的长袍和学术帽。我能偶尔脱帽擦擦脸，但有的人却没法这么做，或者没准备好这么做。我已经打算着参加抢救，因为在我不远处坐着几位老年人，每位看似都过了八十，也都穿着厚重的西服。其中两位睁不开眼也合不上嘴，纤细的椅子似乎也不能有效扶持他们的身体。幸运的是，有人会不时给我们发一杯冰水。我们都熬过来了。仪式结束，从平台上下

---

[1] 为哈佛园中现存最古老的建筑，建于 1718 年至 1720 年。
[2] Middlesex County，哈佛大学所在的县份。

来是我们感到最高兴的事。有人对我说，哈佛毕业典礼是美国最古老的表演，已经延续了三百年。它无疑还会延续三百年，或者直到永远。在未来，当代艺术、音乐和文学的发展会出现在这一传统表演中吗？

剑桥有很多适合漫步的地带。漫长的布拉托大街便是其一。街上有很多精致的古宅，包括朗费罗故居和艾尔姆伍德大宅[1]。邓曼·罗斯[2]博士曾有言，剑桥的绅士只在布拉托大街上行走，除非他要在别处办公。也是在布拉托大街边，詹姆斯·罗素·洛威尔曾经身着浴袍、拖鞋和便帽赶路去授课。朗费罗曾经常早晚在此散步，偶尔陪伴的是爱妻和后来的好友爱默生等人。肯定曾经有人，特别是女性，来此徘徊但只是为了看一眼诗人，或是像弗兰西丝·伊丽莎白·朗费罗夫人提出个人请求——据说她曾经收到很多丈夫的女崇拜者的信件，乞求获得他美丽长须中的一丝。假如她应允了这类请求，诗人肯定不再会有可被崇拜的胡须。幸运的是，一切都改变了，并且依然在变化。虽然朗费罗的时代只是一百多年前，美国人口还不算众多，万物节奏也不够活跃，但人们有时间去崇拜诗歌或是诗人的胡须。如今美国出生率高涨，每日都有很多男女名流可供崇拜，人们只是不知道应该去崇拜谁，也没有时间去崇拜。于是，当今的诗人和他们的家庭终于被留在了平和中。

剑桥人曾经非常喜欢步行，他们曾经步行到波士顿去听讲座和购物。如今汽车和其他交通工具给他们省出更多时间去做别的。他们是否做了更多益事？他们失去了步行的艺术。如今在布拉托大街上行走的人不多了。我在剑桥最喜欢的步行路线是沿着河边。虽然纪念大

---

[1] Elmwood House，建于 1767 年的古宅，曾居住过多位名人。
[2] Denman Ross，美国画家、艺术收藏家、艺术史和理论学者，哈佛大学艺术教授。

道[1]上匆忙的车流驱走了宁静的空气，但我还是喜欢慢慢行走，不时在长椅上小憩，从麻省理工学院正门前的草岸上眺望查尔斯河对岸的灯塔山。我想，学院的官员们在离这片独特的主建筑群有一定距离的地方找到土地修建大礼堂和小圣堂是明智之举。这群建筑留空正好，没有能引起注意的对比，而每一组建筑又可以单独观赏。

我曾和杨联陞漫步河岸，突然在一片私家花园的角落里看到一块巨大的方形石头，上面铭刻着下列词句：

就在此地
在公元 1000 年的时候
利夫·埃里克森[2]
在葡萄园[3] 中修建了他的宅邸

我们二人相视而笑。我说埃里克森一定是在我们宋朝初年来此建房的。在联邦大道上有一处巨大的埃里克森纪念碑[4]。那么，哥伦布为何自称是第一个到达美洲的欧洲人？朝圣者们为何自称第一批到达波士顿？波士顿人宣称美国的艺术、音乐、文学和历史都始于波士顿。联陞打趣道：剑桥公园曾经有棵老榆树，树下是乔治·华盛顿第一次指挥美军的地方，这个第一又如何？我只是大笑。

清晨，我喜欢在哈佛楼群背后两座小砖桥间的河岸上行走。一

---

[1] Memorial Drive，查尔斯河北岸剑桥一侧的沿河大道。
[2] Leif Ericson，冰岛探险家，于公元 1000 年左右到达北美海岸和纽芬兰，比哥伦布早了近 500 年。
[3] Vineland，埃里克森北美探险所到达的地区，19 世纪曾有观点认为此地是在鳕鱼角，但当代史学和考古学研究基本确定此地位于纽芬兰。
[4] 此纪念碑立于 1887 年。此前，哈佛教授埃本·诺顿·赫斯福德（Eben Norton Horsford）曾试图将北欧诗中的一些地点和查尔斯河盆地联系起来。也是他促成了查尔斯河两岸若干相关纪念碑和石碑的竖立，但是他的研究从那时至今几乎没有得到过主流史学和考古学界的支持。

个五月周日的清晨，我 7 点左右到了那儿。难以置信的是，那方小小的土地竟然如此宁静。空气美好、纯净而清凉，碧空几近无云，朝阳已经初升。我在新鲜的绿草上行走。一群鸽子不知从何处而来，聚集在我脚边，轮流咕咕着，像是在向我致意。我最初以为它们是在向我乞食，并且因为没带食物而抱歉。回头再看，我发现它们正快乐地在草中啄食，根本不再关注我。我想，我们人类总是倾向于思考他人想从我们这儿得到什么，而不是我们能为他人做什么。假如我带来了食物并撒到地上，鸽子们必然会去啄食，但它们并没有乞讨的意思。它们只是乐于有我相伴。接着，我走上红砖小桥，站在桥上凝视水面。水面平静，虽然桥拱下会漂出一些小叶和断枝。河段两侧长着片片芦苇，近处的那些看起来高大清晰。这些都来自我双眼魔术般的视觉，而不是我作为当代人所拥有的复杂知识的现实。我不排斥现实，但是我喜欢双眼魔术般的视觉。因为喜欢这一景象，我走到另一侧河岸，继续走在丝绒般柔软的草地上。更多的鸽子前来享受我的陪伴。也有其他鸟类路过，虽然我看不清它们的种类。一对燕子俯冲下来，又迅速遁走了。附近的一片芦苇不知被何物触动，摇摆起来。我继续漫步，路过这片芦苇。突然间，两对野鸭从中腾空而起，直奔对岸，接着展翅高飞，在哈佛大学楼群边的树顶上绕了一圈。我对不慎打扰它们感到抱歉，但又尽情享受着我的幸运发现，因为当我的双眼追随鸭群的飞翔时，它们似乎在向我指点着埃利奥特楼的红塔、洛威尔楼的蓝塔、右侧邓斯特楼（Dunster House）的绿塔，以及亚当斯楼（Adams House）的金塔。每一座似乎都像用彩纸剪就，精巧地贴在无云的青天中。各种颜色的混合中透出一种神秘的微妙感。朝阳的光晕软化了建筑外形和每一种原色的锋度，为它们罩上了一层面纱。在这片平和之上，是一种富有感染力的情趣，把更多的沉寂和静谧注入红砖小桥上看到的所有景致——河流，草地，树木和大学的红砖建筑群。此前我不理解塔楼为何会是不同的颜色，如今我理解了，多亏了野鸭们。在第一辆汽车驶过河边公路之前，我已经回去和杨家共进早餐了。

波士顿仙人

虽然"神仙"（Immortal）是个英语词，但我很少在英语阅读中见到它。在我看来，它在说英语的人的脑中已经消失了。不过我的看法可能是非常不正确的。另一方面，这个词如今在汉语里有了一个永久的对应，它被用来翻译道家的"仙人"，一个在西方类似圣人或天使的形象。不过，在中国道家神话中，仙人或者永生者通常都不是年轻英俊或是迷人的超自然个体。他们中有很多是老人，最初是凡人，但通过研究仙丹和掌握生命内部秘密的造诣而变得超自然，不会死去。他们住在道家仙境，无需食物和住房，在天堂到处游荡，驾云巡查人类世界，若有需求便下界前来相助，救死扶伤。道家传说中有"八仙"，其中一位是年轻女子，另一位是跛脚乞丐。他们存在于所有形式的中国艺术中——我是说，在绘画、玉雕、木雕、织艺、漆器和瓷器中。他们不仅完全没有凡人的困扰和死亡之忧，还具有魔力和神力。关于他们创造的奇迹，我们有很多传说。上至帝王下至乞丐的大部分中国人都梦想成仙。我想至今依然有很多人有这个梦想。只不过，当下的人类世界正在遭受道家信仰中所说的数百年一遇的大劫难，而这不是八仙的能力能解救的。

我选择"仙人"一词来称呼波士顿往昔的大人物，并非认为他们有着魔力和神力，能够创造奇迹，而是因为我感到他们似乎依然在波士顿生活着。因为这些名人的永恒存在，波士顿一直是一座独特的城市，不仅是在美国，在全世界范围内也是如此。这是因为我从来不知道在如此小的一片土地上会诞生如此多的名人，每一位都直接或间接参与创建了我们这个时代的一种混合型人类文明。

在波士顿待了一阵之后，我开始对 17 世纪到 19 世纪下半叶墓碑上的铭刻文字发生了兴趣。在整个中国历史中，墓志铭写作都是文人的主要职业之一，它是一种特殊的中国文学。墓志铭以颂词式的散文写就，很多依然留存于文献中，大部分虽然文字优美但缺乏价值。新英格兰墓志铭写作在美国内战期间达到了顶峰，我读过的很多都体现了早期美国人的幽默感。我听说那个时期被称为美国文学的垂柳时期。

在一个没有阳光但很明亮的下午，我站在谷仓墓地中央的一块大墓碑旁，读到了以下文字：

> 约赛亚·富兰克林 [1] 和他的妻子阿比娅长眠于此
>
> 他们相亲相爱地生活了五十五年，没有不动产和有收益的职位，以常年劳作和诚实热情让一个大家庭生活舒适，并将十三个孩子和七个孙辈抚养成人。以此为鉴，看客您应该谨听神的召唤，信任天意。
>
> 他是个忠诚勤俭的男人；
>
> 她是个审慎贤良的女人。

---

[1] Josiah Franklin，本杰明·富兰克林之父。

一个穿着雅致的夏日套装的宽肩膀中年人走过来，问我这是否是本杰明·富兰克林之墓。我回答说不是，估计他没有读碑文的耐心吧。他接着告诉我，他来自路易斯安那，曾经读到过富兰克林生于波士顿，所以认为他可能也葬于波士顿。至今他还没找到墓碑。我立刻想起来我读过的本杰明·富兰克林遗嘱："不要任何纪念碑式的展示。"

　　1706 年生于波士顿，1790 年逝于费城，被安葬于费城基督教堂墓地（Christ Churchyard）。

　　在去世前几年，他为自己写下了墓志铭：

　　　本杰明·富兰克林，印刷匠
　　　　　他的遗体像是一本旧书的封壳，
　　　　　内容被撕掉，
　　　字母和烫金剥落，
　　　　　躺于此处，成为蛆虫的食物，
　　　但著作本身不应失落，
　　　因为它会再次出现，
　　　作为一个崭新的
　　　　　和更美的版本

　　富兰克林在美国革命年代的伟大，以及他在电学发展中的位置，都让波士顿以他诞生于此为荣，费城则以他安息于此为荣。
　　在同一个墓地还有三位《独立宣言》签署者的坟墓——约翰·汉考克、塞缪尔·亚当斯和罗伯特·崔特·潘恩。在一块墓碑上看见保罗·列维尔的名字之后，我去参观了波士顿最老的建筑，他于

1770—1800 年间在那儿住了三十年，两次娶妻，和每位妻子生了八个孩子。我听说小列维尔们曾负责把父亲打制好的银器放进挂在某个房间的马褡裢中，再由他送到乡下顾客手中。宅子里展览着很多由保罗·列维尔巧手制作的器物，包括银瓢、勺子、酒壶、小火盆、方糖夹，等等，都趣味高雅，设计优美。我还看到了列维尔制造的加农炮弹。这是座木结构建筑，客厅里有个大壁炉，是典型的老式英国乡下住宅。当它两百年前建成时，周围应该有一些邻家住户。我跟随别人上了楼，发现一些据说是保罗·列维尔印刷的古怪的新闻传单，但找不到我以前在一本书中读到过的下列片段：

> ……开朗的年轻妇女，饱含乳汁的年轻乳房，值得推荐……愿意到绅士家中哺乳。

保罗·列维尔居所的后院

不过，这一定说的是雇佣奶妈，这在中国直到最近依然是很常见的习俗。我在家乡从未见过那样的广告。我自己也是由奶妈带到三岁的，因为我出生之后母亲便病了。

保罗·列维尔是第一个在美国开业的牙医。据说在邦克山战役后，保罗·列维尔通过他亲自安装的假牙和用于固定的铁丝辨认出了瓦伦[1]将军的遗体。让我更感兴趣的，则是他在 1768 年的一份报纸上发布的广告：

> 鉴于很多人士由于事故或其他原因不幸失去了他们的门牙，这不光损害了他们的相貌，也影响了他们公私场合的发言——他们可以请保罗·列维尔安装人工门牙，其外观酷似自然牙，一举解决在各种场合的说话难问题。特此告知。

他的说法合理而令人信服。这难道不是今日美国兴旺的公关、广告和推销艺术的先驱吗？

时间是今日美国人人都关注的因素。列维尔为何会获得如此多的成就，依然是一个秘密。我了解到，他铸造的七十五口洪钟依然在美国的教堂和市政大厅中使用。他还刻印了美国最早流通的纸币。他为麻省州立议会大厦圆顶覆盖了黄铜皮，圆顶后来被镀了金，至今依然在灯塔山上的波士顿阳光下闪耀。他还为科普利的很多油画雕刻了美丽的木画框。可以说，他所尝试过的事业都获得了成功。他像是一个波士顿的列奥纳多·达·芬奇，一个各方面都是天才的人，虽然也和列奥纳多一样没有受过特殊训练。保罗·列维尔在他著名的骑马报信之后，对促成美国的诞生再没有什么贡献。我不该说他的教育背景

---

[1] 约瑟·瓦伦，美国医生，和列维尔等人一起骑马报信，后来在邦克山战役中拒绝以少将身份而是以普通士兵身份参战并阵亡。

不够出色，但在我想象中，这导致了他当时的朋友们没有把他推到前列，和大陆军或华盛顿在一起，即便只占小小一席之地。

我是从朗费罗关于保罗·列维尔那次著名骑行的诗作中了解到这个名字的。我后来了解到，那天晚上与列维尔同行的还有普莱斯考特[1]和达维斯[2]，但朗费罗没有去描述他们做了什么。文学是所有国家文明开出的主要花朵，是她的文学让世界其他部分了解到她的历史，将她的伟大变得不朽。保罗·列维尔的历史功绩会继续被每一代新英格兰人和全体美国人所了解。朗费罗的诗篇还吸引我去参观了老北教堂，我发现它是波士顿最老的教堂，建于1723年。它内部就像一座当代建筑一样无瑕。1775年4月18日放置在教堂尖顶上的保罗·列维尔的信号灯，是所有访问者注目的焦点。教堂司事还向我们展示了最近找到的教堂圣餐匣。

接着，我漫步来到了普拉多（Prado），教堂后面的一片广场，中间竖立着保罗·列维尔骑在马背上的雕像。令我吃惊的是广场上都是人，男女老幼，都挤在长椅上，几乎不剩什么空间。小孩子们在玩球，而几小群男人在打牌下棋。我放慢脚步观战。无人介意我的出现。空气中有一种家的感觉。我感觉已经走出了波士顿，因为他们使用的语言不是我能理解的。我随即了解到，这是城里的意大利区。虽然是意大利气息，但是保罗·列维尔的不朽让这儿依然是波士顿。

朗费罗推着我跟随保罗·列维尔在波士顿游走。朗费罗诱惑我到剑桥布拉托大街去看他自己的旧居。他还让我去了一趟"路边小酒馆"（Wayside）。有趣的是，当我在四十年前还是个小学童时就知道朗费罗。在本世纪初，赴美学习的中国学生还不多，但那些来学习过的人，都变成了那时所谓中国教育领域现代化的重要人物。他们将华

---

[1] 塞缪尔·普莱斯考特。
[2] 威廉·达维斯。

盛顿·欧文的《见闻杂记》[1]、朗费罗的一些诗作和其他一些著名英国作家的作品，定为准备出国学习者的英语阅读的基本要求。虽然年轻人都在为了读懂阅读资料里的每一个词而挣扎，但朗费罗和欧文在中国那些想学点儿英语的人们心中成了伟大的名字。当我于 1946 年访美时，几乎没听到任何人提起过欧文或朗费罗。如今很多人在提及后者的诗作时甚至发出冷笑。我们当今的时代应该走向国际。至少，朗费罗在波士顿地区是不朽的，在那些关心美国文学史的人们心中是不朽的。

朗费罗的故居不仅向我展示了新英格兰旧式房屋的式样——标致而庄严的黄白色墙，加了老虎窗和栏杆的屋顶——而且让我感觉到朗费罗，这位诗人，想必在这样一座理想的住房中活得很愉快。一天早上，我站在房子边僻静的草地上，被高大的欧丁香环绕，恍惚间仿佛看到年迈的诗人坐在房后的阳台上，正琢磨着美妙的诗句。在那儿依然能够写出优美的诗歌，而不会被外界干扰。想在剑桥来一次平和的清晨散步，布拉托大街依然是最好的长街。

唐纳德·麦森吉（Donald Messenger）帮我实现了对路边小酒馆的拜访。在一个美丽的日落后，我们出发了。虽然那是个非常寒冷的二月夜晚，但日落给大地披上了温暖的色泽。路上没有其他车辆。唐纳德告诉我，以前通过路边小酒馆前面的道路是条高速公路，人们只是开车匆匆路过，不曾扭头看看这幢老宅。已故的亨利·福特（Henry Ford）购下了包括小酒馆在内的整片土地，修了一条一英里长的新路，把车流从它身边引开，工程耗资比小酒馆和土地本身的价值还高。我心不在焉地开玩笑说，那么"路边"一名岂不是就作废了。但我发现它依旧是路边小酒馆。当车驶近小酒馆大门时，我们

---

[1]　*The Sketch Book*，全名为 *The Sketch Book of Geoffrey Crayon, Gent.*。

看见路另一侧竖着一个瘦削的人像，举着一根长杆正在点燃煤气灯，就像是旧时的一幅画。友人眉开眼笑，说这值得一看。"在下雪的寒夜，这个人也会点灯吗？"我问。"当然。"这是因为福特先生在遗愿中希望一切都保留朗费罗在世时的模样。确实，小酒馆里的一切都完美无瑕地保留了原状，灯罩里安装的电灯泡也被特意调暗，保证延续了两百年历史的气氛。一位年轻女职员坐在一张桌子后面阅读《欲望号街车》。桌上没有桌布和银餐具，我的猜想是小酒馆里没有旅行者过夜。朗费罗绝无可能预见到他给修复者的代理人带来了多大的麻烦。他描述壁炉的一句"触摸着玛丽公主如画的面容，用火焰给阴沉的钟戴上皇冠"，就令代理人耗费了一整年时间去找玛丽公主的那幅肖像。"阴沉的钟"则花掉了又一年的时间才搜寻到，它产于维多利亚统治时期的伦敦，因为这位杰出女王的死而被漆成了黑色。

在离小酒馆不远处站立着一座老磨坊，它也是福特先生修复的。和殖民地时代一样，磨坊今天依然在磨着麦子和玉米。我坐在石墙上作画，唐纳德给我和磨坊合影。因为太黑看不清，我们没有到磨坊里转转，也没有去看老校舍，那是吟诵"玛丽有只小绵羊"的地方[1]。我联想到，美国漫画家无疑还没有机会像英国和苏格兰漫画家一样，开一两个关于"废墟搜寻者"的笑话。

我了解到，年迈的拉尔夫·沃尔多·爱默生由查尔斯·艾略特·诺顿[2]搀扶着参加了朗费罗的葬礼，一个月后便去世了。朗费罗和爱默生生前惺惺相惜。

朗费罗的知识非常国际化，为何他的诗作却没有体现多少国际感？我想，"时代"是控制思想和感情领域的主要因素。在朗费罗的

---

[1] 指红石学校（Redstone School），建于 1798 年，后被福特购入，迁至小酒馆所在的地产内。

[2] Charles Eliot Norton，美国作家、社会评论家、艺术教授，生于麻省剑桥。

时代，思想和感情所涵盖的地区是欧洲，而在如今的美国，我们的思考和感受更多是面向全球的。朗费罗无论如何都不会想到我会来波士顿，并写下一些关于他的文字。

爱默生，如我在其作品中所感受到的，也拥有高度国际化的思想。他的《代表人物》(*Representative Men*) 适用于所有地方的所有人类。他自立更生的理念被自己践行，也被其他土地上的许多人践行，虽然没有一个具体名字来概括他们的作为。十九岁的时候，爱默生做了一个非常超前的未来之梦。正如他在 1822 年所写的："新的罗马们在成长，人类智慧在无限帝国们的辽阔边界上孵化，还没有被荣誉和名声令人迷醉的召唤灌醉，此处即将再次上演的是人类的野心、偏狭、复仇和激情大戏。更多的克娄巴特拉们会色诱，亚历山大们会战斗，而凯撒们会死去。"这些写在他年少日记上的简短话语，显示了他对一个更像是我们当前所处世界的伟大观察。不幸的是，在哈佛求学的日子里，他的思想有了一个明确的区域限制，那就是他在梦想着美国的伟大。据说爱默生曾经替寡母在波士顿公园放牛，洞悉了牛的生活之道，自己也变成一位耐心、实际和善良的哲学家。在放牛的日子远去后，爱默生见到一位年轻人想把一只温和的小牛犊拽过一扇木门，又推又拉但是无法如愿。当时已经成名的爱默生走上前去，轻声告诫年轻人不要对牛施以蛮力，他把一只手指伸进小牛犊的嘴角，温和的生灵开始吮吸起来，无声地跟着他走起来。只是这么一个小故事，便足以使爱默生成为在各国乡下都得到爱戴的人物。

当爱默生住在康科德的时候，梭罗经常与他相伴。爱默生喜欢提起他，"动物会主动上前……带着无畏的好奇心，去观察这位观察者！"梭罗是一位隐士，有着自己的一套观念。但他不时也会离开小屋中自制的那把名为"孤寂"的椅子，离开"如此适于陪伴的伙伴"。有爱默生、霍桑等一批知己，是一件幸事。我多年前在爱丁堡旅行时经常被告知，苏格兰的首府能拥有如此多的学者，是一件幸事。大卫·休谟[1]、沃尔特·司各特爵士[2]以及罗伯特·路易斯·斯蒂文森[3]，曾经围在旺火边为彼此讲故事，他们相聚之处如今是苏格兰国家博物馆。当我想到住在波士顿城内外的朗费罗、爱默生、梭罗和很多同代人时，我发现这座城市也是一样的幸运。

不过，梭罗在瓦尔登湖畔的小屋没有路边小酒馆那么幸运。没有一位富有的邻居来修复它供人们参观。毫无疑问，梭罗关于让生活和大自然本身一样简单纯真的理想，也是难以通过修复来重现的。三月的一天早晨，我和阿瑟·沃尔沃思出发去寻找瓦尔登湖畔梭罗的小屋。湖畔的一小部分因为修建游泳池而铺了地面，在干道附近散布着一些沙滩小屋。我们抵达时天还很冷，四下无人，树枝裸露。阿瑟带头，因为他想让我看看老铁轨。他知道梭罗的小屋离那儿不远。我们途经了所有可能的人迹，在大个的卵石上摇摆前行，涉过泥沼。昨夜此地刚降过大雨。我们始终离水面很近，很多时候就在岸边行走。一层非常稀薄的晨雾正在慢慢消散，水中现出湖面另一侧山坡上树冠的紫色光晕。水面如镜，除了个别不见踪影的小生物，也许是一只绿蛙，正试图穿过它，但是只弄出了一个气泡。湖底有一种暖意，空气中也有一种暖意。山雀一路都在陪伴着我们。这种友好的美国小鸟一直都激发着我的好感，就像英国的知更鸟一样。一对似乎早早就从南方到来的燕子偶尔掠过水面。虽然树木光秃，偶尔会有幼小的绿叶睁开眼睛偷瞧我俩。这片密集丰饶的树林，似乎从一百多年前梭罗静坐着观察它开始，就没有什么变化。我不知道瓦尔登湖周围的土地为何基本上未被开发。是公众为纪念梭罗而定下的允诺？或者只是缓慢的

---

[1] David Hume，苏格兰著名史学家、哲学家和经济学家。
[2] Sir Walter Scott，苏格兰著名历史小说家和诗人。
[3] Robert Louis Stevenson，苏格兰著名小说家、诗人、散文家和旅行作家。

发展，会从游泳池和沙滩小屋那个区域慢慢扩张？我们来到了湖岸的一个凹处，从此处望去看不见当代发展的那部分。梭罗的小屋仍旧没有踪迹，连一块标记的石碑都没有。友人感到非常遗憾。我觉得也许并不需要安放任何石碑。那天早晨，我感觉到梭罗的灵魂与我们相伴。我知道他的同时代人并不太喜欢他，给了他"躲藏者"的外号，仅仅是因为他喜欢退居瓦尔登湖一隅，半隐居半埋伏，但离母亲的饭香并不遥远。不过我认为和他的其他作品相比，《瓦尔登湖》是一部独特的作品，引导人们对小片区域中的自然和生活发生兴趣——所谓独特，是指如今无人再能过上这样的生活。梭罗秉承一种生活理念的操守在我眼中是无懈可击的。

在一个夜晚，我参加了剑桥和波士顿两地联合的一次小型非正式聚会。这类聚会我在英国牛津经常参加，但能感到这儿有一种不同，就是在谈话间总会提到波士顿人。事实上，聚会中确实有那么几个波士顿人，虽然我分不清是谁。有人说，著名的《坏孩子的故事》（*Story of a Bad Boy*）的作者托马斯·贝利·奥德里奇曾评论自己："虽然我不是货真价实的波士顿人，但我是贴牌的波士顿人。"另有一种分了次序的关于真波士顿人的要求是这样的：一、在波士顿图书馆有股份；二、在灯塔山上曾经住过并拥有一座家宅；三、赞助了波士顿交响乐团的演出季；四、有亲戚埋在奥本山公墓。最后一项让我次日就去了剑桥。

当我走进大门时，一个穿制服的人过来询问是否需要帮助。他友好的态度让我很感动。他说："生命太短暂，我们应该彼此帮助，让生活更有趣。"他接着给了我一幅公墓地图，让我随他进入一座赭石建筑，也就是小圣堂。他在堂内打开了墙上的很多格架，露出一排排小巧闪亮的骨灰盒。我问这儿是否有波士顿天才们的骨灰。回答是，"当然"，但最著名的骨灰撒在了花园中。没过多久，我就感觉到了他对我的好奇，或者说，对我这张扁平脸的好奇。他告诉我，在感恩节那天（六个月前），一家五口中国人带来了一只巨大的火鸡、香烛和盛在盘子里的他不认识的东西。在一位前一年下葬的中国老者的墓前，他们将白葡萄酒倒进三只小杯，点燃了一些鞭炮和香，然后叩头三次。他对这个家庭充满敬意，因为五个人中的每一位看起来都很安详，对逝者满怀崇敬。"年轻人对老年人如此尊敬，这真不多见。"他补充道。我解释说，那天应该是逝者的周年，按中国传统，家人会来拜祭他。但我不明白我的同胞为何会埋在奥本山公墓。于是我问这是怎么回事。他说墓地里有了一些新位置，并建议我去看看中国人的墓。在我们分手前，他说他的祖先来自瑞典，但自己生长于波士顿。他还建议我去寻找波士顿和剑桥大人物的小墓碑。我说我对名人了解不多，但会听从他的建议。

在离小圣堂不远的地方，在一块暗色石头下面，我找到了詹姆斯·罗素·洛威尔的名字。我知道他是《大西洋月刊》的第一任编辑。这份刊物创刊于 1857 年，每篇文章都保持着高质量，直到现在。让我对洛威尔记忆犹新的一个故事是由爱默生在 1868 年讲述的："在星期六俱乐部的一次会议上，当一批《大西洋月刊》被送进来后，每个人都争先起身拿到一份，各自坐下，**阅读自己所写的文章**。"《大西洋月刊》当时的作者主要是波士顿人。这多像是如今的波士顿家族后人去波士顿美术馆，只是为了看看自家祖先的肖像啊！我不知洛威尔家族的后人来奥本山公墓是否只是为了看看祖先的墓。随后，我又看见了很多个不同的洛威尔。另一个我知道的名字是艾米·洛威尔[1]，因为我听说她是一位体态丰满的女士，在书写充满激情的美丽诗篇时常常衔着一支黑色大雪茄。这与中国人概念中娇弱瘦削、连握笔都乏

---

[1] Amy Lowell，美国意象主义派诗人。

力的女诗人形象形成鲜明对照。艾米·洛威尔没准是第一位抽雪茄的女性。其他波士顿女性又会如何看待她？

我攀爬了几步，到了印第安山岭小径（Indian Ridge Path）的草坡上，在这儿，我找到了朗费罗独立的墓碑。其他朗费罗去哪儿了？诗人朗费罗是一个货真价实的波士顿人吗？

构成显著对比的是，我在莱姆大街（Lime Avenue）上遇见了很多个霍姆斯。他们其中之一是奥利弗·温德尔·霍姆斯。

霍姆斯在《早餐桌上的教授》（*The Professor at the Breakfast Table*）中对"小波士顿"的描述，至今依然是大部分波士顿人的骄傲。"全城都是弯弯曲曲的小街，但我告诉你，波士顿已经开放并且将继续开放更多的通衢大道，直通自由思想、自由言论和自由行为，胜过活人或死人的任何城市——我才不关心他们的路有多宽，塔有多高！"

我总是被水所吸引。此刻我正在太平湖[1]。四周是庞大的带有压迫感的绿色，因为树木植被都生长旺盛。万物都在走向夏天。幸运的是，红色的农舍玫瑰和棚架与花床上的其他鲜艳花朵减轻了一些来自绿色的压迫感。湖中的睡莲及其边缘的一抹黄色也有此功效。我在一张长椅上小憩片刻，观看止水的感觉像是回到了伦敦的邱园（Kew Gardens），但周边没有那种令人清心的开阔。奥本山公墓是美国唯一也是最老的花园公墓。它 1831 年封圣开放时，被人们认为是新鲜事物。最初，它更像是花园而不是公墓。爱默生曾带学生们来此，他们很快便在林荫小道上迷失于孤寂的思索中。詹姆斯·罗素·洛威尔曾漫步于奥本山的林间空地，为诗歌寻找灵感，这也是世人皆知的。当富兰克林·皮尔斯[2]在宝铎草小径（Bellwort Path）或是云杉大街（Spruce Avenue）边的一棵树下入神时，得到了被提名为美国总统的

---

[1] Halcyon Lake，公墓中的一个池塘。
[2] Franklin Pierce，第十四任美国总统。

消息。查尔斯·狄更斯被指引到这座花园公墓拜访。巴西皇帝唐·佩德罗（Don Pedro）在大批随行陪同下来此一游。爱德华七世还是威尔士王子时，曾于1860年在此种下一棵紫色的山毛榉。我至今还没找到它。从那以来，很多名人来过波士顿，但访问奥本山的很少。哈佛比以前有了更多渊博的教授和沉思的学生，但几乎无人前往奥本山寻找灵感和思路。这种变化或许是因为奥本山如今更是一座公墓，而非花园。从受到爱默生、洛威尔等人崇拜的时代到如今，奥本山的美并未改变，但太多的而且正逐年增加的墓碑改变了它的角色。人口增长不仅改变了奥本山的角色，也改变了人类社会和国家历史的角色。我们所处的时代不同于以往，归因于各地人口的增长。我们是否能解决随之而来的问题？我不清楚……

我收集着走失的思绪，起身观瞧一座无顶的希腊神庙式建筑在太平湖中的倒影。随后，我走向这座神庙，发现它其实是基督教科学

太平湖

199

创始人玛丽·贝克·艾迪（Mary Baker Eddy）之墓。她占据了一方美丽的位置。来到波士顿海岸的朝圣者们已经克服了所有难关。朝圣者的精神从那时起一直洋溢在波士顿的空气中。玛丽·贝克·艾迪夫人体现了朝圣者们的精神，我的思考也是如此。

我走过很多小径和漫长的云杉大道，才找到这位叫作曾全奚（Tseng Chuan-hsi）的中国人的墓。他是广东台山人。在公墓的新区里有很多空位。我想起来大卫·麦克齐宾曾告诉我，亨利·詹姆斯即将被葬于奥本山[1]时，波士顿若罔闻，因为詹姆斯一生绝大多数时光都生活在英国，并且批评过祖国在第一次世界大战中的超然态度[2]。也许如今关注奥本山活动的人更少了，无论是何人下葬。

长人桥 *
渔翁词

恰绿水面鸥声歇，
小鸭欲眠时呐呐。
街车来往若无闻，
笔耕山 ** 侧灯明灭。
心闲夜静饮清风，
贪看长人桥上月。

---

[1] 詹姆斯实被葬于奥本山公墓对面的剑桥公墓。
[2] 詹姆斯为表达对英国的支持和对美国不愿参战的不满，于1915年加入英籍。
* 即 Longfellow Bridge，现译为朗费罗桥。——编者注
** 即 Beacon Hill，现译为灯塔山。——编者注

波士顿石龙

　　龙是一种家喻户晓的动物，但它究竟是什么样的动物，各人只能自己猜测。亚里士多德和达尔文都未评论过它。不管怎样，在欧洲人和也许所有波士顿人的眼中，龙是一种必须除掉或者驱离的怪物，而在中国人眼中，它是友善和吉祥的，能呼唤风雨雷电。所以，它是帝王之力的象征，往昔中国皇帝们的皇袍上都遍布着龙的徽记。

　　假如早期的英国殖民者听说在波士顿城内外有条龙，我敢肯定，他会像圣乔治[1]那样拔出剑来。但我想，对华贸易繁盛期的波士顿人应该已经适应了龙，因为他们已经在自己或是祖先从中国带回的艺术品上看到了很多龙饰。他们甚至会有龙代表了帝王之力的感觉，因为波士顿人是美国的贵族。下面这段来自一位波士顿之子，大都会艺术博物馆远东艺术部部长阿兰·普里斯特（Alan Priest）的话支持了我的观点：

　　　　比较一下中世纪的龙和中国龙。两者都是虚构的，但永远

---

[1]　天主教著名烈士、圣人，传说中曾经杀死恶龙。

与你同在的中国龙和其他兽类一样，是符合逻辑的动物。西方的龙是一种臃肿粗笨的动物，更像是拼凑出来的。从一条显赫的鱼变成空中动物的中国龙要有逻辑得多，也可信得多。

波士顿有一条龙。它当然不是活龙，而是一条石龙。为何哈佛的民族学或考古学教授从未找到它？它与民族学或考古学没什么关系。它不在波士顿城内。当大卫·麦克齐宾带我到城北旅行时，我遇见了它。

我已经对麦克齐宾说过几次，我想看看波士顿港，但没有合适的视角。他于是建议了这次出行。我不知道我们要去何处。我们先是乘火车前往林恩（Lynn），然后换乘巴士，似乎是在蓝色水面上的一根绳子上行驶，因为两侧都能看见大海。巴士且行了一阵，我内心感到一种对不凡事物的期待。麦克齐宾非常善解人意，在旅行中像我一样沉默。最后，我跟随他走下巴士，直接走进艾治希尔小酒馆（Edgehill Inn），他希望找一位常在此处居住的友人。虽然友人已经迁走，但店主夫妇很快便与麦克齐宾开始了深谈。我意识到我们身处纳罕特（Nahant）岛，它其实并不是一个岛，因为有一条狭长的陆

中国龙

地将其与大陆相连。他们谈论的主要是纳罕特的老居民。很多著名的波士顿家族，如科蒂斯（Curtis）、默特利（Motley）、奥蒂斯（Otis）、阿默利（Amory）、洛威尔、佩恩和哈蒙德，等等，在此都有住宅。他们中的一位娶了个有着外国名字的女子，她曾经不戴手套和礼帽便出门，吓坏了邻居们。西比亚斯船长（Captain Sibias）拥有雪莱的吉他。[1] 亨利·詹姆斯在1916年来过[2]，等等。女主人滔滔不绝地说出一串人名，似乎是在念她的住客名单。她应该是纳罕特最老的居民了，因为她说如今已经极少能找到波士顿家族的人了，虽然他们的故居依旧在岛上。

我们走过大厅，站在小酒馆后面的阳台上眺望波士顿。麦克齐宾记得，他曾在很多场合和朋友站立在这里。楼下是很多大树，树前方有一座木质栈桥伸入大海。栈桥周围有几艘小帆船。我能看到船儿随波摆荡，但阳台下的树丛中却无一片树叶颤动。空气中饱含安详。但左右观瞧，我能看见偷偷推进的潮头。栈桥远处的水是深蓝的，似乎比天更蓝。但在极远之处，波士顿所在的位置，却没有蓝水和蓝天，只有一片没有边缘的柔和白雾。波士顿躲藏在后面，我们无法看见。麦克齐宾很失望，但我很喜欢这不可言说的关于太阳、水和土地的古老神话。到纳罕特的那天是1953年9月23日。九月以"和平月"著称，而我还不曾在波士顿周边的海域找到过比这儿更安宁的地方。

麦克齐宾告诉我，上次来时他和朋友能清楚地看到波士顿，因

---

[1] 原文疑有误。这位船长名叫爱德华·奥古斯都·西尔斯比（Edward Augustus Silsbee，1826—1900），麻省塞勒姆人士，是雪莱的崇拜者。是雪莱曾经赠给爱慕多年的已婚少妇珍妮·威廉姆斯（Jane Williams）一把吉他，并为此写下诗作《致珍妮，并赠吉他》。此吉他一直陪伴珍妮至去世，后被船长购得。

[2] 詹姆斯的这次来访无据可查，而且可能性极微。他于1915年12月遭遇中风，随后授勋，次年2月28日便因肺炎逝于伦敦。在此之前，他似乎只在1905年回到过美国。

为大片海面上的空气可能会非常明净。他们甚至能看见波士顿灯光的闪烁。

我们接着来到一处叫作四十台阶湾（Forty Steps Bay）的地方。走下台阶时，麦克齐宾指点我看野杨梅。早期的朝圣者们充分利用了野杨梅，主要用来制造蜡烛，因为它们含有蜡质。我好奇印第安人是否用野杨梅制造过蜡烛。很多矮小的五倍子树已经变红，预示着印度之夏已经离纳罕特不远了。蛋岩（The Egg Rock）清晰地映入眼帘。它应该曾是海中的一块巨石。它被大潮拍打了多久才变成我们眼中的蛋？它再过多久会改变形状？我们的话题从蛋岩转到了中国所谓的千年蛋[1]。不知为何，我们的话题又转到了在禁酒时代，沿波士顿海岸以及周边岛屿的小湾和海蚀洞的繁忙航行。我清楚地记得，在1931—1932年，美国海军舰艇曾在长江逆流而上，船长或是指挥官们给我在九江政府的办公室打过正式电话。他们邀请我上船晚宴，我也友好地回了礼。一天晚上，十二位美国军官来到我衙门的花园中享用中式宴席。他们都非常喜欢当晚的食物，但最受欢迎的是中国黄酒和包括白干儿和高粱酒在内的饮料。多次推杯换盏后，我们在花园中散步，继续饮酒。他们不在意我是否每次都一饮而尽。我最后记得的是，我们的胳膊搂着彼此的脖子以最亲密的方式交谈。但他们说的话我一个字都听不懂！我给他们的离别礼物是一个装满一瓶瓶黄酒和白干儿的篮子，好让他们慢慢享用。船长喃喃说了几个字，虽然我没听清，但下属听明白了。那是一个带笑的婉拒。他们正在禁酒时期！

突然，我听到一群大雁的啼叫。它们突然出现，跟随头雁朝小纳罕特[2]方向全力飞去。在中国文学中，大雁的啼叫总是诗意地与秋

---

[1] 即松花蛋，在英语中的称谓还有"百年蛋"和"世纪蛋"等。

[2] Little Nahant, 纳罕特北方距离很近的一个小岛。从方位来看，这群大雁是向北飞行。

天联系起来，它们的出现标志着旅人已准备好年终归家的时刻。我在不列颠群岛听闻雁啼已有多年，如今在纳罕特又听到了。每次总有旧情涌上心头，但我不敢深陷，因为此时还不能归家。不过，我有了新的结交。伊丽莎白·科茨沃斯（Elizabeth Coatsworth，即亨利·贝斯顿夫人），一位著作颇丰的著名女诗人，曾经写信给我：

> 亨利刚才叫我出去看一群灰色天际下的大雁。它们没有目的地浮在空中，一只大雁离开雁群降落到我们的小湾中，另外五只也跟了来（也许是他的家人？），但大队伍呼喊着，召唤着，组成箭头的形状向西飞去了，片刻之后余下的也跟上了，先是那五只，最后是那一只，虽然飞得很低，穿过了树丛（他是受伤或是累了？）。

她并不是让我回答她的问题，而是对纳罕特的大雁如何激起我的思绪更感兴趣。小时候，我喜欢听射大雁的故事；后来，我喜欢它们带来的诗意，乐于看它们飞行；如今，我只是为了能用墨汁和水彩描绘出它们，因而观察它们的飞行。描绘的时候，我依旧怀着愉快。贝斯顿家离缅因州诺贝伯若一个可爱的湖不远，我住在他家时完成过不少大雁飞行的速写。

我得知林恩和纳罕特之间的巴士间隔很长。每条路都车辆稀少。当我们经过时，只见到一位老人在宅子前院摇动他的安乐椅。他没有扰乱气氛，倒是空气中的寂静显出弹性，恒定地摇着安乐椅。蓝天下，树影中的屋顶现出紫色。明艳的阳光完满地软化了房屋的尖角，漂白了它们殖民地式样的前门。榆树、五倍子、杨梅和其他植物为何会有这样浓郁的色彩，我并不知晓。岩石参差的峭壁上的野草，在人眼中是混乱的，在它们自己的世界中却是有序的。一两只海鸥在高不

缅因州的诺贝伯若，大雁飞过烟囱农场的小湖

可测之处悬停，像是贴在无边的蓝色寂静之上的剪纸或是牙雕，而周围哪怕是最小的云也找不到一片。那些长翅膀的星星挂在天空，它们映照在大地上的不可言说的平静，都是怎样的奇迹啊。纳罕特的百分之九十都被水包围。它很容易让我想起康沃尔郡或是德文郡的海岸，虽然在这个季节，此地要温暖得多。

　　康宁汉姆夫人曾告诉我她姊妹前往罗马的希尔斯夫人（Mrs. Sears）家时发生的小事件。意大利管家说希尔斯夫人非常悲伤。他曾问希尔斯夫人意大利的风景是否美丽，希尔斯夫人的回答总是："什么都赶不上纳罕特。"于是这个意大利人想从康宁汉姆夫人的姊妹那儿探听一下纳罕特究竟是何物，是一个孩子还是一条狗，竟会令希尔斯夫人如此悲伤。中国谚语有云，百闻不如一见。我理解希尔斯夫人对纳罕特的留恋。

　　响亮的欢笑和随之而来的喧哗把我从沉思中唤醒。五个小男孩中有一个从岩石边缘滑进了水中。当他爬上来时，大家试图抓住他。也许这是个游戏。他们都大笑着，随即又开始在岩石间追逐。他们的跳跃卷起了一阵风，所有的石头似乎都被熔在了一起。片刻之后，孩子们跳进水中开始游泳，他们的喧闹渐渐平息。我继续眺望着岩石。它们组合起来像是一条龙的形状！我把自己的发现告诉了麦克齐宾。他似乎一点也不吃惊，只是摆出波士顿图书馆的架势，微微点头，然后柔声说，他听说过海蛇岩，之前也来看过，但说实话没有细看。他还说，坎帕顿勋爵（Lord Camperdown），第四世伯爵，曾于 1936 年到访此地，并在自己的著作中将其命名为"蛇丘（Snake Hill）"。他没有提到"龙"这个词。也许麦克齐宾体内还流着来自不列颠群岛祖先的血。当我为这块岩石绘画时，注意到龙身被切成了几段，就评论说，一定是早在圣乔治屠龙之前便有人杀了这条龙。我的友人轻轻微笑。毕竟，仔细分析一下用于设计和装饰的中国龙，便会发现它有着

纳罕特的石龙

207

虎嘴、鲇须、鹿角、蛇身和一条纵贯全身类似鳄尾的隆起，还有蜥腿，以及类似雄鹰或是华南圆鼻巨蜥[1]的爪子。在纳罕特海滩上的这条石化龙看起来缺失了许多部分，我想是因为岁月和海潮之力。但它在我眼中依然是一条龙。所以说，波士顿有一条龙，一条石龙。

---

[1]　water monitor, 即中国俗称的五爪金龙。

波士顿酷热

关于格洛斯特，曾经有很多可怕的故事。那儿的海在夏天平静宜人，但也有狂暴的日子。在过去，格洛斯特的人们出海捕鱼，不知道何时才能回航，或者是否还能回航。一代代人就这样出海，让爱人和新娘等待着他们的归来，虽然有时只是徒劳。于是格洛斯特得到了"悲伤之城，历史用泪水写成"的称谓。不过如今在我眼中，它已不再是一个"悲伤之城"。虽然海洋在巨大的黑云下依然会被鞭打得狂暴起来，但是当代渔民拥有了更好更快的船只。爱人和新娘无须过度焦虑。这证明了当今的世界比起过去是一个更好的世界。当我与沃尔特·白山和保罗·格雷（Paul Gray）同去时，镇上的人很多。我们在海边一家小饭馆里找到了一片站立之处，喝了咖啡，吃了一块蛋糕。然后，我给一位忙着摆弄彩色木头浮标、在捕龙虾的姑娘画了一幅速写。沃尔特的长女，年轻的简·白山（如今是威廉·洛奇夫人 [Mrs. William Rotch]）告诉我，她觉得捕龙虾就像从井中取水一样容易，虽然这动物的大钳子能迅速夹住手指。

当我的思绪正在捕捉龙虾时，沃尔特和格雷正在聊天，等待我完成速写。接着，我们绕过了鲈鱼岩（Bass Rocks），在那儿看见很多被遮盖的木架子，在远处看起来像是盾牌。我们认为这些应该是晾晒的渔网。

我们略过了大半个格洛斯特，因为沃尔特想让我们看看岩港（Rockport）的艺术家聚居区。我们走过一条狭窄的街道，两侧都是销售新奇物件和小古董的商店。我们看了一眼岩港艺术协会的展览，随后在熊皮角（Bear Skin Neck）看到了更多艺术展览。这条街的名字来自一只1770年被潮水困在此处并被杀死的熊[1]。很多艺术家都忙于创作，似乎每个人都是画家或陶匠。格雷的兴趣在植物上，沃尔特滔滔不绝地对他讲述着园艺。我在画作前慢慢走动，这样对每位艺术家都更公平些。不经意间，一幅作品让我多停留了片刻，而且引得我呵呵笑起来。画中是一位身穿制服的强健男人，也许是一位警察或是海岸警卫队队员，被钉在了一家商店的门上。我不由想起下面这个中国笑话：

> 一位警官有一位必须小心监视的滥情之妻。某一天他离家执勤之前，在左半边家门上画了一个警官的像，以对入侵者表示警告。他把每个位置都标记得十分小心。妻子的情人到来时，恶作剧地把左边的像抹掉，在右半边门上画了一个相似的警官像。警官丈夫下班回家后立刻发现了改动。他怒不可遏地叫嚷道："我是画在左半边门上的，它怎么可能挪到右半边门上了？""我不明白你在警局里干了这么多年，怎么还是没有常识，"妻子微笑着回答，"你从没听说过'换岗'吗？"[2]

---

[1] 关于此名出处更公认的说法是，在18世纪初的某一天，在自家农庄中的埃比尼泽·巴布森（Ebenezer Babson）为了拯救被熊攻击的侄子亨利·韦斯汉姆（Henry Witham），将熊诱入水中杀死，并将熊皮在岩石上晾晒，事件传开，渔民们也看见了岩石上的熊皮，此地因而得名。

[2] 此笑话改编自《笑林广记·世讳部》之《换班》。

我赶上沃尔特和格雷之后，我们找了个地方吃简·白山为我们精心准备的午餐。突然，岩石遍布的海边传来一阵巨响，从远处看，似乎是一艘被小摩托艇追逐的大摩托艇翻船了。两个男人在水中挣扎了一阵，终于抓住一块岩石爬上了岸。旁观者们发出了欢呼。

午餐后，我们在鸽子湾（Pigeon Cove）停留了会儿，这个定居点是岩港的一部分。此处有很多小巧的丝兰正在盛放。沃尔特说他和保罗·格雷有一个老笑话，说的是这种植物有克服各种逆境、在缺乏希望之处生长的能力。丝兰在不列颠群岛上很罕见，但在波士顿北部海岸很常见。植物能帮我们区分不同的地界。人类世界已经通过穿着、饮食和住房日益雷同了，但大自然执意通过种植不同的植物，让地球上的土地各不相同。我了解到，丝兰是百合属乔木和灌木中的一种，只生长于北美和中美。它的叶子是亚热带形态的，结合植株特殊的端庄，以及花朵的美丽，大大装点了我们凝视的海岸风景。波士顿海岸的夏天是亚热带的。

在伊普斯维奇湾（Ipswich Bay），沃尔特苦苦寻找着一条小径，它通向他想带我们观看的某个地方。找到之后，我们信步走下一个山坡，走了很久。小径两侧都是草丛和与我们比肩的野生开花植物。透过它们，我看见远处有一辆旧车，报废的部件散落在地上，还有一座被蜀葵、凌霄和玫瑰包围的木瓦老房。烈阳当头，热浪袭人，在蜀葵大睁的眼中，周围一片沉寂。山谷中要炎热得多，无风，炽烈的阳光炙烤着我的双肩。我们来到了一段被过度生长的树木和灌木遮蔽的小径。穿过繁茂的枝条，眼前突然出现一片无边无际的宽广大海。这奇景令人惊讶，我不得不闭眼片刻定下神来。沃尔特一边从烟斗里敲出烟灰，一边说："就是这儿了。这是比目鱼岬保护区（Halibut Point Reservation）。看不到房屋，也不会建房屋。几乎没人来这儿。"

大片的巨石彼此依靠，还有更多的压在上面。它们占据了一片难以测量的区域，面无表情地望着我们。它们从太古时代便已经在此，而我们在它们眼中只是某个无名时代的无名生物。格雷在其中一块上伸直了躯体；沃尔特站在另一块上，重新点燃烟斗；我在岩石间跳来跳去，只要能一直看见风景就行。海洋上的空气有一种魔力。日光依旧明亮，热力毫不退让，但我不再感到被炙烤。眼前的风景让我醉了，特别是欢快的纯净蓝天，还有缀着白点、闪着银光的大片绿野。对空旷的陶醉将我从日常思考中解放出来，通过让我看见自己内心的本真而带我靠近了禅（本指中国佛教，但如今被西方熟知的可能更多是日本的"禅"［Zen］）的精华——在那一刻没有任何束缚。格雷在平静满足中继续卧着的躯体，以及沃尔特纹丝不动的身影，都为整个周边环境平添了孤寂和静谧。我再也不想跳跃了；我坐下观看蔚蓝的波涛泼洒出锐利的浪峰——它们继续着，没有确切的动机，但也无意停息。

在我眼前有太多的波涛跃进翻滚。深邃的，琐细的，连贯的，无形的——都聚在一起，带着相似的心穿过无垠的大海。我开始明白我这些年的生活，我喜欢在思想中继续漫步……

海的气息对我们三人都有卓著的疗效。格雷起身伸了懒腰；沃尔特向我走来，口中依然抽着烟斗；我做了点儿笔记，还画了一幅速写。我们循原路返回山上。三人都沉默无语。在偏西的阳光下，木瓦老房和它的蜀葵、凌霄及玫瑰看上去都很平和。我们到达了一个叫作蠢事湾（Folly Cove）的地方。这个地名令我哑然失笑。沃尔特说此地的居民都是非常聪明的纺织品设计师，他们的产品以地名为名，行销到美国的诸多偏远之地。途经李子湾（Plum Cove）和安尼斯夸姆（Annisquam），绕过农场主之角（Planter's Neck）之后，我们的车停在了伊普斯维奇，因为沃尔特想给我买些明信片，但是没能找到。我愉快地看着挤满了码头的帆船和摩托艇。格雷开玩笑地说，我应该告诉我的英国友人们，每个美国人都有一条船。

在去往梅里马克河（Merrimack River）的路上，我注意到了一种形似蒲公英的植物，但它的体形要大得多，花朵不是黄色而是红色。格雷告诉我这是毛蕊花，但他以前从没见过它能长这么高。毛蕊花的叶子对治疗咽喉疾患有功效。

在把格雷送回到他位于瓦德山（Ward Hill）的家之后，我们准时赶到了北安多佛用晚餐。餐后沃尔特带我到离他家不远的老墓地（Old Burial Ground）散步，在那儿，他把一篇甚是应景的墓志铭指给我看：

此碑为纪念詹姆斯·布里吉斯（James Bridges）先生而立
他于 1747 年 7 月 17 日离世，
在人生的第五十一年里，死于极端的酷热天气

还好我们没被热死

在二百零六年之后，正是同一个日子，我们遭遇了同样极端的酷热。但我们还没被热死。也许我们的抗热性更好，但我倾向于认为，是比目鱼角的凝视拯救了我们。

波士顿舰队

我曾沿着旧金山的海洋大街行走，绿地中央立着杰出的威廉·C. 拉斯顿[1]孤独的雕像。这时一个男人向我走来，建议我看看模糊的金门桥下密集的主桅。他开玩笑地说："就在那儿，旧金山舰队。每艘船都属于旧金山的某个富人。"当我在大理石头港看见如云的白帆时，我想它们应该是"波士顿舰队"。

我对新英格兰的海岸所知不多，不能发表意见，但我走访过的其中一段让我想起英国的康沃尔海岸。不过，康沃尔的每个小镇都拥有自己的独特之处，但新英格兰的海岸小镇差不多都是一样的。一个出色的例外便是大理石头镇。

我曾经和曾宪七在大理石头镇度过了美好的一天，那是在被带去参加东方游艇俱乐部午餐的三年前。宪七是波士顿的一位著名中国艺术家，很少能离开他在波士顿美术馆亚洲部的工作。他打电话来说希望带我出去玩一天。不久，我们的车便沿着我在新英格兰去过的最扭曲狭窄的街道，穿过了一座小城。我说这些街道比波士顿的要狭窄

---

[1]　William C. Ralston，旧金山商人，加州银行创始人。

曲折得多。宪七的回答是:"当然,这儿是大理石头,一座古镇。"

大街北侧的每条小道都通向了水边。我们来到最热门的地点。巨大的奇石露出海面,在波浪永恒的洗刷中被抛光。在我眼中它们是天然的艺术,虽然很多人也许不会同意我的看法。至少,艺术家本人——大自然——会认为我的看法有些仓促,因为一位伟大的艺术家不会满足于自己的创造。他从不会停止改进自己的作品。在我的眼前,大自然依旧在抛光那些巨大的岩石,但并不是我们坐着的——其实是半躺着的——那部分,也不是一大群年轻的男孩女孩在嬉戏的那部分,而是在低得多的地方,温柔缓慢地进行着她的抛光工作。大理石头六月的日光已充满暖意。我的手掌享受着岩石光滑温暖的表面,双眼凝望远方。一眼望去,大片的游艇船帆,在我们面前是一片闪烁着的模糊的美,就像是修拉[1]的画作,不过只用了锌白,除了误画的偶尔几处亮红小点之外。渐渐地,我观察到船帆的白点并没有我最初感受到的那样密集,在它们之中还有暗绿的空间。

所有风帆都是静止的。一些在明亮的太阳下发着光,似乎是用缎子制成,另一些则显出山东丝绸的微暗和朦胧。此外,太阳似乎是在风帆顶端踮着脚尖行走。几只海鸥在风帆上方盘旋,在它们之间寻找空间,以便俯冲觅食。这时,靠近我脚边的六七片风帆迅速划出一个半圆;它们似乎就要翻倒,但被看不见的核心力量牢牢抓住。若不是海鸥的尖叫,我不会注意到它们。海鸥的平静似乎被这些在摆荡中消失又复现的风帆深深惊扰了。人类似乎就无法如此清晰地表达出自己的不安。风帆消失许久之后,海鸥依然在叫。据说海鸥是出海渔民的良友,因为它们会告诉他们应该在何处下网,但我想自己脚下的这群海鸥对游艇主们是有敌意的,因为他们惊扰了它们的鱼。生活充满

---

[1] 乔治·修拉,法国后印象派画家。

了矛盾。游艇主们不该去挑逗海鸥和鱼；但是，我们作为海岸上的旁观者，却带着娱乐之心观看着他们的大胆作为。这时，另一个古怪念头闪现出来。那些依旧尖叫着的海鸥就像是家庭主妇在埋怨起晚了而匆匆早餐的丈夫，当丈夫已经赶去上班时还不停嘴。我笑了起来。宪七也在笑，虽然我们并没有交换彼此心中所想。

他说："咱们走吧。"于是我们迅速起身向一片多沙的小路走去，它环绕着一片像是公园的开阔地面。小径内侧排列着长长的木制长椅，每一张都坐满了人。长椅背后的风光像是小镇上一个时代古老的黑色剪影。长椅后按一定间距排列的树帮助剪影达到了一种传统的完美。坐着的大部分人看似都来自那个剪影时代，只是在漫长的生活体验之后来到这儿，沐浴在辛苦得来的阳光中。人人都满足于下方海面吹来的、拂动着树叶的清香气息，几乎无人说话。我从未在离热闹如此接近的地方感受过这样的宁静。这些老人都是来观看即将举行的帆船赛的。他们都是镇里人，没有给游客留下位置。大理石头被自己的居民拥有和享用，这在美国算是独特的。

我们必须充分利用这一天。下一个到达的地点是大理石头灯塔的巨大铁塔。铁制结构表明它比缅因和麻省海岸上的其他灯塔都要老得多。很多人坐在靠近地面的铁栏上和不远处的岩石上。插在水中的峭壁是垂直的，海水发出有节奏的撞击声，泛着白沫。在这个小半岛的各处岩石上散布着很多钓鱼的人。看来此地鱼儿不少。一个人甩竿没多久，一条活蹦乱跳的鱼便被钓了上来。两个只穿着短裤的年轻壮汉似乎从未失手过，他们身后的沙地上躺满了鱼，看起来大部分都是海鳟鱼。

当我的思绪正在探索钓鱼时，我的朋友似乎在沉思。最后他叹息一声说道："碎心之处不可重来。"这令我很迷惑，只是不便追问，以免徒增他的悲伤。

曾宪七在大理石头

现在轮到我建议换地方了。当天是仲夏前夜（St. John's Eve），我想走回大街上看看大理石头的老房子门前是否挂了什么应景之物。据说很多年前，生活在英国海边的人会在仲夏前夜将艾草挂于门上，以驱离风暴和魔鬼。虽然这一习俗在英国已经被忘却，但我想在大理石头定居的某些家庭也许把它作为传统传了下来。我的友人对此并不乐观。当我们前进时，我看见岩石间生长着大片植物。我想我也许会找到一些蕨类植物并且采集到一些种子[1]，若是在仲夏前夜采到的，会有魔力。我在一本英国古书中读到过，那些带着它们的人可以隐身。友人听说后，嘲笑了我的老迷信。我的回答是，无论是否迷信，我都希望能够在当时隐身，以便在不令双方尴尬的情况下研究一下他的情绪化。我得到的回答只是一声哼。

我也还记得，在仲夏前夜，女人们会尝试各种占卦方式来寻找未来的情人。其中一种是将吊袜带在床柱上绕九个圈再打九个结，然

---

[1] 实应为孢子。

后默念：

　　　　此结由我织，此结由我系，
　　　　是为了看见我的情郎他的到来
　　　　带着他的穿戴和打扮，
　　　　每天都这样走来

　　据说在这个符咒之后，情郎会来到她脚边把床单整理好，然后拉起帐幔。根据一首汉语诗歌，在中国，姑娘只需将腰带在床柱上绕三圈打三个结。相距如此遥远的两个国家竟然有同样的迷信，这难道不奇怪吗？迷信源于生活中的不解之谜。谜一旦解开，迷信便自然消散了。在我看来，过去那些严厉谴责别人比自己迷信的人，都是在浪费时间和精力。毕竟，人与人之间并没有本质不同，却总是有人去强调人与人之间的不同，而且常常是在个人之间。这是人类生活中一个依旧存在的巨大的谜。

　　我不禁想起了求爱这一行为在中国发生了怎样的变化，就像我们丢弃了架子床而使用沙发床一样。在儒家道德教育主导下，男女授受不亲。但即便如此，依然有很多求爱方式，投掷一块写有诗词的手帕便是其中常见的一种。捡手帕的战术如今早已被手拉手、在树下或某个黑暗角落细语所代替。最近，一位年轻的中国医生友人告诉我，他只和他的姑娘约会过一次半，因为第一次她把父母带来了，所以只能算半次。这令我又笑又叹，但我能感觉到，人类生活比以前直白多了。生活的精华总是直白的，我肯定，我们的很多年轻人一定也会像下面这个中国百年老笑话中的年轻人一样：

　　一个几乎每天都要和他的姑娘见面的年轻人因故出了远门。他们再次相见时，对彼此发誓说他们无时无刻不在思念对方。姑娘说：

"没有一个夜晚我不做梦和你在一起，和你一起漫步。这都是因为我一直在想你。"她反复着这一句，导致年轻人感到有些不快，因为她根本不询问他在异乡的健康状况。"好吧，亲爱的，"年轻人说，"我也一直在梦见你。"姑娘听闻十分激动，一直追问他究竟做了什么样的梦。"说实话，我梦见的是你没梦见我。"[1]

为了逗逗宪七，我告诉他我知道了一个关于大理石头的浪漫故事。那是在殖民地岁月，哈里·弗兰克兰德爵士（Sir Harry Frankland），一位英俊的英国官员，是英帝国政府驻波士顿港的征收员。他因私来到大理石头，在住地的窗边看到一位正在清扫大门台阶的美丽姑娘。她是当地一位在海上遇难的水手的孤女，名叫阿格尼斯·瑟里奇（Agnes Surriage）。她的美丽拨动了英俊官员的心，他认为她不应该干清扫的活儿。他迅速买来了各色时髦服装把她装扮起来，并送她到波士顿念书。年仅十五岁的姑娘感激而又愉悦。在学成之后，她又与恩人相见，她长成的美丽令他更为晕眩。他坠入了她的情网，而出于感激她自然也接受了这份爱。不幸的是，哈里爵士的贵族血统不允许他娶一位水手之女为妻。但他还是在霍普金顿（Hopkinton）为她盖了一座豪宅，直到他们终于被当地的毒舌所驱赶，去了葡萄牙。在那儿，哈里爵士在一七五五年一次大地震中被一堵倒塌的墙砸成重伤，是被姑娘用纤弱的双手刨出来的。接着，他们合法成婚了。因为拯救了哈里的性命，清扫女孩终于跃升为弗兰克兰德夫人。宪七对因为英雄壮举而不是爱而成婚表示了嘲笑。但我说，要评论这件事必须审时度势。假如他们生活在今天，也许根本无需离开霍普金顿。

这时，钓鱼的人们大都离开了。还有几个人依旧坐在铁栏和岩石上。他们都纹丝不动。空气中一片寂静，但是胸襟宽广的大海依旧

---

[1] 此笑话改编自《笑林广记·世讳部》之《梦里梦》。

进行着她均衡的运动,划出大曲线的涨落。我们听到的唯一声音是水拍岩石的响动。大潮来临,泡沫四溅。白帆少了些,但被深蓝的海衬得更清晰了。它们看起来都下了锚,但位置都在变动,就像是有人在海洋棋盘上面下跳棋。也可以说,它们现出巨型海鸥的形状。片刻之前还清晰的远方海平线已经模糊了。黑暗开始统治一切。该回波士顿了。但是海平线上逗留的微弱暮光昭示着,生命的秘密还有待发现。我提议去寻找在独立战争前建造的耶利米·里上校官邸(Colonel Jeremiah Lee Mansion),因为它被称为大理石头的骄傲。但它躲起来了。我的友人缓慢驾车驶过狭窄扭曲的街巷。镇上的人们已经进屋吃晚餐去了,万籁俱寂。

朴落芬斯镇 *

水仙子

天空海阔望无涯,
三百年来岸拍花。
当时权把身安下。
岂知从此后,
祖国家民和乐,
怎不堪夸。
何如我东土,
岁岁乱麻麻。
立平沙,
且问流霞。

---

* 即 Provincetown,现译为普罗文斯顿。——编者注

波士顿精神

　　到波士顿而不到波士顿东南三十七英里的普利茅斯，这令我耿耿于怀。于是我去了两次。第一次是和我的艺术家友人曾宪七，第二次是独自前往。就是在第二次拜访普利茅斯时，我明白了自己所说的波士顿精神。

　　首次访问是在八月一个温暖的周五早晨。我们的车停在一处公共停车场。太阳躲在云中某处，但在纯净的海洋空气中，万物看起来都明亮新鲜。我们跟随大批游客走进一座搭建得干净利落的茅草房，它作为早期定居者的房屋复制品，就坐落在海边。我们从一位皮肤光滑的小姑娘手中买了几张卡片，她穿着刚洗过的朝圣者服装。接着，我们听一个十八岁的小伙子讲述了 1620 年在普利茅斯岩（Plymouth Rock）登陆的故事，他穿着彩绸制作的朝圣者式衬衫和长裤，戴着朝圣者帽子。当我们走上一个还未完工的老式普利茅斯堡垒复制品的天台时，另一个穿着朝圣者时代军服的小男孩举着一支长矛从木楼梯上冲了下去。我们从科尔山（Cole's Hill）上眺望了普利茅斯港

普利茅斯岩

和朝圣教堂（Church of the Pilgrimage）。宪七给马萨索伊特[1] 雕像和注有"纪念五月花号上的英雄女性们 1620—1920"字样的纪念喷泉拍了照片。"朝圣者少女"的雕像和布鲁斯特花园（Brewster Garden）让我们逗留了更长时间。我们走上木制台阶去参观了雷登街（Leyden Street）古老的房子，在找到朝圣者曾经住过的现存唯一住宅赫兰屋（Howland House）之后，我们往朝圣者大厦博物馆（Pilgrim Hall Museum）里偷窥了一阵。当我们从祖先国家纪念碑（National Monument to the Forefathers）离开时，遇见了一队穿着三百年前古代打扮的人，虽然服装都是新裁剪的。有人告诉我们，这是普利茅斯古玩协会（Plymouth Antiquarian Society）每年夏天都要进行的"朝圣者行进"活动。

---

[1] Massasoit，麻省原住民万帕诺亚格人（Wampanoag）的首领，曾为普利茅斯殖民地提供帮助。

两个月后，我乘火车重访了普利茅斯，径直走向普利茅斯岩的柱廊。在我后面只来了一位游客，他大声读出了岩石上写着的时间，1620，片刻之后便离开了。柱廊里没有身穿朝圣者服装的小男孩，空无一人。岩石看起来纯净安详。我在两根廊柱间坐下，靠着其中一根，凝望无垠的大海——永远不息，却如此平和。我的思绪洋溢，因为如今我已经读了一些关于普利茅斯的故事。我开始思考朝圣者们是为何以及如何踏足这块岩石的。

英国朝圣者们来到美国时带着一个理想，一个信念，还有赤手空拳。他们确实雇用了迈尔斯·斯坦迪什[1]作为保护者。他既不是清教徒又不是纯粹的朝圣者，但他被证实是一个杰出的勇者。古文献是这样记述斯坦迪什上尉和朝圣者团队的：

> ……必须表达的是对他们的赞颂，虽然有着日夜无法避免的痛苦，但他们以自力更生的苦干和拼搏，帮助了被疾病和死亡威胁的同伴，一个值得被纪念的稀有典范。

这告诉我，一百零四名"五月花号"的乘客[2]是一群好人的团体。只有在这样一个团体中，像斯坦迪什上尉这样的人做出的善举才会得到肯定的褒奖。我虽不是一个常常持怀疑态度的人，但在拥有各种各样报道的当代人类社会中，我们是否真的能了解人的善恶？且不提一个好人是否希望被褒奖，或者我们的社会中是否有斯坦迪什上尉这样的人，无论他是美国人、英国人，还是中国人。笼统地说，我们如今似乎已经失去了为支持自己的价值观而挺身而出的能力。我只希

---

[1] Myles Standish，被朝圣者雇为军事顾问的英国军官，"五月花号"的乘客，后来是普利茅斯殖民地民兵第一任指挥官。

[2] "五月花号"的乘客数量实为 102 人。

望朝圣者精神依旧主导着我们。

不过，我也怀疑，在朝圣者们的琐细日常中，他们是否真的和我们不同。我很肯定，他们在六十六天悲惨多灾的旅程中，挤在一条九十英尺长、二十六英尺宽的船里，发生摩擦是必然的。当食物变得无益而且不洁，疾病和死亡会来临；在旅途中和登陆普利茅斯之后，肯定会有悔恨和不满。但这些人有一个信条，一个他们坚信的共同信念。他们想要找到一个能够被允许带着自由信仰生活的地方。是这样一个信念让他们怀着容忍团结起来，赋予他们能够面对千难万险的无畏精神。我不记得在中国历史中有任何类似的事件。我们只有一些孤立分散的例子，是一些名士为了儒家的忠君理念而死。殉道而死与为了坚持一种信念而冒险并不相同。我可能不该说"五月花号"的旅客里没有当时的名人，但就我所知，他们大多数似乎只是普通人，为了信念而冒险。这在中国历史上闻所未闻。有人也许读过翻译的中国名著《水浒传》或者赛珍珠（Pearl Buck）译成的《四海之内皆兄弟》（*All Men are Brothers*），可能会认为书中那一百零八个造反的人便是这样的例子。但他们都是虚构人物，他们的事迹更像是罗宾汉，而不是源自朝圣者精神。

中国历史充满了暴君对中国人民的一次次压迫。中国历史上最残酷的压迫事件之一是乾隆年间的文字狱。对统治者最轻微的批评都会导致作者掉脑袋，亲友遭诛连，而作品会被收缴焚毁。

朝圣者精神在远东不为人知，这是件憾事，否则可能会有大批中国人逃离文字狱的迫害，在太平洋某地建立一个新中国，就像大西洋对岸的新英格兰一样。但这有可能吗？我们中国人首先就不是航海民族。大部分中国农民和劳工能够吃苦耐劳，但他们从未被任何伟大信念所唤醒并站立起来。而且，以我的观点，整个中国历史中，很少有大儒体现出勇气与宽容；虽然有的为信念而死，但那种信念与朝圣者的领导们所追求的并不相同。不过，中国人对自由的热爱却和其他民族的一样伟大。每隔一百或数百年，暴君便会被推翻。每个朝代更迭都导致大量的苦难和流血。我希望我们中国人如今能够学习朝圣者的精神，致力于集合起我们为共同利益而做出的努力，而不只是试图去推翻一个又一个朝代。在此，我对所有在普利茅斯岩登陆的朝圣者们表示敬意。

众所周知，虽然"速佳号"（Speedwell）和"五月花号"一同驶出南汉普顿，但她最终并未离开英国海岸，而"五月花号"运载着一百零四名乘客，在充满风暴的六十六天之后，于1620年11月21日，周一，在普罗文斯顿给他们带来了第一个真正的洗衣日。第二年春天，他们中有一半人死去了。剩下的人们在一片荒凉之地艰苦求生，终于迎来了丰收。这便是美国感恩节的开始。感恩节是美国独有的节日。过去三百年中，美国人一直在庆祝它。

在整整一年忍饥挨饿的劳作之后终于确认接下来的日子里可以吃饱肚子，这一定让第一批朝圣者们欣喜若狂，但强大的信念和无畏的精神让他们保持了理智。在第一个感恩节之前的日常生活中，稀缺食品的审慎分配一定给负责这件事的人员带来了巨大压力。我也许并不正确的猜测是，这几个人应该来自一百零四人中的二十位妇女。这二十人中的几个只是小姑娘，而另外几个则因染病，在到达普利茅斯前后便已身故。剩下的妇女们以节俭、严格和公允行使着自己的职责，而她们的男人们则坚持信心和忠诚，先是保持了"五月花号"的船况，然后开始在他们第一片定居之处的土地上垦殖。我没有资格去评价或描述朝圣者们所经历的困苦，但我知道，假如他们之中没有妇女们去处理日常琐事，并且用严格与公允去平息他们的脾气，这个故事可能会有所不同。

一位拥有良好教养和公正观念的女性是一个良好社会合理传统

的中坚，因为她将会以坚定的信心去维护秩序，无论这秩序给她自己带来的是什么。我这么说也许有些偏激，因为我是从祖母那儿感受到了这种坚定的信心。正如我在《儿时琐忆》（*A Chinese Childhood*）中所描述的，她管理着在同一个屋檐下生活的四十人的大家庭。纵观整个中国历史，很多杰出的女性辅佐了明君的成就，但并未流芳百世，倒是那些导致王朝崩溃的女性依旧被人们记得。想到这一切，我不禁要对"'五月花号'的英雄女性"致以敬意。

我想，美国先祖精神的女性一面，如今在波士顿女性中依然繁盛。我曾经遇见一些九十高龄的波士顿老太太。她们依旧像坐在维多利亚时代高背椅那样身姿挺直，话音坚定，生活节俭。当我听说一位波士顿女士坚持要途经戴德姆[1]去周游世界时[2]，我笑了，但依然钦佩她追求目的的无畏勇气。我们不应忘记早期朝圣者女性和早期波士顿女性为美国社会的稳定所做出的贡献。

下面这个片段来自约翰·昆西·亚当斯在九岁时写给父亲的信件，它说明了我的观点：

敬爱的先生：

　　我很希望能收到信，虽然我不太爱写。我的作文很差。我的想法总是太飘。我的思绪经常追随着鸟蛋、玩耍和其他琐事，直到把自己弄烦了。让我继续学习是一件让妈妈很烦恼的工作……

虽然美国第二届总统希望让儿子在优良的传统中成长，但事实

---

[1] Dedham，波士顿西南小镇。
[2] 可能源自弗兰克·苏立文（Frank Sullivan）1941年4月19日发表于《纽约人》的幽默故事《一个献给范怀克·布鲁克斯的同上花环》（*a Garland of Ibids for Van Wyck Brooks*），文中调侃了波士顿人的骄傲和偏狭。

上，是小男孩的母亲在不避烦恼地让他继续学习，最终成为一名伟大的政治家，以及这个国家的第六届总统。在塑造美国的工作中，约翰·亚当斯夫人的贡献并不比她丈夫小。波士顿名门从殖民地早期至今扮演的角色一直是无价的。我来自一个几百年的老传统总被尊崇的国家，而当我看见古老的中国传统正在解体时，便愈发欣赏这一份波士顿遗产。

在九岁的幼年写下上面这样一封信是令人钦佩的。约翰·昆西·亚当斯的母亲一定是当孩子刚会说话时便让他开始学习了。中国历史中有很多聪慧孩童在幼年便能诵诗甚至作诗，但在最近几百年并不多见，因为中国多灾多难。非常奇妙的是，当我在康涅狄格州桥水镇（Bridgewater）范怀克·布鲁克斯家中时，一个八岁的波士顿男孩给我做了一次将近一小时的采访。布鲁克斯夫人的孙子汤米·索顿斯托尔（Tommy Saltonstall）当时正好在那儿过复活节假期。他说他在学校里正在上一堂关于中国的课，有很多问题要问我，好在回校后向同学们汇报一些信息。我一时语塞，我总是惧怕遇见采访者，因为我觉得自己没有被采访的理由，虽然我在英国和美国的出版商们对此并不认同。这一次我别无退路。汤米开始给问题打草稿，然后用打字机打在了几页纸上。当我看见他手中的一摞纸，便知道这个采访会很长。我回答了很多关于中国气候、疆域、人口、山脉、河流、湖泊、衣着和饮食之类的问题。最后汤米问我："您关于中国最喜欢的记忆是什么？""我的祖母！"我不假思索。他微笑了，起身与我握手。我们从那天起变成了好友。

于 1956 年 10 月在康奈尔大学发表了"一个中国艺术家如何绘画"的演讲之后，我和克林顿·罗斯特[1]教授通过校内共同的友人哈

---

[1]　Clinton Rossiter，美国历史学家和政治科学家。

我的年轻采访者

罗德·沙迪克[1]教授结识了。当我们一同乘机前往纽约时，我了解到，罗斯特教授的祖先于 1630 年从旧英格兰来到新英格兰定居，家姓后来从罗切斯特（Rochester）改为了罗斯特。我们还发现我们在波士顿有很多共同的友人。就是在罗斯特教授的《第一次美国革命》（*The First American Revolution*）中，我发现我对于波士顿精神的观点被强化了：

　　荒野迫使那些想征服它的人在不懈的辛劳中度日。定居者们无法分出合理的时间给政府，于是坚持放弃政府，以业余水平去实现有限的政府职能。早期美国对自主的定义是远离政府的自由，这一点因为边疆地带的条件而变得更得人心，而且更有意义。对于数以万计的英国人、德国人和苏格兰—爱尔兰人来说，这是一种激动人心的全新体验，使得他们最终能够在被

---

[1]　Harold Shadick，康奈尔大学中国文学教授。

彻底"放任"的地方建起家园……

这种"放任"的自主也是公元前6世纪伟大的中国哲学家老子所挚爱的理想。他的理念是"无为",也就是"不行动"或是"不干涉";政府不应该有任何妨害人民和平追求生活的行动。这样一个不行动的政府在中国从未实现过,中国人民于是一直生活在这种或者那种形式的暴政之下。为何美国能成功缔造一个"民有、民治和民享"的政府?罗斯特教授也为我解答了这个问题:

> 荒野本身不创造民主;事实上,它反而常常催生出那些对它有敌意的主张和机构。但它确实帮助制造了美国民主的一些原材料——独立自主、社会流动性、简朴、平等、反特权、乐观,以及对自主的忠诚。同时,它强调了自愿合作的重要性。团体概念在边疆生活中也是有用的,无论是自卫、建造谷仓,还是剥玉米。"自由协会""互相隶属"和"荒野"……

所有这些原材料在波士顿都有各自的根。是第一批波士顿人将远离政府的自由作为早期美国对自主的定义。如果我理解正确的话,"远离政府的自由"并不是指没有政府,而是指一个政府的运转不对人民施加不需要和不合理的干扰。

在我1953年居留波士顿的几个月里,打压非美活动的措施[1]不光在波士顿,也在美国各地导致了不安的气氛。这不影响我的旅行,但却常常成为话题。紧张局势肯定是有的。当我回到英国牛津之后,常被问起此事,似乎一种新的暴政正在美国萌芽。后来,我于1955

---

[1] 20世纪50年代初的美国正处在麦卡锡主义泛滥的时期。

约瑟夫·韦尔奇，1955—1956 年为自由而战

年秋再访纽约，其间不时会来到波士顿。一年多前那种不安的空气已经消散了。约瑟夫·韦尔奇[1]先生，一位波士顿著名律师，正在致力于人权自主，保证"远离政府的自由"。在此之前，哈佛大学的新总裁纳桑·M.普西博士以他安静的方式，推翻了政府对拥有三百年自由的美国教育的干涉。热爱普世自主的波士顿精神再次行动了。波士顿精神依旧活着。目睹第三种思想暴政正威胁着大多数的当代人，我愈发珍视自己找到的波士顿精神，并希望它能够激励人们坚持对普世自主的热爱。

---

[1] Joseph Welch，波士顿著名律师，曾在国会听证会上痛斥麦卡锡。

文
景

Horizon

社 科 新 知　文 艺 新 潮

波士顿画记

[美] 蒋彝 著　胡凌云 译

出 品 人：姚映然
责任编辑：熊霁明
封面设计：曲培煜
美术编辑：安克晨

出　　品：北京世纪文景文化传播有限责任公司
　　　　　（北京朝阳区东土城路8号林达大厦A座4A 100013）
出版发行：上海世纪出版股份有限公司
印　　刷：山东临沂新华印刷物流集团有限责任公司
制　　版：北京大观世纪文化传媒有限公司

开 本：890mm×1240mm　1/32
印 张：7.5　字 数：200,000　插页：18
2018年1月第1版　2022年3月第2次印刷
定 价：52.00元
ISBN：978-7-208-14819-2 / G·1872

图书在版编目（CIP）数据

波士顿画记 /（美）蒋彝（Chiang Yee）著；胡凌
云译. 一上海：上海人民出版社，2017
书名原文：The Silent Traveller in Boston
ISBN 978-7-208-14819-2

I.① 波… II.① 蒋… ② 胡… III.① 游记-作品集
-美国-现代 IV.①I712.65

中国版本图书馆CIP数据核字（2017）第245896号

本书如有印装错误，请致电本社更换　010-52187586